# 都道初心不可负，而初心是何物

《意林》编辑部 编

吉林摄影出版社
·长春·

**都道初心不可负，而初心是何物**

**图书在版编目（CIP）数据**

都道初心不可负，而初心是何物 / 《意林》编辑部编. -- 长春 : 吉林摄影出版社, 2016.7
（初心讲义）
ISBN 978-7-5498-2651-3

Ⅰ. ①都… Ⅱ. ①意… Ⅲ. ①随笔－作品集－中国－当代 Ⅳ. ①I267.1

中国版本图书馆CIP数据核字(2016)第161396号

**都道初心不可负，而初心是何物** DOUDAO CHUXIN BUKE FU, ER CHUXIN SHI HEWU

项目出品 意林松果阅读
出 版 人 孙洪军
主　　编 顾　平　杜普洲
责任编辑 施　岚　孙　瑜
总 策 划 蔡　燕
丛书统筹 黄　磊
策划编辑 邓志娟　黄　磊
特约编辑 许之贤
设计总监 资　源
封面设计 李　倩
美术编辑 金　宇
发行总监 李振红
营销总监 王俊杰
开　　本 787mm×1092mm 1/16
字　　数 160千字
印　　张 17
版　　次 2016年7月第1版
印　　次 2016年7月第1次印刷

出　　版 吉林摄影出版社
发　　行 吉林摄影出版社
地　　址 长春市泰来街1825号
　　　　 邮　编：130062
电　　话 总编办：0431-86012616
　　　　 发行科：0431-86012602
网　　址 www.jlsycbs.net
经　　销 全国各地新华书店
印　　刷 北京市兆成印刷有限责任公司

书　　号 ISBN 978-7-5498-2651-3　　　　定　　价 29.80 元

**启　事**

本书编选时参阅了部分报刊和著作，我们未能与部分作品的文字作者、漫画作者以及插画作者取得联系，在此深表歉意。请各位作者见到本书后及时与我们联系，以便按国家相关规定支付稿酬及赠送样书。

地址：北京市朝阳区南磨房路 37 号华腾北搪商务大厦 1501 室《意林》编辑部（100022）

电话：010-51908602

# 目录 CONTENTS

都道初心不可负，而初心是何物

## 第一辑 成长伊始，守望初心

## 第二辑 落入红尘，初心不弭

# 第三辑　鲜花着锦，初心依旧

## 第四辑 身披星光，初心难收

# 第五辑 但称初心，各有不同

# 第一辑

## 成长伊始，守望初心

成长的路，从不平坦，我们走走停停，总要记得自己为什么出发，就像纪伯伦在《先知》里说的那样：“不要因为走得太远而忘记为什么出发。”

# 唯纯粹与热爱不可辜负

◎绿亦歌

大概是因为高考结束了，微博上收到很多姑娘的私信，说高考成绩出来了，觉得很迷茫，不知道以后要做什么；又或者和家里人吵架了，因为排斥他们给自己安排的专业。在回答这些问题之前，我想要先跟你们聊一聊我的表哥。

表哥比我早出生十个月，从小一见面就打架，不见面又相互想念。这独特的相处模式导致了我从小就爱和表哥攀比。

高中的时候，我每天悬梁刺股，表哥却依然每天读科学杂志，逛学术论坛。高考的时候，我们考了一样的分数，表哥有省三好加分，总分比我多十分。填志愿的时候，我愁眉苦脸，表哥问我："你喜欢什么？"我想了想，说："数学，我喜欢数学！"他说："那你就去学数学啊。"我一脸鄙视，说："谁没事学数学啊？一穷二白，毕业就失业。"

表哥没说话，挂了电话。等我定下专业后，去关心表哥，说："你去上交学机械吧，好就业。"他说："我不。"我说："那你去同济学建筑吧，工资高。"他说："我不。"我说："那你去华西学口腔吧，本硕博连读，亚洲第一。"他说："我不我不我就不。"

我火冒三丈，问："那你想要学什么？"他淡淡地说："环境科学。"我不可置信地重复了一遍："环境科学？你要研究臭氧空洞、温室效应和全球荒漠化？"他说："是啊，保护自然，拯救人类，从我做起。"

我说："你神经病吧，毕业之后哪个单位要你？就算走狗屎运撞到一个，一个月撑死开1500块钱的工资给你。"他反问我："那又如何？"

就这样，我选了一个虽然不适合女孩子，但是就业和薪水都有保障的工科专业。而我表哥，背着他的书包，头也不回地去了天津大学，理由是那里的环境工程系有一位他很崇拜的导师。

大四毕业，我开始失眠，打电话哭着跟我表哥说："我想要转专业，因为我不喜欢它，让我每天写代码，我还不如回家种田。"

表哥叹了口气说："每个人都要为自己的选择负责，你有所舍，才有所得。"

而此时，同样大四毕业的表哥放弃了清华的保研，在北方的森林里记录采集大气和水土数据。

过去几年，我认识了很多人，学考古学的那位，被剑桥录取了；学西班牙语的同学，去了斯坦福；学生物学的，去了Promega（普洛麦格）。

而这些，都是我曾经最瞧不上的，预言"一穷二白毕业就失业"的专业。毕业宴上我举杯向他们道歉，为我曾经的肤浅和可笑，我甚至觉得，我不配成为他们的朋友。

推动这个世界向前的，不是那些含着金钥匙出生的富二代，也不是像我一样随波逐流的人，更不是胆小懦弱到连理想都不敢拥有的人。

推动它，站在世界中心的，永远只是一小部分的人，他们专注、纯粹、全心全意，一生只做一件事。

回头望自己的青春，一路跌跌撞撞地走过来，哭过、笑过、得意过、失落过，可是让我遗憾的事情，却只有一件。

那就是十八岁的时候，当我迷茫地站在人生的十字路口，没有一个人走过来，拍拍我的肩膀，温柔地告诉我，去做你热爱的事情吧，去实现你的梦想吧。

所以，此时此刻，我想要对你们说——

去做你热爱的事情吧，去实现你的梦想吧。

宝贝，别怕。

我希望你们能够成为，我想要成为，却没能成为的那种人。

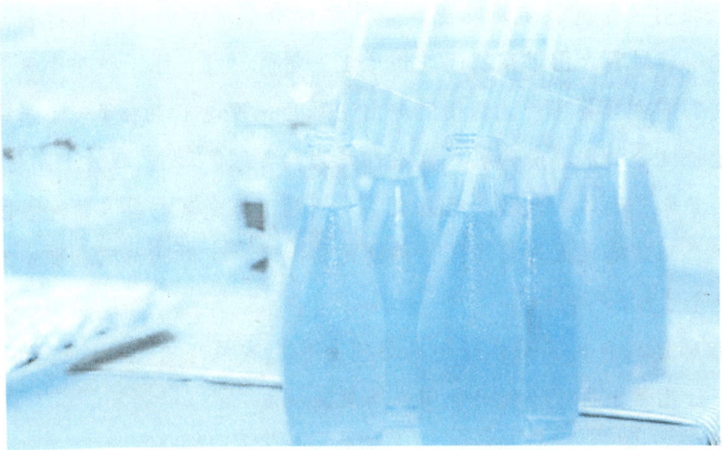

# 说走就走的勇气

◎舒丹丹

十几岁的时候，有一天，我忽然特别想见阿拉法特。当时这个头上总是缠着黑白或红白相间方格头巾的巴勒斯坦领导人在新闻中出镜率很高。我想不出想见他的理由，也想不出不想见他的理由，也没有人告诉我可不可以见到他。我没想那么多，要是知道那个时候整个以色列都找不到他，估计我也会打退堂鼓。我只是背起背包，出发了。到了阿拉法特家门口，正好碰上他和以色列总理及美国总统开商讨会议。我见到了阿拉法特，却发现自己不知道该跟他说些什么，似乎没什么可说的。于是，我在阿拉法特家的院墙下站着照了张相。回家后，我告诉别人我见过阿拉法特，他看上去就是个普通人。

二十几岁时，有一天，我在报纸上读到一条新闻。一对年轻情侣结伴横穿了撒哈拉沙漠。我忽然也好想去看看撒哈拉沙漠，于是，我又背起包出发了。到了撒哈拉，我跳上一辆卡车，看见了好多沙子，我的前后左右都是沙子。车子在沙漠里开了一天一夜，看到的还是沙子。我问司机，前面是不是还有很多沙子？司机点头，还有很多很多。我觉得看够了，就下了车，背着包又回来了。

有一年，我去欧洲旅行。没带多少钱，没带换洗衣服，身上穿的一件白T恤已经脏得看不出颜色了。走到巴黎罗浮宫附近的一条商业街时，我被一家西装店橱窗里的西服吸引住了。我走进店里，试穿了那套西服，并搭配了衬衫、领带和腰带。穿戴完毕后，我走出了试衣间冲镜子里一看：“哇，眼前这个小伙儿简直帅呆了！”我立刻下决心要穿着这套西装走出这家店。可是当我看了一眼吊牌，情不自禁地倒吸了一口冷气，那套西装折合成韩元大约要120万元，我身上刚好只有120万元，要是买了那套西装，我就身无分文了，而接下来我还打算在欧洲各国游历两个月。可是那套西装实在太好看了，仿佛就是为我量身定做的，它在橱窗里翘首以盼的就是我这个主人。

我坐在那里，经历了一番激烈的思想斗争。我最终决定，将镜子里那个穿着西装的帅小伙儿带出去，不能让他留在店里。

我买下了那套西装。当天晚上，我就穿着那套西装露宿卢森堡公园。第二天早上一睁眼，我就开始焦虑自己的生存问题。动了一番脑筋之后，我跑到一家酒店，找到老板，对老板说，要是我能拉来三个客户，请让我免费住一晚上；要是能拉来三个以上客户，分点儿提成给我，老板欣然同意。当天，我一口气拉来了30个客户。后来从这家酒店离开时，我的兜里有了大约1000万韩元。

这就是韩国“DDANZI日报”的社长金语俊在《青春季》节目上的一次演讲。这个留着一头蓬乱的披肩长发的韩国人对于眼下的幸福的执着追求以及说走就走的霸气态度，逗乐了无数人，也让无数人陷入深思。演讲最后，他说：“幸福不是一笔储蓄，可以留待以后提取。某一刻的幸福会在那一刻就失去，一旦失去就再也没办法找回。所以，我们必须要立刻幸福，牢牢把握住当下的幸福。”

# 所谓极致的忍耐

◎智 缘

从前，有一个贫穷的沙门。他穷得一无所有，终日以乞讨为生，但他是个虔诚的佛教徒，从不伤害生灵，甚至不惜牺牲自己。

有一次，这个沙门一连三天没吃到一点儿东西，饿得头昏眼花。他路过一户人家，便跌跌撞撞地走进去讨饭。这是一个富商之家，家里富丽堂皇，陈设极其考究。女主人见他饿得可怜，便令用人摆上丰盛的饭菜款待他。沙门非常高兴，狼吞虎咽地吃了起来。

这家的男主人，是个珠宝收藏者，经常高价收购来自世界各地的奇珍异宝，家里珍藏的名贵珍宝应有尽有，简直成了珠宝陈列馆。

这天回家，他又兴高采烈地拿回一颗珍珠，这是颗光彩照人、价值连城的珍珠。他走进房内，只见有一个沙门在独自吃饭，便把珠子放在桌上，转身进内室去换衣服。就在他刚刚转身离开的时候，家里养的一只鹦鹉飞了过来，一口将那颗珍珠吞进肚里。

不一会儿，男主人换好衣服和妻子一起出来了。他忽然发现那颗宝贵的珍珠不见了，便急忙向沙门问道："那颗珠子哪儿去了？"

沙门一听愣住了，随即回答道："什么珠子？我没看见啊！"男主人又追问道："那么，刚才有人来过吗？"

沙门回答道："不曾有人来过。"

于是男主人勃然大怒道："我刚才明明把珠子放在桌上，而这里除了你之外，再没有其他人，珠子转眼之间就不见了，肯定是你偷的！你这个没良心的家伙，我们好心好意地用饭菜招待你，你却恩将仇报，偷人家的东西。今天如果你老老实实地把珠子交出来，我便饶你一命，否则就把你活活打死！"

沙门闻言并未惊慌，反而坚定地说道："我没拿，绝不是我拿的！"男主人听完大怒，抄起一根木棒，劈头盖脸地向沙门打去。沙门被打倒在地，鲜血直流。

此时，那只吞了珠子的鹦鹉要飞过来饮血，恰好与男主人挥舞的木棒相撞，当即被击身亡。这时，沙门说话了：“住手！我告诉你吧，是那只鹦鹉吞了你的珍珠。”

男主人一听，忙吩咐仆人把鹦鹉的肚子剖开，果然取出了那颗珍珠。男主人手持珍珠，奇怪地问道：“你明知是鹦鹉吞了珠子，可你为什么不早说呢？也免得受此皮肉之苦。”

沙门回答道：“我持佛戒，不得杀生。本想告诉你真相，又担心鹦鹉遭剖腹之祸。现在鹦鹉已经死了，说出来也无所谓了。如果鹦鹉未死，你就是打死我，我也不会讲的。”

男主人听罢，内心十分惭愧，连连向沙门赔礼道歉。而沙门却平静得像不曾发生过此事一样，脸上毫无怒色。

沙门如此坚守自己的信念，让人钦佩。对于平常人来说，要做到这点确实不易，但正因如此，才要学会坚持，学会忍耐。

# 都在说low，那到底什么是low

◎庄雅婷

low（低级）这个词算是目前最流行、最有力的用来鄙视别人的词了吧。你想看不起谁，不用再费心地去想什么侮辱性、贬损性词语，只要摇摇头，冷淡地说一句“他太low了”，体内立刻会分泌一种高大上的物质，让自己的感觉好得不得了，俨然上帝视角俯视了一下世界，特别恨铁不成钢。

这个词的判断标准特别多，从精神到物质，从做事到做人，谁都可以说一句“这个人真low”，然后互相拉黑，一辈子不和对方往来。

一个词之所以能流行，一定投合大众潜意识，并且非常简练精准地描述了某种状态，却又拒绝诠释：比如说到底，什么是low？是单纯地没钱吗？是特别不自信然后谄媚对方吗？是做事情小气导致格局不大吗？是没有素质吗？都对都不对，俯拾即是的理由被广泛应用。所以我觉得有必要讨论一下。

没礼貌、没素质low不low？毫无疑问，是的。虽然有人言之凿凿，说那是“中产阶级的虚伪”，可这年头儿已经不是靠“我就是这真性情”就能行走天下的了。言行举止和自己读过的书、受过的教育、在社会上的位置特别不匹配，无论多有钱、学历多高，都会被人冷冷斜视说一声low吧。

以上是表象，还有很多特质，一旦出现，就会被划入这一行列。比如，爱占小便宜。我觉得，这完全不取决于价格，甚至价值也不代表什么，唯独一颗爱占小便宜的心才是low到地久天长。这我们也见多了，去公园逃票的，和朋友吃饭逃单的，只顾眼前蝇头小利根本不考虑长远的利益。因为爱占小便宜，所以视野只有眼前这一点点，只看到脚下，完全不知道山的高和天的高。那不是low是什么啊。

low者的一个共同特征是，自己是无辜的，一切问题都是别人的、体制的、社会的。有了这个万能借口，一切懒惰、不负责任都是可以原谅的，于是，一直愤愤不平别人为什么命那么好，而自己总是时运不济。基本上，沾上这条，就算是晚期low症，没多少治愈可能了。

其实，最重要的是，low是因为站的位置低，所以看得不够远。很多时候，会因为经验和阅历不够，所以目光短浅，所以见识狭隘。对自己生活之外的生活方式，对自己思维方式之外的思维方式，都不能理解，于是排斥。也就是所谓的井底之蛙，所谓的一叶障目。

他们不承认世界的多样性，希望大家都按一种主流而安全的方式生活；他们不懂人性的灰色地带，往往非黑即白；他们不懂求同存异，如果你不赞同我，我就要消灭你。举个例子，他们是羞辱你还不结婚生子的大妈，他们是辩论不了两句就破口大骂的网友，他们是提到偶像今儿穿得不好看就疯狂攻击你的粉丝，他们是动不动就觉得其他人low的那些人。

而最奇妙的是，low和high（高级）可以随时转换，所以说，怀着谦卑而踏实的心生活，总归是没大错的。

# 怒的背后

◎六　六

我连发两天微博，怒骂一切不合规矩和不讲道理的人。

第一天说的是，巴黎戴高乐机场内，一位中国老人拿出国内惯用的吵闹政策，差点儿把人家值机柜台砸了，要求不是自己航空公司的值机柜台给自己办票，理由是“要迟到了”，他咆哮大厅的中文，让我羞得抬不起头。

第二天说的是，回国以后第一次开车出行，就得路怒症，好想把那些随意变道插队、不打方向灯的司机撂倒，太没家教，且让糟糕的城市交通变得效率更低。

然后下午与中欧的友班同学会面，聊起这些现象。

友班同学是他们班的班长，很多人与我谈起他，都佩服得很，说他心胸大、格局大，对家庭、社会和班级付出都很多，今天初次聊天儿，就立刻心悦诚服。不得不承认，人走得高，是有道理的。

我跟他聊起国内各种乱象的时候，他笑着跟我说：“六六，你知道吗？我从小生长在乡下，初中时，我最向往的生活，就是像我舅舅那样，有正式单位，拿国家工资，骑自行车上班，夏天的下午有免费的劳保冰棒。我想都没想过，有一天，我会有钱，有这么大的事业，满世界跑，过上现在的生活。那个时候距离现在，不到三十年。

“我从没想过这辈子会有自己的汽车，更别提豪车，出国游，调度上百亿资金，那是外太空的事——这些巨变，三十年之间都完成了。

“而三十年前，我们绝大多数人都还在温饱线上挣扎。你让我们这些刚刚进入现代文明的人，遵守成熟文明社会的规范，我们硬件环境达到了，而内在文化还没跟上。我们唯一能做的事，就是宽容，反复教育和让时间改变他们。

“你让我现在再上厕所不翻盖，你让我现在饭前便后不洗手，你让我现在当众喧哗，我都做不出了，因为我看过的文明足够多，我享受文明带给我的好处足够大，我愿意改变、进步，让自己更好，以配得上我拥有的财富——那些普通民众，也在往这条路上走的过程中。”

我听完他这段话，看他笑眯眯平和的样子，忽然很内疚。

我刚刚有钱，却已经忘记了自己小时候站在水池边擦澡；我刚去过几个国家，却已经忘记了我小学毕业的时候还跟朋友争论冰箱长什么样；我天天把西方文明挂在嘴边，却没有想到他们已经在发达的路上走过上百年了。

我跟他分享我在欧洲的见闻。我说，20世纪初的时候，英国工党上台，他们代表普罗大众，对曾经剥削和掌握大量社会资源的贵族恨之入骨，看到贵族落魄流离，有了当家做主的扬眉吐气。这样的状况只持续了三五十年，老百姓有话语权没多久，就痛心地意识到自己当年的行为让大量的英国历史文物毁于一旦。他们自发建立各种信托基金，保护残存庄园，主动提请政府免除对贵族及其地产征税，前提是要求他们看护好属于英国的文明。

这个进步的过程，只用了不到半个世纪。

我还是太焦急。社会的成长，像孩子一样。家长总记得自己孩子要么说话迟，要么长牙迟，却忘记了孩子走路早、协调性好等优点。我们对自己所处的环境和熟悉的亲人，都过于苛刻。我们希望他们好，但我们没有耐心等他们变好，甚至从未帮助他们变好。

我所有的焦躁与斥责背后，是我自己修养不够，我没有对这个社会深深的爱和守候它改善的决心。我要检讨。

# 放弃大都市，生活才是自己的

◎陈　然

去年，我正式卖掉了上海内环的房子，放弃了上海户口，去那座南方的小城市做了个降薪N%的国企小职员。

放弃一座城市并不是一件容易的事情，尤其是一座自己生活了近10年的城市。而放弃这座城市里的一套房子更不容易，不只是因为我知道这座城市里有太多的年轻人在为房子而挣扎，更多的是因为这是真正完全属于我的第一套房子。在租房的时候，我曾经无数次幻想过，等自己有了房子，就可以想怎么布置就怎么布置，就可以买很多很多可有可无的东西，让人一看就知道这是我的房子；等我真正住进去，我才知道有一套属于自己的房子带来的可以更多：这座城市，终于有一盏只为你亮起的灯了。

我的离开非常突然，突然到连自己都承认，如果半年前有人告诉自己半年后的生活状态，我肯定觉得这个人是神经病。

可人生就是充满了顿悟。顿悟着你不停地问自己，你想过什么样的生活。是如《蜗居》中海萍说的那样，在这个大城市，人流挤着你往某个固定的方向走；还是静下来，慢下来，看看别样的人生。

在上海的日子我过得非常标准，朝九晚五，理论工作时间8小时，却得花3个小时在来回的路上，还有1个小时是公司强行占用的午餐时间。一周加两三次班。每个月领一份固定的薪水，够养我的房子和给自己一个还算体面的生活。出入装修精致的写字楼，一句话里夹着两个单词。每天做着跟自己完全没有关系的事情。每周算计着属于自己的不多的时间：什么时候锻炼，什么时候加班，什么时候跟闺蜜吃饭，什么时候钟点工阿姨来家里打扫卫生。每年算计着什么时候加薪，什么时候升职，什么时候要再去见见猎头……

突然有一天我想要有自己的生活，我想学钢琴，我想多陪家人，我想看很多电影，我想让自己的步伐慢下来，这样我才能更清楚地看到周遭一切的可爱。我知道这样的生活我在这座城市寻找不到，因为如果我跟不上这里的节奏，我就会被这座城市甩在身后。我没有选择生活的权利，是生活选择我。

于是我决定离开，哪怕降薪，哪怕那座城市的那份职业也许会和自己格格不入。

于是，我过上了另一种标准生活。每天准时上下班；慢慢地在食堂吃1元钱一份的早餐，3元钱一份的午餐；下班后悠闲地去买个菜，然后给自己做顿随意的晚餐。通常，就算把碗洗好，你仍有足够的时间再给自己安排一点儿私人或者集体活动。而周末，更有大把时间窝在被窝儿里给老友打打电话，或者和家人朋友去郊外晒晒太阳，喝一杯温暖的下午茶。

虽然，现在的工资很低，虽然，现在的工作根本不需要我发挥多少个人能力，但是，我终于过上了一天24小时中，有整整16个小时属于自己，可以做任何自己想做的事情的生活。我的计划中，也不再是什么时候加薪，什么时候提前还贷，什么时候升职，而是什么时候学会打羽毛球，什么时候玩好自己的单反了。

周五的中午，冬日的太阳煦暖得分外诱惑。吃完午餐后，约了两个好友去单位附近的湖边走了一圈，再爬个小山，然后回到办公室放松地睡一个30分钟的午觉。在闭上眼的那一刻，我觉得离开上海真是一个不错的选择。

# 走红只因内心强大

◎陆　琪

歌坛也好，演艺界也好，所有的明星都好，如何才能红？这似乎是有定论的，你要么长得很好看，要么很会做宣传，要么愿意付出潜规则的代价，要么有实力唱得好或者演得好。

真是这样吗？

让我们来看看许巍、陈绮贞、李健这些人。他们长得好看吗？都不见得。虽然他们各有特色，但在演艺圈里实在算不上什么。

他们很会做宣传吗？大家都知道，这几个人是几乎不做宣传的，几乎都是独立出片，几乎不会有什么商业性的宣传。

那么，他们是否唱得特别好呢？不可否认，这几位唱功都是可圈可点，但依然算不上最好的。

但为什么这么多年过去了，许巍、陈绮贞、李健竟然红了呢？

秘密并不在身外，而在于内心的强大。

从某种意义上来说，一个内心强大的流浪者，生活得可能比富豪更好。因为他更加知道自己想要的是什么，更加懂得坚持自我的重要性。我见识过许多有知识有技能的人，今天做这个，明天做那个，却总是被市场或者别人的言论左右。一个唱歌唱得好的人，可能因为听众的一番评论，就彻底迷失了方向。一个写书写得好的人，可能因为读者的一次斥骂，就从此放弃了自己的兴趣。

许巍、陈绮贞、李健这些人呢？你可以去听他们的音乐，几乎是同一类型，唱法类似，歌词风格类似，甚至有时候，连调子都是类似的。从第一次听你就会知道，这是小众的。但他们只用一个态度去面对，那就是坚持。所以他们形成了一个自我的世界，每年都会吸引一些人来听，虽然不多，却总是在积累。而这个雪球越滚越大，到最后，竟然成了一个惊人的、庞大的阵容。

走红，从来不是这些人的目标，但他们内心的强大，却使他们走到这一步。

其实人真的不需要学太多的东西。只要精通一些，明白一些，然后坚持下去。

真正重要的，其实是内心的安宁和坚定。

# 韩国的Y君

◎张翠容

韩国人多年前掀起一股深度旅行风，Y君现在就在安曼。从2001年7月到现在，Y君已经造访了186个国家。他说："我体验到一个现实，沙漠中或乡村里的人不会向我要钱，但我们建立了友谊，城市里的人只想要我的钱，但他们得不到其他的东西……"

Y君其实没有多少钱。在旅途上，有时他甚至不带钱，在非洲与人们一样喝脏水，吃人们赠送的蜜枣与面包，一天只吃一餐或两餐。但他不是漫无目的的浪人。他视自己为传达消息的桥梁，并表示："我无法压抑心里的热情，我必须探索这个世界，结交朋友，并且寻找和平的真正意义。我梦想着将来可以世界大同，人类不再互相残杀。"





原来他在大学时已是一名社会活跃分子，读法律系。念书时，因为参与和平运动被捕。自此有个问题一直困扰着他：为什么人们要互相杀害？心里的疑问令他决定去旅行。为了走入人们的生活，他选择用单车作为交通工具，他要向人们传达"不杀"的消息。

旅程结束后，Y君表示他一定会回国，写书兼参政，并且要改变韩国。

果真是豪言壮语。不过，他一点儿也不傻。在路上，他领悟了好些道理，例如"生命很短，道路却很长，我看不见路的尽头，但路却一直教导着我""我觉得对自己的身体很抱歉，但并未对不起自己的灵魂"。

没错，长路漫漫，或许我们脆弱的身体终会倒在路上，但灵魂早已装备好继续飘向前方。

# 那一刻的永恒

◎杨　暖

我是在九寨大堂的民俗街上遇到她的。她有白瓷样的肤色，是那种五官极美的女子。小店就在巷口，她鲜艳的披肩很惹眼。走过去了，却没好意思进——店门口，她正与一男子低头私语。天气很冷，阳光照着才有一丝丝暖意。而她，就坐在门口那一小块阳光地里，被揽着腰，亲昵地投入，毫无顾忌。足足5分钟，她才看见我，笑着起身。她店里的围巾花色很别致，我买了两条，回宾馆同伴也相中了，央我第二天同去。再去时，别人家店里人来客往，她的店却锁了门。隔壁的老板指着前面的水磨坊说，八成去唱歌了。后来才知道，她原是外地的导游，带团时遇到了他，一个很会唱歌的藏族男子，遂投奔了来，与他守在一起。开个小店，又不怎么经营，兴致来了就关了门去唱歌。不多时，她牵着那藏族男子的手走回来，她对着他说话，眼神炽烈。那种爱他到骨子里的眼神，至今令我难忘。后来，我常想起这女子和她炽烈的眼神。我一点儿都不为她的私奔感到惊奇。女人一生该有一回热烈的燃烧，以后的日子再平淡，爱情也圆满了。

她60岁，他70岁。年初去旅行，这对夫妇是年龄最大的团友。高高大大的他，蓝眼睛白皮肤。她鹤发红装，跟在他身后，似小鸟依着一座山。车上聊天儿得知，他是美国一所大学的教授，孩子们都成家了，她决定随他到美国定居，临走又舍不得，就四处看看祖国的山河风景。一路行来，九乡，石林，苍山，洱海。在严家大院，喝白族三道茶，她拉着他和白族姑娘们载歌载舞。登丽江玉龙雪山，越往上爬，氧气越稀薄，他和她却执意要上山，坐着缆车往3000多米的牦牛坪上爬，眼前是草坪、雪山、牦牛，风吹到脸上，生疼。他用一条大红的披肩挡风，紧紧地把她裹在自己怀里。我坐后面的缆车，看前方一团大红，真觉得那是一对热恋中的小情侣。然而，又不同，她和他是执子之手，与子偕老了。相濡以沫的情爱融入了生命中，哪怕只是轻轻握手，都含了温暖深情。

我路过他们的爱情。对于他们，一千里路，红尘相逐，我只是过客；可对于爱情，一刻即永恒。我路过并见证了那一刻的永恒，也忍不住与爱情相爱，心生欢喜。

# 他琥珀色的眼睛里住着一只小兽

◎蔻蔻梁

我在80天环球旅行中认识了赖丹。左脚踝上戴着一条细细的已经褪色成浅褐色的红绳，标志着他已经远去的本命年的纪念。这个严谨冷静的外科医生在某一个日子里好像奉了神谕那样，突然决定放下手术刀，从东南亚开始改变自己的人生，从此天高海阔。

其实，赖丹身上的“医生”痕迹并不太明显，除了用刀叉在为盘中的一只虾剥壳时那种可怕的专注和细致能让人想到他在手术台上的模样外，更多时候他更像一个身份不明的隐士。“东南亚”这三个字，像他生命中的一场天花，在他身上留下各种深浅的印记——最突出的表征是他那双从不离脚的人字拖。从34摄氏度的埃及到18摄氏度的肯尼亚，从迪拜的购物商场到马尔代夫的海滩，冷也好热也好，干也好湿也好，贫也好富也好，只要低头看到一个瘦骨嶙峋的脚踝上的红绳和脚踝下的人字拖，我就知道抬起头会看到一双琥珀色的眼睛。

赖丹的琥珀色眼睛和他过分清晰的唇线让他看起来像拥有波斯血统。我们笑话说他的中东之旅其实就是一场寻亲之旅，在我们的调笑下，他会默默戴上他的阿拉伯头巾，然后在恰当的光线下摆出一副乡愁的模样。他用“逆来顺受”的方式接纳一切调侃，偶尔爆发出令人吃惊的高度幽默感和不可思议的荒诞感。

更多的时候赖丹很安静。他安静地做自己愿意做的事情，安静地不做自己不愿意做的事情。这个男人安静到很容易遁形在人群中央——除非他愿意就你的话题做出回应。

所以比起人来，小狗更容易发现这个男人。任何一条路过他的狗总是会对他做出摇头摆尾的亲热姿态，它们会大老远地跑过来蹭他、舔他，而这时他脸上也会出现某种在人群中甚少见到的亲昵和温柔态度。他是个动物保护主义者，为了避免社会上产生更多的流浪猫狗，他一直在社区里进行义务的猫狗结扎工作。他抚摸小猫小狗时候的表情很容易让人联想到“对话”二字，仿佛他在人群中没有说的话都在这些抚摸里说完了。

有时候我觉得赖丹像北美洲那条著名的落基山脉，安定，不强迫，但也绝不妥协。他不轻易进入任何人的空间，但貌似要进入他的空间也相当不易。如果他要向你进行解释，那么这个解释一定简短而有力——为什么看纸质书而不是电子书，为什么用苹果电脑而不是联想，为什么选择大耳机而不是小耳机，为什么背个小包而不是大包……这些在很多行者嘴里都能演化成一篇论文的题目到他嘴里的答案只有两个字：洋气。但是我想这已经是基于客气的答案了，否则正确的答案可能只是：我乐意。

“千金难买我乐意”这句话浮沉在他对人对己的一切举动中。有时候我会封他为“最佳朋友”，因为无论何时你问他：“我这样那样好不好？”他的回答一定是：“好。”

在现代城市生活里，赖丹身上有另外一种含义上的“野性难驯”。他的话题里甚少出现的词语包括股票、事业、钱、工作、未来……

他说如果一个人见过太多死人，就会明白要及时行乐。他阅读的书目和藏在iPad（苹果平板电脑）里的音乐也统统出世，不是关于出门，就是关于出家。虽然赖丹说这次旅行回家之后就要好好找个女孩结婚，但是我还是怀疑有一天他会住到高原上某个寺庙里去，跟18条大小不一的狗一起终老……当然，善良一点儿为他想象的话，应该是和一个他爱的女人，以及18条大小不一的狗，一起终老。

# 民女的早晨

◎蓝　鱼

9点上班，我6点起床，路上花掉40分钟，剩下的时间，就是我的女王时光。

闹钟是我的爱物，光动能，根据广播报时自动校准，SRS（专利音响技术）立体声闹铃，可以下载自己喜欢的音乐当个性闹铃。最近设置的是老版《倩女幽魂》原声大碟中的女声吟唱。优雅的古筝配上清丽无歌词的浅吟低唱，在这样渐响式的音乐中醒来，有种神清气爽的感觉。

拿两片面包塞进吐司机，往煎蛋器里磕一枚鸡蛋，刷牙之后躺在44摄氏度热水的浴缸里，德生收音机像个殷勤的老管家一样向我播报财经要闻，泡上10分钟，皮肤开始微微发热，从里而外地透出红色，肠胃开始蠕动，提示我它们已经苏醒。

在脸上抹一层醒肤补水面膜后裹着浴袍回到餐厅，松脆的吐司已经弹出，单面煎的太阳蛋也等着我的宠幸，一个苹果一个香蕉切成块，淋上酸奶一搅拌，就是现成的水果沙拉。花20分钟将这顿简约不简单的早餐吃完，电视里的《凤凰早班车》是我早餐的开胃小菜。

我会花10分钟用卷发棒卷出蓬松的花式发型，花30分钟给自己来一个精致的妆容，花10分钟搭配好今天要穿的衣服、鞋子、首饰和包包。每次出门时，时钟恰好指向8点。

8点10分登上公司的通勤车时，很多同事都还是睡眼惺忪，有的因为来不及吃早餐，还在座位上啃面包。这是常态，但常态不见得就受待见。偶尔听到男同事们说闲话，八卦的话题往往离不开那些一大早不修边幅的女同事。

我曾经有过一份很失败的职业，那时候大学刚毕业，什么都不懂，以为只要在单位兢兢业业就是好员工。干活儿很卖力，缺点是喜欢赖床，不到最后时限舍不得起身，匆匆忙忙洗漱、风风火火出门、掐着点打卡、空着肚子干活。以防不测，我甚至在办公室准备了一套洗漱用品，预防赖床赖过头了也不至于蓬头垢面。

虽然我工作不比谁干得少，但评价却始终不高。好几次上班后在洗手间刷牙都被主管瞧见，然后被叫去谈话，跟我讲考勤纪律问题。我很不服气，因为我只是把别人喝咖啡的时间拿来刷牙而已，值得如此大动干戈吗？结果是，当公司需要裁员时，我成了首批入围者。主管递给我补发的三个月薪水时，语重心长地建议我调整一下作息时间。

在家赋闲时，我看了《与女王一起生活》，介绍的是伊丽莎白女王在白金汉宫的日子。我一直觉得她应该是全世界最幸福的女人，但看完这本书，其中的一件事情让我很意外——虽贵为女王，她却没有睡到自然醒的待遇。实际上，她每天早上五点半就会被女仆叫醒，因为她七点半就得开始一天的接见与应酬工作。这两个小时里她要做些什么呢？无非是吃早餐、喝茶、换衣服、听BBC（英国广播电台）以及读《赛马邮报》，在我看来，这些事儿花不了半个小时就能干完。

女王对该书作者霍伊这么说："女人最难看的时候就是刚起床的模样，当别人哈欠连天的时候，我精神抖擞，那我就是最吸引目光的女人。"

抱着向女王学习的精神，换了新工作后，我开始调整自己的作息时间，上公交车时，我展现的是神清气爽；到了办公室，我看起来斗志昂扬。虽然在业绩上我并不比别人高，但老板看我的眼神却明显透露出赞赏。他不止一次说我就像一个时刻准备战斗的优秀战士。

我将9点上班6点起床的习惯就此固定，每天早上，就像赴一个与自己的约会，为自己做一顿早餐，给自己一个精心的打扮，充满自信地出门，迎接别人的欣赏与赞赏——我还是上班族，但我每天早晨都有140分钟的女王时光！

# “杀手”传说

◎王小山

江湖传说马条很能打，曾经和另外两个歌手勇斗小流氓，打翻几十人。但传说终归是传说，在不停地传的过程中，总会夸张变形。而且，我这么理性的人，怎么可能相信三个人能打翻几十个人呢？

认识马条的时候，他已经成了好多大叔控女孩心中的“条叔”，脸上颇有些沧桑了。卷发、大眼、风霜，确实具备让很多女孩心动的基本条件。

马条籍贯新疆，原本是克拉玛依石油工人，忽然有一天，他琢磨，不能再这么下去了。于是，上路。

你也知道，很多人，甚至所有人，都曾经有梦，但有些梦，一直在梦，从未被付诸行动。那天，马条离开油田上路时，带着的，是吉他，揣着的，是梦想——梦想很简单，唱歌，不停地唱下去，唱给遇到的所有人听，在路旁，在酒吧，在舞台上。

马条的吉他，是一流的。不，不是说那琴值钱，说的是当他的手遇到琴弦时流淌出来的音乐。听马条弹琴，算是人生享受之一种。每次见到我，在酒桌上，在巡演路上，在车厢里，马条总哼一句“山歌好比春江水”调侃，他倒不是春江水——他最大的问题是，能把民谣慢歌，唱出摇滚的味道。你能不能慢点儿，再慢点儿？不行。他的节奏让人永远跟不上，不间断的，不是春江水，他是瀑布，飞流直下，直接把人砸晕。

很少见到不喜欢马条的人。他有很多理由让人喜欢。现在又多了一个——每周，他都会拿出一个晚上，到一个朋友开的酒吧里教人学琴。当然，免费的。为什么？他说，因为音乐是好的，吉他是好的，应该让更多的人，和音乐在一起。

马条在网上发布了免费教琴的事，一个网友说：“很想去，但很忐忑。怕学不会，怕没别人做得好。突破心理的禁锢真难啊。”马条对他说：“别怕，我的目的不是让你们技术有多好，是想让更多的人突破自我障碍，敢大声歌唱，热爱音乐。”不得不说，网络真是个好东西，这么肉麻的话，当着面马条怕是没法说出来。

杀手只是传说，实实在在做自己的音乐，踏踏实实实施自己的梦想，才是真的。

马条的梦想依然是音乐。他和他的音乐，还在路上。终究，传说会成为传奇。

# 哈佛“新鲜人”的彪悍青春

◎刘　轩

1991年，我离开纽约的家，与所有的哈佛“新鲜人”一起展开了大学的生涯。那是多么有趣的日子！宿舍灯火辉煌，走廊里响着音乐，房门被椅子撑开，我们像蚂蚁似的四处跑，有太多青春荷尔蒙点燃的活力，睡眠成了次要的事。

当时听说有一个英国贵族子弟，花了数千美元购买了一套PA（一种播放器）音响，在自己的宿舍里办了一系列的“Under 21 Party（21岁以下聚会）”，还派人在门口查ID（身份），只让21岁以下的人进去。这种派对只有音乐和汽水，却有上百个男女挤在20平方米的房间里，随着超大声的电子舞曲发疯。

那些英国人据说还站到桌子上向底下的人喷汽水，大家又湿又黏，几乎把宿舍毁了，但是因为没有未成年人饮酒，校方只能给予严厉的警告。他们说这种聚会叫rave（狂欢），而rave的精神就是在不能狂欢的地方狂欢。起初，我没有受到邀请，也不敢随意参加，只能从远处看着闪光的窗户，听到里面传出的节奏和尖叫声，手臂交叉在胸前，不屑中带着羡慕与好奇。

有一天，当我在学校电台值夜班时，凌晨三点钟，那几个英国佬竟然撞进录音室，还带了十几个人。“希望你不要介意，我们将挟持这个频道！”他们以英国绅士夹杂街头混混儿的口吻宣布，并塞给我一沓黑胶唱片，说：“放这些！”那是我第一次听到这种音乐，当时并没料到它将在日后颠覆我的音乐思想，只觉得它很奔放，充满了活力和新鲜的声音。

我把音乐一放，后面立刻传来一阵欢呼声。那些英国人跑进办公室，把每一台收音机都搬出来转到最大声，几十个人直接在电台里办起rave party。我从来没看过这么叛逆却又这么没有破坏性的行为。大家那么疯，我也不禁跟着兴奋了起来。当晚的节目完全脱序，想必违反了好几个联邦电信委员会的广播规定。然后就像快闪族一样，他们突然迅速撤离，但临走前还把所有的收音机归位，把办公室还原，关上门之前对我笑着说：“Join the future（加入未来）”！

之后，他们不时会来找我，我也很乐意放他们带来的唱片。我记得有一次一位听众打电话来，劈头就大骂："你们在放什么鬼！唱片放错速度啦！"带头的英国佬George把听筒抢过来，用很正式的口语说："闭嘴，这是未来。"然后就把电话挂了,又赢得一阵欢呼。后来我也常参加他们的派对，但是不擅长社交的我，只会在旁边跟着音乐点头。其实我最爱的是融入那欢乐的气氛，看到大家为音乐而疯狂，完全没有架子又那么团结的叛逆精神。

冬天到了，老爸寄给我一件白色的羽绒大衣。我总是穿着那件大衣，手插进口袋，满脸杀气地站在角落，心里却在跳跃。George因此封我为"白色忍者"。这个外号伴随我到毕业。

多年之后，这点一直没变：面对着夜店的浮华世界，我每次上台还是最怀念那段"白色忍者"的时光。因为在那个年轻又充满着可能性的年代，我亲眼看到了音乐如何呼唤出大家的童心，而在那群体的舞动之中，我找到了一种奇妙的归属感。

# 大学时代，我的贫穷知己

◎李开复

来哥伦比亚大学报到的第一天，我刚走进自己的宿舍，就看到一个棕发碧眼的男孩冲我微笑：“嗨，我叫拉斯，把东西放在这里吧。”这就是我的室友拉斯，我们一起住了整整两年半。拉斯是波兰裔美国人，他身高178厘米，骨骼宽大，是我在大学期间唯一的知心朋友。我们大多数时候很快乐，在昏天黑地胡说八道中度过。

拉斯很直率，很幽默，又爱搞恶作剧。我经常嘲笑他“笨得要死，编程的速度比老牛拉车还要慢”，他也经常反击我，“永远找不到女朋友，见到女孩脸就比猴子屁股还红”。

哥大的学费加生活费大约一年1万美元，这在1979年，对于一般的美国家庭来说，都不是一个小数目。我们需要靠自己打工来赚学费。我去做家教，后来在学校的电脑中心打工。拉斯在学校食堂找了份厨师助理的工作，那时候，他经常从食堂带剩下的面包和热狗回来，我们经常能大吃一顿。

由于我们的经济状况相似，所以我们的时间表也差不多。下课之后我们都去打工。半夜我编完程，他洗完碗回来，我们躺在床上闲聊，有时候时间晚了，我们俩都饥肠辘辘，冰箱里又没有吃的，我们就去学校附近的小店里吃最便宜的炸鸡。

有一年，我和拉斯都没有钱买机票回家过圣诞节，就留在学校里寻找打工的机会。有一天，他从学校食堂搬回来25公斤奶油芝士，打算自己做蛋糕。我们计划做20个蛋糕，天天当饭吃，省出假期的饭钱。

25公斤的芝士根本没办法用普通的搅拌器来搅，我们只好倒进一个大桶里，每人拿一根棍子使劲搅。做好了，我们开始每天吃同样的奶酪蛋糕，吃到最后，已经到了看都不想看蛋糕，提也不想提起“蛋糕”这个词的地步。直到七八天后，他突然对我说：“开复，天大的好消息！剩下的蛋糕发霉了！”那天，我们俩坐地铁到唐人街最便宜、菜量最大的粤菜馆，叫了6道菜来庆祝蛋糕发霉。

有一次，我们实在太饿了，深夜两点跑到唐人街的一家中国菜馆，要了7盘不同的饭和面，通通吃光。结账的时候，看到光光的盘子，服务员不敢相信。她上上下下地打量桌面和桌腿，但是什么也找不到。“难道你们真的把这些都吃光啦？”服务员问。我们点点头。“天哪，你们要不要叫救护车？”服务员惊呼。

“做蛋糕”这个词，后来成了只有我们才能听懂的暗语，就是指做同一样东西做得太烦了，直到让我们恶心。

我和拉斯成了一生的好朋友。我们一直都通过电子邮件进行联系。拉斯毕业多年之后，做出了非常美国化的选择，他放弃了一家美国证券所IT（信息技术）工程师的丰厚薪水，到德国开了一家画廊，娶了比他小十多岁的女人为妻。2005年，我在和微软打官司的时候，他还专门打电话跟我说：“你需不需要一个人帮你做人格担保？”我虽然很感谢他，但我跟他说自己的人格没有问题，不用他担保。他又说：“其实我也知道这点，我只是想让你知道有一个朋友永远站在你身边。”

有意思的是，拉斯喜欢做蛋糕的习惯保留了下来。每年圣诞节，他都要寄给我一个他亲手做的蛋糕，每次都加上糖和朗姆。但是，圣诞节时他从德国寄出，等我收到的时候，基本上已经到春节了，我们全家谁都不敢吃这个蛋糕。因此，我发邮件给拉斯，感谢他从德国传来的祝福，但是让他不要再寄蛋糕给我了。可拉斯回信说：“这是我的一份心意，我一定要寄。”

2000年，我从微软亚洲研究院调回微软在西雅图的总部工作。那一年，由于搬家的任务十分繁重，我忘记了告诉拉斯。结果，拉斯又寄了个蛋糕到我原来的地址，结果，邮政系统查无此人，又把蛋糕退回拉斯的家里。拉斯接到蛋糕十分惊讶，他发了封邮件跟我说：“你知道吗？我一直以为，在蛋糕里加朗姆和巧克力是一种古老的防腐方法，所以，当我今年5月份接到我去年圣诞节寄给你的蛋糕时，我在想，我终于有机会试试这种防腐的方法是不是管用啦。现在，我很高兴地告诉你，开复，我把那个蛋糕吃啦！而且，更大的好消息是，我还活着。”

我对着电脑哈哈大笑起来。另外，我告诉拉斯：“我写了一篇关于我们做蛋糕的博客，不过是中文的。你可以用谷歌翻译工具翻译一下看看。”而拉斯马上给我回了一封邮件说：“我很喜欢你写的我们做蛋糕的冒险经历，不过比起谷歌翻译版，我还是宁愿读你的中文原版。”

我对着电脑，又是一阵狂笑。年轻时一起经历的青春岁月，是那样快乐和美好。人们离开大学，有着各自的生活轨迹，但是回首很多事情时，现今一切的快乐似乎都无法取代当时那种单纯的快乐。因为，我们当时是那么年轻、无畏、美好。

# 驴友小青的故事

◎梅林横笛

十几年前我还住在西三环外，上班经常忙得头昏脑涨，会就近找个美发厅，洗个头，按摩一下。

一天，我正闭目享受按摩，就听身后的服务员在和另一个小姐妹聊天儿：“哎，你知道吗？咱们旁边的莲花池公园可不简单呢，有3000多年历史了，辽、金两个朝代建都北京，莲花池都是都城的重要水源，所以有种说法，叫‘先有莲花池，后有北京城’。我昨天去玩时，湖里开满了莲花。”

小姑娘的声音里流露出兴奋。我心中不免有些感慨：自己来北京六年了，却从未去过莲花池公园，更不知道它还有那么多的故事。

和她聊天儿的小姐妹忍不住笑了起来：“咱们到北京打工，能待几年呀？北京城和你有多大关系？还是多挣点儿钱回家吧。”说着，她还压低了声音，“小青，你昨天请假出去玩，老板娘很不高兴啊！”

“管她呢，好不容易来到北京，我一定得好好玩玩。我打听过了，从咱们这儿坐车往北四站地就是玉渊潭公园，有时间我非得去那里玩。”

那次过后约莫一个月，我再次走进那家美发厅，已经不见了小青的身影，上次和她聊天儿的小姑娘说小青已经不在这儿干了。

“说这附近没啥可玩的了，玉渊潭、军博、中央电视塔，人家全去过了。”说着，她轻轻叹了口气，“她呀，来北京一共没挣几个钱，又都还给北京城了，我可不能像她那样。”

就这样，小青在我的生活中消失了。我以为，今生我永远都不会再遇见她。

然而这个周末，有朋友约喝茶。如约赶到南四环东高地的“滟青茶苑”，走入依照江南风格装修的茶苑，却感觉迎在门厅的经理似曾相识——她身穿合体的黑色职业套装，雪白的衬衣衣领适度外翻，脚上是一双黄色半高跟皮鞋；光洁的脸颊化了淡妆，烫过的鬈发盖过耳郭，露出白皙的脖颈儿，让人觉得真诚、干练又内秀。

我小心翼翼地开口求证——她果然是小青。

她告诉我，来北京这十几年里，她一直是边打工边游历。为了方便探访身边的名胜、景点，打工地点经常换。四年前，在参加某“驴友会”活动时，认识了现在的先生。先生是土生土长的北京人，却不得不折服她这个不折不扣的“北京通”。先生家里资助她开了这家茶苑。

她说，结婚之后，和先生每年都会出外旅游。今年的目的地早已选定，要去新疆，去看那里梳着美丽发辫的姑娘。

小青的故事不禁让我思考，究竟怎样一种生活方式，才是我想要的？

# 站在梦想之上

◎付雁南

大学时，他与朋友在学校餐厅的一张餐巾纸上写写画画，这便是“新浪网”的雏形。后来，这位“新浪网”三号人物急流勇退，专心拍摄纪录片。他认为，“投资纪录片是精神扶贫，是社会善举”。他的目标是10年拍摄100部纪录片，“为下一代人留下这个时代的真实记忆”。

蒋显斌很早就对纪录片产生了浓厚的兴趣。有一年，蒋显斌在电视上看到了一部名为“寻找台湾生命力”的纪录片，它聚焦于社会变革中的台湾民众，也让蒋显斌“有了一种新的角度去思考脚下的土地”。

一开始，他考虑着只拍一部纪录片，“交个差，圆个梦”。但很快，这个生命中的小插曲却让他整个人都沉迷其中。

蒋显斌还记得，他所拍摄的一个拼命借钱供儿子读大学的父亲。片中的父亲希望儿子大学毕业后出人头地，但因为扩招，儿子毕业后很难找到工作，甚至还没自己挣的钱多。面对镜头，这位父亲却并没有想象中的失望：“年轻的时候我以为人生很长，现在我知道，其实人生很短。”

蒋显斌被打动了。他希望“用纪录片这个媒介来捕捉华人的面貌”。

为此，他注册了CNEX（华人新世代）基金会，每年选出10部华语纪录片提案，给予8万~10万元的资助。在拍摄过程中，CNEX担任制片方，并邀请国内外知名导演与学者担任影片顾问与监制。拍摄完成后，CNEX负责影片的参赛与市场发行。

这位“有眼光的商人”开始动用自己能够想到的所有资源。他的朋友，麦肯锡高级合伙人陈玲珍、电视编导张钊维，成了CNEX的另外两位合伙人，他们又分头行动，说服自己所认识的企业家为这个基金会做些投资。

基金会成立第一年，CNEX拉来了40万美元的赞助，其中有10万美元是蒋显斌自己的投资。

很多人都认为这并不是一个能够赚钱的行业，蒋显斌却对纪录片的前景相当乐观。除了每年维持基金会的运转，他还希望找到一个模式，使纪录片能够真正长久地运转下去。现在，他觉得自己似乎已经找到了一个方向。

从2009年6月起，CNEX资助张经纬导演拍摄的纪录片《音乐人生》在香港百老汇院线播放，引起了热烈反响。

现在，这部小成本的纪录片已经有超过100万港元的盈利。“这在纪录片领域简直是个奇迹！”蒋显斌说。

“我不会觉得失落，我们刚做网络的时候，营业额也没有那么高。”蒋显斌说，“现在我相信，纪录片就像一个巨大的冰山，在水下还有我们所不知道的巨大宝藏。”

在金马奖2009年度的评选中，这位曾经的“IT精英”站上了金马奖的舞台。作为华人地区著名的电影奖项之一，金马奖把最佳纪录片的奖项颁发给了蒋显斌所监制的纪录片《音乐人生》。

“得奖、上院线，这样一步一步是没错的。”蒋显斌说，“我希望纪录片能够有一个很繁荣的景象，当然，现在的情况距离繁荣还有一段距离。”

平日里，蒋显斌的多数时间在CNEX的办公室里度过。整个办公室，他最喜欢二层自己搭建的阳台。站在那里，“偶尔会冒出站立在梦想之上的感觉”。

# 人很需要一点儿异想天开

◎谢　娜

有时候人是需要一点儿异想天开的，你不做梦就不能体会醒来后分析噩梦和美梦的滋味。

那个时候，我只有十几岁，在四川中江读中学。我特别羡慕在成都上学的表姐，我想，像表姐一样，在成都上学，还可以自己打工赚钱，自由自在多好。刚好放假了，我就去成都看表姐。

表姐有个同学说："你表妹土是土，其实还挺乖（四川话'漂亮'的意思）的嘛，这么活泼可爱，还不如去考四川师范大学影视学院呢，指不定哪天就火了。"

我也不懂，就在一旁傻笑。

表姐就问我："娜娜，你愿不愿去考啊？"

我想如果考上了我就可以留在成都了，不用被父母死死地管住，做什么事情都可以自己做主，就说："好啊，好啊。"

表姐寝室的同学给我化妆，说："娜娜啊，去见艺术学校的校长，一定要化妆的。哎呀，我今天给你化妆，你以后成大明星了，我可荣耀了。"

表姐就在一旁损我们，说我们两个大白天说梦话。

表姐的一个同学的爸爸认识的一个朋友是电影家协会的，而这个协会的人又认识学院的院长。

辗转找到院长后，院长说："现在不是招生的时候啊，你们回去吧。"

我一听就着急了，表姐也着急了，赶忙说："院长，我们过来挺远的，您就给我们一次机会，让我们展示一下自己吧。"

罗院长看了我一下，问："你叫什么名字？"

我抬起头，很大声地说："我叫谢拉（娜）。"

罗院长的眉头就差拧到一起了，他说："讲普通话，叫什么？"

"谢拉（娜）。"

罗院长彻底无奈了，他摇摇头，对我们挥挥手，说：“不行，基础太差了，你们回去吧。”

他说完转身就要走，我突然胆子就上来了，连忙冲过去拦住他，跟他说：“我虽然普通话说得不好，但是我唱歌跳舞很棒的。”不等他同意，我就开始边唱边跳，声音特别大，而且唱的是《山丹丹花开红艳艳》。

果然把院长镇住了，我跳完之后院长半天没词，缓冲了一下，说我的基础不是一般的差，让我还是回去好好读书，表演不是谁都可以来学的，一定要有天赋。

我和表姐就在那里不停地辩解。说很多我是因为没休息好、状态不好之类的话。

罗院长禁不住表姐一直替我求情的样子，又看看我眼圈都红了，后来答应给我安排一个床位，让我跟读一个月。只是一再地强调，机会是给你了，能不能把握住就是你的事情了。

一个月啊，就一个月时间，我自己也不知道这一个月我能学到什么。但是好不容易得来的机会，肯定是要珍惜的，然后我就跟家里说我要退学，来这里跟读。结果爸爸妈妈问了一下学校的情况以后，很爽快地就答应了。

进校门的那天起，我就想，我要练好普通话，以后回中江县当播音员去，让爸爸妈妈也扬眉吐气一回。那个时候在中江觉得播音员最了不起了，是明星。我们没事情还去跟踪人家买菜，觉得特神奇，原来明星也要做饭吃啊。

后来，每次和朋友说到我就是怀揣着这样的想法稀里糊涂就闯进艺术殿堂的时候，就会非常感慨地说：“天上偶尔会掉馅饼，不过一开始肯定是你抱着石头傻啃的时候，旁边的人看不过去了，给你扔了一块金子。”

其实，很多事情，不怕你不去做，最怕的是你不去想，只要你有了想法，愿意为了这个想法而实施行动，可能结果不一定会是你最开始想要的，但一定会是最好的。

# 放弃蜗居去听海

◎叮　叮

两年前，像大多数白领一样，阿罗和皮皮每天都是朝九晚五地挤地铁上下班。上班第一件事是打开邮箱回复邮件，下班要赶回家买菜做饭，周末看个电影娱乐，晚上睡觉时想到明天是周一，立刻头痛。

改变是从国外旅游开始的，在国外，皮皮和阿罗看到各种各样的生活。“我们以为悲惨的，其实人家很幸福，比如在迪拜，那里的女人上街都要戴围巾，我们因此觉得她们很落后，甚至会产生自豪感。后来才知道，她们多数人都在欧洲受过高等教育，戴围巾是自愿的。”

“我们都隐约感到，人是可以换一种活法的，我们之前的生活未必错，但并不是我们理想的生活方式。”皮皮说。

他们决定一起辞职，到三亚创业落户。阿罗说，他们之所以敢将梦想实现，无非就是因为“想得很开”和“舍得放弃”。

家人对此不理解。他们不能接受，两个有着白领生活的好孩子，为什么要放弃大城市去小村庄？阿罗的父母都是教师，他们都不好意思告诉邻居，女儿去做生意了，便一直对别人说，女儿在海南的公司上班。而最重的压力是创业初期的艰难，小两口把准备在上海买房的钱，包括借的钱，全部投资在开旅馆里。

两个从来没有做过生意的上班族，两个思想单纯的浪漫孩子，从来没想到经营生意会如此难，成本一而再、再而三地超支，每天必须做的各种琐事很快记满一页又一页。

2008年夏天，“皮皮罗听海小舍”开业。当时，海南的家庭旅馆主要集中在三亚湾一带，都是走与旅行社合作的路线，而听海小舍是可以通过网络或者电话预订的，吸引了很多年轻人。在度过最艰难的第一个月后，他们的生意渐渐有了起色。

但是，“即使是最艰难的时候，我们都没想过后退，因为客人都是奔着我们来的，都带着希望。那段时间，我盯白班，皮皮值夜班，三四个月下来，我们谁都没睡过一个好觉。”阿罗说。就这样，白手起家，如燕子筑巢般，他们一点一滴盖起这个特殊的“家”。他们把每一个来往的客人视为家人。在这里住过的人用自己的方式表达对“听海小舍”的喜爱，有人看到洗手液没有标签，会记得回到工作的地方打印好后再寄给他们；而更多的人会把自己的QQ（腾讯聊天工具）和MSN（一种网络聊天工具）签名挂在听海小舍的网站上，替他们做个小宣传。

生意走上正轨后，两个人闲下来开始以“皮皮罗”的身份写博客，谈创业、谈电影、谈旅行，总之，畅所欲言。

转眼间，“皮皮罗听海小舍”开店已有一年。两个人明显感受到周边商业环境的变化：“我们开店的时候，附近的家庭旅馆还很罕见，现在，海南的家庭旅馆已经非常多了。很多年轻人都跑来开家庭旅馆，包括我们曾经的房客和朋友。很多人都说，听完我们的故事，让他们觉得‘哦，其实创业也没有那么可怕’。我们很高兴，能让大家都拥有实现梦想的勇气。”

2010年3月，阿罗与皮皮还在兰海花园开起了“皮皮罗私房小厨”餐饮店。为照顾来自五湖四海的朋友们的口味，小厨的菜系综合了海南菜、粤菜、川菜、湘菜的特色。装修方面，私房小厨采用蓝色与白色作为主色调，仿佛与大海、梦想交相辉映。

是的，“我有一所房子，面朝大海，春暖花开”，这是我们每个人都憧憬的生活，但他们则将梦想变成了现实，它虽不够伟大，但足够美好。

# 选择单调

◎子 沫

看了一段关于画家蔡志忠的生活方式的文字，很特别，裤子，汗衫，外套，同样款式，一买就一打，连颜色都不变，从不穿袜子，因为感觉影响灵感。简单得不能再简单。

他不喜欢应酬，来北京，除了必要的应酬，就待在宾馆里画画写文，他创造的纪录是42天没下楼。创作中国古籍经典漫画的那两年，他待在日本，没见任何朋友。他的观点是，待在原地，就是天下；待着不动，可以怀抱天下。

跨界设计师欧阳应霁，很时尚，但他对时尚穿着的定义是简单，永远是白T恤和黑裤，自己设计T恤，一次做很多件，白T恤的区别是领口的区别，很简单。简单的东西穿不腻，永远不会过时。

听过一场中国最美图书的设计者朱赢椿的演讲，说自己曾有短暂的困惑，但某一天，他想明白了，“住在校园里，房子很小很小，每天四点起床，走在校园里就感觉很幸福了，小房子也没关系啊，我也不怎么吃肉、吃高档西餐，后来发现，真的花不了什么钱，决定就这样生活了。潜心做想做的每件事，人一用心，气质就不一样”。

现代人的生活越过越复杂，因为选择多了，看似丰富，实际是一种庞杂和浪费。

日本导演小津安二郎的片子清淡得不像电影，但他是电影大师，影响了很多人。曾经很多人问他为什么不拍一些不一样的东西，他说：“我是开豆腐店的，让我去做咖喱饭，不可能好吃。”他只拍简单清淡的风格。

有些人能够成功，是因为简单，没想太多，而且用心做足。

我走过岁月，生活是有意识地越来越简单了。业余生活尽量选择单调，因为感觉时间浪费不起。

人生需要单调的存在。大千世界，纷繁复杂，能够做到单调的人，才是真正有大智慧的人，才是不与世俗同流合污的人。

# 别放弃，再等等

◎张小娴

最好的东西，往往是意料之外，偶然得来的。有时候，拍照拍了一卷胶片，最后的一两张胶片，本来不打算拍的，为免于浪费，随便拍了两张。谁知道胶片冲出来以后，效果最好的就是最后拍的那两张。

拍照的时候，挑了一大堆精心搭配的衣服，顺便又带了一套衣服。谁知道照片拍出来之后，效果最好的不是精心挑选的那几套衣服，而是顺便带去的那一套。

你画了很多张画，眼看还有些颜料，你随便再画一张，最满意的竟是这一张。

你约了朋友在百货公司里面等，你比约定时间早到了一点儿，于是随便逛逛，谁知道在这短短的时间里，你找到了已找了一个多月的一款鞋子。

你把几组心爱的号码填在彩票上，填好之后，手上还有一些零钱，于是你胡乱填一张，谁知道中奖的就是这一张。

朋友不停地介绍男朋友给你，但是每一次，不是你不喜欢人家就是人家不喜欢你。今天晚上，朋友说将一个男孩子介绍给你，你本来想放弃，但反正有空，于是去看看。幸好你去了，他就是你要找的人。

不到最后一刻，千万别放弃。最后得到的好东西，不是幸运，有时候，必须有前面的苦心经营，才有后面的偶然相遇。

# 拥有一支圆珠笔的幸福感

◎尤　今

陶琦是上海姑娘，到古巴去寻求商机。在哈瓦那一个聚会上，邂逅了一名古巴男子，两个人一见钟情。恋爱之后，男友带她回家见父母，当时是傍晚六时许。她一心以为会在男方家里用餐，可是，直到朦胧的暮色变成浓黑的夜色，男友家里都没有开饭的意思。她饥肠辘辘，实在忍受不了，只好匆匆告辞。

事后，她才知道，在物资极端匮乏的古巴，和大部分捉襟见肘的家庭一样，男友的父母无法拿出款待客人的食物。

第二次再受邀到男友的家时，男友要求她给父母做个蛋炒饭。她打开冰箱，里面只有一碗米饭和三个鸡蛋。她全拿了出来，但是，男友一脸难色地说："你只能用一个蛋，另外两个蛋，我爹娘必须留着慢慢吃。"

男友语气的艰涩，是她心上的一块砖。

我读过一部书，它记述了古巴革命前辈卡斯特罗的一段经历。童年时，他寄居于别人的家庭，每天都吃不饱，当年的他竟然不知道，这种胃囊发痛的感觉，是一种饥饿的感觉。

时至今日，粮食不足依然是古巴人民面临的大问题。有人指出，在古巴，尽管大家都吃不饱，可大家都有饭吃，不会有人被饿死。另一方面，物资的欠缺，却使古巴人的精神永远处在"饥饿"的状态中。有些微不足道的东西，竟然是他们心中可望而不可即的"奢侈品"。

在哈瓦那，有一回，我坐在公园里享受满眼绿意和徐徐清风时，一男子以流畅的英语与我搭讪。他是大学讲师，兼通英文和西班牙文，知识渊博，谈起古巴的历史，如数家珍。大家谈了一个小时后，愉快地握手道别，这位极具学者风度的大学讲师忽然说道："你有圆珠笔吗？给我一支，好吗？"我错愕地望着他，他的眸子里装满迫切的期盼，期盼我能给他一支圆珠笔。

到博物馆参观，知识丰富的讲解员把古巴的历史说得引人入胜。参观完毕，我举起拇指称赞他，他露出腼腆的笑容，问："你有圆珠笔吗？"

在手工艺品集市上，有个摊主指着我先生日胜插在口袋里的那支四色圆珠笔，像口渴的人看到甘霖般，满眼饥色地说："给我，好吗？我的妻子是教师，她需要！"日胜说："我就只有一支而已，自己要用啊，不好意思不能给你。"他以为这是托词，竟拿起摊子上一件纪念品，说："换，和你交换。"

许多时候，搭乘计程车，下车时，司机也会问："你有圆珠笔吗？"

如今，我已返回国门，可是，一拿起圆珠笔，我的眼前，便会浮现出一双双满是渴望的眸子。

想买时随时可以买得到、想用时随时都可以取来用，竟也是一种幸福呵。

# 那些隐于市的聪明人

◎马　曳

哈佛的燕京图书馆前台有一位图书管理员，日本人，有五十岁出头了。英文并不怎么好，但是为人很和善，下雨天总是非常细心地拿出图书馆的防雨塑料袋，帮忙把你要借的书仔仔细细地装起来，像礼物一样。有时候碰到英文不好的中国学生或学者有问题，他会点头哈腰地让你等一下，然后去找个说中文的同事来帮忙。

美国校园里颇有一些这样的staff（职员），四五十岁，做普通的行政工作。很难判断他们从前的事业轨迹，但是大家看起来也都过得不错，对学生客客气气，尽职尽责。

后来偶尔的一个机会，有人告诉我，这位日本大叔，乃是哈佛神学院DT毕业，然而DT这个学位实在找不到工作，他便做了图书管理员。

DT的全称是Doctor of Theology（神学博士）。这个学位有两个重要特点，第一是念起来十分漫长，经常要十四五年才能毕业；第二是极难找工作，毕业如果不是碰巧可以找到一个教职，往往只能转行低就。

为什么要十四五年呢？因为要研习宗教先得有语言的敲门砖，以旧约学者为例，至少得学希伯来文，也许还要学亚兰文、巴比伦文。为了能看懂后世的文献，拉丁文、希腊文、德文、法文这些肯定要懂一两门。把这些都学会了，恭喜你，你可以从头研究那些浩如烟海的古文献了。

可是这样殚精竭虑地做了十几年学问，到了40岁毕业了，还是可能只能做一个图书管理员。这在唯身份地位收入论成功的人那里，简直是不可想象的事。

还是一个日本人。村上春树的《1Q84》里的男主人公天吾曾经剖白说，他本来可以谋得更好的职业，但是为了有更多业余时间进行写作，就选择做了补习班的数学老师。

我记得当时看到这一段的时候，觉得自己很喜欢这个主人公。

这世上有很多聪明人选择大隐隐于市，也有很多资质一般的人坚持走在通向功成名就的那条路上。这两种选择无论怎样都是殊途，但非得给它加上个价值判断，我觉得是过了。就好比燕京图书馆的图书管理员先生，你可以说他的境遇可叹，但谁知道他没有享受过那十四五年的博士生涯，以及现今在书本中波澜不惊的日子呢？

# 我已经死了

◎陈　坤

巴厘岛。

公司的同事在海滩上嬉闹游泳。

家人在不远处围坐一圈，母亲在照看两个孙子，亲人们诉说着细细碎碎的家长里短。

我戴着太阳镜在躺椅上晒太阳，和一个朋友畅聊。

她忽然说：“坤儿，我觉得你已经死了。”

我从椅子上跳了起来，摘下眼镜盯着她说：“我已经死了。”

这句话太美了！这是我近三年以来收到的最好的礼物。

朋友的一句话，让我跳出原有的思维框架。

我已经死了。如果以死亡的视角看世界，会看见什么？

沙滩上，同事们在嬉闹游泳。我远远地望着他们，意识到曾经对他们的态度多么可笑。我常说这是一个大家庭，却忘了脱掉“明星”的外衣。现在我死了，才明白他们是我的兄弟姐妹。

家人在不远处围坐一圈。我静静地看着他们，意识到对家人的爱如此狭义。我曾经以“照顾”的名义，强迫他们过我认为好的生活；以“亲人”的名义，对他们发火责难，把最丑陋的一面甩给他们看；以“忙碌”的名义，没有好好陪伴他们。现在我死了，我对这一切感到懊悔。

我已经死了。当我从习惯思维中跳出来，会发现什么？

也许死是另一种生。

不久前，一串珠子不见了，我翻遍了所有的地方都找不到。那串珠子我戴了很久，它的离去像死亡一样，让我沮丧不已。此刻，心中却闪过一个念头：若有人捡到这串珠子戴在身上，这是它的生。

城市的变迁，让我们唏嘘不已，站在过去的视角看，是旧的死亡；若站在未来看，这是推动世界往前走的生命节奏。

爱我们的亲人离去了，我们悲痛不已，在我们看来，他们死去了；也许从“另一个世界”看来，他们的生命刚刚开始。

一位我非常尊重的上师曾经说：“当你每天睁开眼睛的时候，你睡着了；当你闭上眼睛的时候，你才醒来。”

何谓生死，要看以何为坐标。当我从二元对立的层面跳出来，又听见了什么？

两个人在争论。一个人说：“万物由念生，这个世界的一切，包括你，都是我的念头产生的，所以，我是真的，你是假的。”另一个人说：“我看见的世界，包括你，也是我想象出来的，我才是真的，你是假的。”

到底谁真谁假？造物者在天外笑了。两个梦幻泡影，却在这里争论谁真谁假。

我也笑了。当阳光打在沙滩的贝壳上，我看见它懒懒地打了一个哈欠时，我不确定自己是生是死。

# 资深少女

◎巫小诗

这是我在台湾上学的第二个月，已经渐渐习惯了这里的一切——短袖可以穿整个学期，点餐要选“大辣加辣”，在校园里遇见骑摩托车摔伤被绑成“木乃伊”的同学已经见怪不怪，摊子上那一堆稀奇古怪的热带水果基本能叫出名字，连嗲声嗲气的两百分热情也招架得住了。

尤为打动我的是，我所遇见的台湾女性，无论年龄大小，在她们身上都或多或少保留着“少女”的影子。她们喜欢圆头平底的娃娃鞋，喜欢穿裙子，不忘化妆，嗲声嗲气，又只在适当的场合撒娇。

她们的内心似乎永远住着一个十七八岁、梦幻可爱的小姑娘，暂且让我称她们为“资深少女”吧。

我曾在地铁里给一位奶奶让座，她连连道谢。我在她旁边站着，她把身子往边上挪了挪，对我说：“妹妹，你过来一起坐，挤一下就好了。”我笑着说不用，她却又挪了挪，很认真地对我说：“妹妹，真的坐得下，你过来嘛，我很瘦！”“我很瘦”这三个字从一位白发奶奶嘴里说出来，实在太好玩儿了。最终我还是没有坐，因为我快到站了，而且，可爱的奶奶，你很瘦，但我不够瘦呢。

班上的女同学都很友善，不仅温柔，还很热情。坐在我后面的女生听到我跟邻座抱怨没有辣椒吃，课间就主动递过来一张小字条，告诉我全市范围内有好吃的辣菜的店。她还给我画了幅小地图，从地图上的小房子里拉出好些个小箭头，标注出菜名。台湾女生的字都比较可爱，圆圆胖胖的，有点儿像输入法里那种“喵呜体”或者“娃娃体”，总之就是萌萌的。

她们嗲，她们萌，但又不是弱不禁风的“软妹子”。在台湾，你会发现许多服务员都很年轻，稍微聊聊就会发现，她们几乎都是做兼职的在校大学生。她们喜欢靠自己的双手挣出游或者添置物品的经费，觉得再也没有比自食其力更理直气壮的事了。

班上有位女生向我做自我介绍的时候，说完中文名，又说：“我现在的英文名叫Apple（苹果）。”“哦？现在的？”我问。她解释说，她今年要做兼职攒钱给自己买台苹果电脑，为了激励自己，干脆把英文名改成了Apple。我打趣地问她：“明年要换个什么英文名？”她说：“不换了，Apple的产品是买不完的呢。”我笑了，多机智的英文名啊。

我的小说课女老师，四十岁出头，气质很恬静，也很知性，她每次上课都穿连衣裙，款式类似，胸针却基本不会重样。她有两个小孩儿，一个读小学，一个读幼儿园，她在课堂上经常会提到自己家的“哥哥和妹妹”。她在家就跟两个孩子一起看动画片，一开始的目的是审查一下这部动画片是否适合小孩子看，看着看着就成了观众，她还会告诉我们哪部动画片好看，哪部比较无聊。

她喜欢买一些很特别的东西。有一次上课时她拿着一个小小的布袋，兴奋地对我们说：“我刚买的，太神奇了！它看起来是一个小布袋，但是从拉链这头开始拉，可以把整个袋子拉成一根长长的绳子；再对折拉，又可以回到开始的模样。既是布袋又是绳子，很有趣，对不对？我第一眼看到就好喜欢，只是现在还没有想好要用它来干什么。”她说这些话的时候傻愣愣的，别提多可爱了。

突然想起蒋方舟25岁生日时，网友在她微博底下的一条评论：“与我同龄的女生，大都早就女人味十足，只有你，这么多年，不管你说了什么样的话，写了什么样的字，做了什么事，在我心里一直是一副小女孩的模样，一直在成长，永远长不大。”

一直在成长，永远长不大，这种超越年龄的少女心态，是一种幸福快乐的超能力吧。愿所有善良美好的女性，在成长、进步的同时，还保持着纯真的少女心。

# 请给你的肉体以尊严

◎［韩］张英姬

因为今天有个论文必须交稿，所以连续几天我都没睡好觉。早晨起床化妆，感觉就像往牛皮上画水彩画似的难以吸收。我慌里慌张地吃完早饭，忙着为一个英文写作的课时备课，不料在书里发现了有趣的问题。

有位富人在公园里散步，发现了蜷缩在长椅上睡觉的乞丐。富人很想知道乞丐的愿望是什么，于是问乞丐。乞丐说他只想在温暖的被窝儿里睡上一夜。富人于是答应乞丐，从那天开始，乞丐可以免费在最高档的宾馆里睡觉。结果第二天富人来到宾馆，却发现乞丐重新回到了公园的长椅上。富人就问他为什么回来，乞丐又是如何回答富人的呢？

我在课堂上提出了这个问题，学生们纷纷给出了富有才华和奇思妙想的答案："换了地方，无法入睡。""成为富人好奇的对象，自尊心很受伤。""换到舒服的地方睡觉，结果再也没有梦想了。""还不如给换成钱呢。"……突然，敏植同学大声说道："一日为丐，终身为丐！"

同学们哄堂大笑。然而他这次的回答却非常完美。

我的脑海里还会浮现起很久以前的记忆。

那是1984年夏天，当时还在美国留学的我暑假期间回了家。在一个炎热的日子，我被想逛街的妹妹拉着去了明洞附近。

突然，妹妹指着挂在某个橱窗里的白色连衣裙说，她想试一试。

那家商店前面有很高的门槛，由于我身有残疾，无法跨过门槛，干脆在外面等着妹妹。

女老板引导妹妹去了更衣室之后，突然发现了倚门而立向里窥视的我，她愤愤地说道："以后再来吧。没看见这里有客人吗？"

我不明所以。这时，她又提高嗓门儿，大声说道："我叫你以后再来，没听见吗？这会儿没零钱！"

听见这句话的妹妹立刻停止试衣，一下子踢开更衣室的门，走了出来。

“你刚才说什么？你把我姐姐当成什么人了！我姐姐可是博士，博士！名牌大学毕业生，又写文章又出书……”

妹妹简直像希腊神话里的愤怒女神。

女老板毕恭毕敬地道歉，但表情依然很委屈。看得出她非常真诚而惭愧，但神情中的郁闷未减分毫。

细究起来，站在她的立场上完全可以这样待我。

那年夏天的经历改变了我的生活方式。

拿到学位回国之后的第二天，我就脱掉牛仔裤，换上了正装。选择衣服的时候不再首先考虑实用性，而是以“不让自己像乞丐”为基准。

这种既浪费时间又浪费金钱的事被我当成了神圣使命。进而言之，我认为这也是一种牺牲。既然我不能抛开拐杖走路，那就算是为了纯真地称呼我为老师的学生们的体面，还有我容身其中的学校的声誉，我也不应该让自己看起来像个乞求铜板的乞丐。

于是，每天早晨我都要从宝贵如金的时间中抽出十分钟，用来涂脂抹粉。

全然忘记了那句“一日为丐，终身为丐”……

# 我终于敢于不成功

◎蔻蔻梁

在报社8年，只要老大走进办公室说，要派人去某某地方，我一定直接跳起来说："我去！"有一天刚从马来西亚出差回到办公室，行李箱还放在脚边，老大进来问："有个去可可西里的采访。谁有时间？""我去！"我又跳起来。老大白了我一眼，说："疯了。"那时候，我把出差等同于旅行。

## 那些"苦难记忆"

我从小是个乖孩子。在家长的引导下，我刻苦学习，认真读书，学习各种乐器和才艺，非名校不考，考上了还非得争取名列前茅。工作以后就是考证狂，有事没事，无论是否出国，GRE（美国研究生入学考试）、GMAT（研究生管理科学入学考试）一个不落，还不知道日后到底怎么发展，MBA（工商管理硕士）先考一个放在那里再说。乖乖存钱，好好供房，一切好孩子该做的事情我都做了。成功，是我从小到大唯一的紧箍咒。

于是，很自然地，我在报社用的完全是拼命三郎式的做法。做了一年半记者，就做了编辑；做了一年半的编辑，就当上了部门首席编辑。

有一天，做特刊做到凌晨两点，赶紧回家洗漱，把行李随便塞在箱子里，和衣睡两个小时，4点起床，披星戴月赶到香港机场，乘坐早班机开往泰国，一去，就在稻田里扎了10天。

大选题比策划案前一天，在做版间隙上洗手间，发现有血迹，没在意；再去，依然有血迹；第三次，开始剧痛。把版面做完，交给老大，淡定地说："尿血，我去医院检查一下。"去了医院，取样的时候一管尿液已经是深褐色，化验单上密密麻麻的加号。医生倒吸一口冷气，说："都到这份儿上了你才来，你真能忍啊！"结论是急性膀胱炎。猛吊几瓶药水，种种煎熬自不必多说，疼得腰都直不起来，每次上厕所都宛如酷刑。

## 五斗米，折腰还是不折？

身体问题终于在2009年集中爆发。我在去广州轮岗的时候突然摔倒在地，四肢抽搐，全身疼痛，脸鼻歪斜，口吐白沫，直到昏厥。一切都毫无征兆。全身检查，医生的结论是除了一系列病症以外，最根本的原因是疲劳过度、精神焦虑、心脾两虚。

出院我就递交了辞职申请。报社领导很惊讶，他们批准我停薪留职半年，好好休养身体。能享受这样条件的人，我在报社8年，也没听说过几个。很深厚的情意，我知道。

我先去欧洲玩了3个月。在欧洲除了旅行以外，我圆了自己小时候当科学家的梦。我探访了在瑞士的科学实验室，看科学家工作、生活，了解他们的项目，学习知识。我在小镇上简单地生活，买菜、做饭、写字、散步。

回来以后，大家都以为，在欧洲玩了3个月，身心都休整好了吧，该回去上班了，位置留着呢。好多人找我谈心，包括劝诫我要珍惜大好前途，告诉我外面的世界多险恶。有人告诉我不工作的日子有多么空虚无聊，有人告诉我每个月没有固定工资的日子是多么惶恐。社保怎么办？医保怎么办？一堆问题。

广东人说“得些好意需回手”。跟单位撒娇，单位已经给足面子了，我是不是也应该乖乖领情，回去再奋斗？这五斗米——其实已经不只是五斗米，还有更深厚的认可和诚意，我折腰，还是不折腰？

很多个夜晚我都在做心理斗争，不是没有动摇过，不是没有恐慌过。我甚至收藏了好多投稿的网页和电话，为日后做自由撰稿人做好准备。

还有3个月的思考时间。

## 赢了，免费环游世界80天

一位认识的朋友发过来一个网址：雅虎免费环球80天大赛拉开帷幕。她说：“这个适合你，去试试看吧。”

全国报名的已有4万余人，尝试一下又不会死对不对？我看了一下初赛要求，无非是建立一个个人空间，贴自己写的游记、照片。老天爷，我的电脑里这些东西堆积如山啊！

于是，我开始泡人生的第一个公共论坛。我第一次有闲工夫学着怎么发帖，炒热自己的帖子，展开话题，和网友聊天儿——得益于多年的编辑本领，这的确难不倒我。

比赛历时两个月。网络初选，4万多名选手中选出160名进入复赛，比拼文章水平、拍照水平、网络人气、亲切度，选出30名，去北京参加复赛。最后，经过两天两夜的比赛——体能、团队合作、语言能力、应变能力，8名获奖者出炉，我是其中一名。

赢了。这是老天给我的一个最大的暗示吧？二话不说，回深圳就办理正式的辞职手续。我走了，我80天环游世界去了。

## 我是谁

再后来……再后来就是辞职之后的故事了。

我有过不适应，名字前面再没有前缀了。在各个社交场合里，我再也不是知名大报的“首席编辑”了，那么我是谁?

再也没有人邀请我去发布会了，没有人热情地请我吃饭了，中秋节我的桌子底下不再堆着上百盒月饼了，想吃大闸蟹要自己去买了。我是谁?

终于有一天，我很坦然地跟陌生朋友介绍自己，说：“你好，我是蔻蔻梁。”

我知道，自己不需要一个前缀了。自由撰稿人？作家？旅行家？美食家？生活家？我不再需要任何一个头衔。因为没有头衔，所以我拥有了更丰富的可能性。

这个世界上有很多精英分子，蔻蔻梁不去挤这道窄门了。蔻蔻梁远不完美，但唯一。这是我迟到的叛逆期，因为终于敢于不成功，所以，我放松了。

# 楠茜：贩卖梦想，环游世界

◎程迦南

1985年出生于湖南株洲的楠茜，既有湘妹子与生俱来的爽朗、热情性格，又如同所有80后女孩一样对生活充满美好的小幻想。刚上大学的时候，楠茜就一边做兼职，一边赚钱出去旅行。不到几年时间，她已经在全国上百个城市留下了足迹。

工作以后，她依然喜欢将自己放逐在路上。

然而，楠茜身体出了点儿状况——她患上了干燥综合征。这是一种无法根治的顽症，会导致干燥性角膜结膜炎、口腔干燥症等，还会引起呼吸系统、神经系统、肌肉和关节等器官和组织的损伤。楠茜辞掉工作，求医养病。

一年多的时间里，她顽强地和病魔抗争，最后终于挺了过来。她要让自己好起来，她要继续行走在路上，享受旅行的美好。

楠茜心里那个环游世界的梦想开始蠢蠢欲动。然而囊中羞涩，楠茜不禁慨叹，怎样才能在经济紧张的情况下顺利地环游世界呢？

“我梦想环游世界，但是我缺少旅费，不过我可以将梦想出售给那些和我有同样梦想的人啊！”

想到这里，楠茜特别兴奋，立即着手去准备。2011年1月18日，楠茜在淘宝网上正式发售自己的宝贝：“楠茜：贩卖梦想环游世界——第一站，越南”。之所以选中越南，完全是楠茜在东南亚和南亚的国家里掷飞镖的结果。

在说明里她写道：“我的梦想是环游世界，可是我没有钱，我只有出售梦想给跟我有同样梦想的人，以此来实现我的旅行。20元，可以购买我在世界上任何一个角落的旅行梦想，可以资助我孤身完成环球旅行。它是一张明信片，将带着我实现梦想的快乐从异国他乡寄给您，让您真正分享到那原汁原味的风情——致有梦想环游世界的朋友。”

一句“梦想，来一份”打动了许多人。楠茜的越南旅行梦想计划共收到一百多份祝福，收获梦想基金2000多元。

1月26日，楠茜带着自己的单反和笔记本电脑，从海南出发前往越南。在越南，每到一个城市，她都会为购买她梦想的人寄出明信片，把那些爱的语言送到他们想送达的人手上。购买她的梦想的人，希望传送“爱的语言”的人，有为自己购买的，有父母寄给孩子的，有丈夫送给妻子的，有男友为女友准备的。求爱、道歉、思念、祝福，每一张明信片内容不一，但充溢的都是爱的语言。

越南之后，楠茜开始筹谋下一站旅行，“目前想先去印度，至于再下一站是哪里，我也不知道。我现在想买一个小DV（数码摄像机）把旅行过程都拍下来，把我的病情变化也拍下来。也许很多年以后，可以整理成一部非常有价值的纪录片，不论对和我一样的病人，还是身体健康的朋友们，都应该很有价值”。

现在的她，依然是那个对生活充满美好遐想的女孩子，所以，别人才会钟情于她的梦想。

# 梦遥：从“吃货”到“吃主”

◎梦　遥　西　梅

## 人生就像胃，把好的不好的全消化掉

刚刚大学毕业一年，就要去做美食节目。那个时候心理压力特别大，一是什么都不懂，在家里也很少做饭；二是大家不看好你，你空有一张贤妻良母的脸，年纪也没到那个份儿上。阿姨直接打来电话给节目组说：“你看你们新找来的小姑娘刀都不会拿啊。”

我那时住的是小公寓，没想过要做菜，所以连厨房也没有。没办法，重新换房子，带厨房的，练切菜啊什么的，那段时间我经常请朋友吃饭。8点钟吃饭，4点钟就在厨房里忙活了。

后来就到了《美食地图》，每天要跑六七个地方，最晚拍到夜里两点钟，而且京郊地区比较多，基本是在北京城一日游的状态下。第一年做得特别用力，什么都真吃，什么都大口来。有一次录节目的时候，胃疼得不行了，直接到了满地打滚儿的程度，诊断说是急性肠胃炎，就在医院躺着打吊瓶，喝了一个月的粥。

去年做《食全食美》节目，我估算了一下，一年时间大概拍了480家餐厅，《周末版》总共拍了1600多分钟。比如说今天是麻辣香锅主题，就吃一天麻辣香锅；明天是烤鱼主题，就会吃一天的烤鱼。这种麻辣、热辣大集合，你吃第一顿的时候会觉得还好，第二顿勉强，到第三顿的时候已经尝不出什么味来了。如果刚好赶上身体不舒服，就爱喝粥，但今天偏偏要拍一天的麻辣香锅，那就很痛苦了。

每次吃到不好吃的东西，或是工作不开心了，就会去微博上看看有多少人在羡慕我，马上状态就调整好了，大家都那么羡慕你，都想跟我换工作，一定是有原因的，所以就应该知足。那就自己找调节的方式，练练瑜伽啊，旅行啊，跟朋友踏踏实实吃顿饭啊，等胃里、心里消化好了，再去迎接新的生活。

## 从“吃货”晋级到“吃主”

我原本是个单纯的、爱吃爱旅行的女孩，但现在我知道不能只用“吃货”的标准要求自己，“吃货”自己嘴馋，跟风去吃，但我们努力塑造出来的是“吃主”的形象，是带领“吃货”去吃的人，要比“吃货”段位更高。“吃货”特别爱吃，“吃主”特别懂吃，是引导消费的人。

现在我去某个地方，都会做旅行笔记，以前就是看景儿，现在是吃东西放在第一位。去日本旅行的人，别人想着看东京塔，去迪士尼，但我为了去蔡澜《日本料理》中推荐的寿司店，一个人跑去了日本鱼市。在鱼市的旁边，就有非常有名的寿司店，门口排长队就为吃他家的寿司，他家的芥末是由山葵做成的，特别新鲜，一般芥末的辣味都是挺在鼻头那儿，新鲜的芥末是那股辣味上来之后立刻下去，就像一波海水涌上岸来，当它下去的时候，海岸立刻把它全部吸干的感觉。

我打开全身心，去接受这些关于食物的美好的信息。因为只有看到好的，吃到好的，你才会有鉴别能力，才会去追求更好的、更健康的、更用心的东西。

# 巴厘岛浪漫GO

◎苏浅影

2009年夏天，6名来自香港的人到巴厘岛游玩，他们一到度假村，就迎上来一位满脸微笑的女孩。这个女孩胸前佩戴着一枚标明中国国籍的小徽章，她白天带游客们潜水、玩帆板冲浪和沙滩排球、骑马射箭，晚上则生起篝火，跟游客们一起载歌载舞。这个女孩便是莎拉，度假村里仅有的两名会说中文的GO之一。

莎拉是在看《皇太子之恋》时知道GO这种职业的。

莎拉到处搜索关于GO的资料，原来GO是法语“和善的组织者”或“亲切的东道主”的缩写：“白天他们是引领游客们纵情山水间的东道主，晚上则是多才多艺的表演艺术家。”

一次去巴厘岛旅游的机会，让莎拉终于有机会近距离接触到传说中的GO。在度假村里，GO们快乐地工作，他们跟游客一起尽情畅聊，肆意玩乐。

度假回来之后，莎拉发现现有的工作虽然薪水很高，可是每天朝九晚五的小格子生活，让她提不起精神。朋友告诉她度假村GO年度招聘马上要开始了，如果莎拉喜欢GO的话可以试着应聘。

英文出色、性格开朗的她很顺利地通过初试。复试时，来自新加坡的面试官问她：“做GO，需要有良好的沟通能力，你怎样做到与游客们的良好沟通？”莎拉想了想，微笑着伸出手，握住了那位面试官的手说：“给我个机会，让世界聆听我微笑的能量。”世界还未感受到莎拉微笑的能量，面试官却已经被莎拉的微笑打动，莎拉顺利地获得了GO的工作。

一个人提上简单的行李，带上护照，莎拉微笑着告别了现有的生活，怀抱着对未来的美好憧憬，来到了巴厘岛的度假村开始她的“孤岛求生”。

一到度假村，负责培训的前辈就说，度假村的项目GO们都要会玩，这样才好带游客一起玩。于是莎拉名正言顺地把所有的游乐项目——潜水、独木舟、网球、高尔夫球、射箭、马术等统统玩了一遍，让喜欢玩乐的她过足了“玩瘾”。

从培训到正式签合同之间的时间并不是固定的，看每个人的培训情况。莎拉的转正缘于一次“斗地主”。那天，她和负责人随同几名来自上海的游客一起玩，白天有趣的玩乐让白领们意犹未尽，晚上决定一起玩“斗地主”，输了的人要当场表演节目。于是，莎拉把大学期间同学们玩闹的那一套整人花样拿出来，结果每个人都玩得异常兴奋。负责人告诉莎拉，培训期结束，可以正式签合同了。那是她到度假村的第65天，她也成了度假村里仅有的两名中文GO之一。

莎拉还会经常组织大家玩些有趣的游戏，每次玩游戏都会有很多游客过来观看和参与。时间长了，大家送给她一个“游戏公主”的称号。

两年的GO工作，莎拉曾辗转四个地方——普吉岛（泰国）、石垣岛（日本）、珍拉丁湾（马来西亚）、巴厘岛（印度尼西亚），这份职业带给她的不仅是每个月四五千元的薪水，更多的是她对生活多方面的体验。GO让她第一次在马尔代夫看到流星，第一次在美丽的小岛上看到雨后的彩虹。游历各国的经历，与全世界的游客们成为好友，这些精彩的阅历都充实了她的人生。

最幸福的是，莎拉在巴厘岛认识了现在的男友，他是来自新加坡的一名GO，一起牵手诗意人生，畅享肆意青春。莎拉的生活里，注定比普通人多出一份光彩。

# 小情侣"居家旅行"：世界无处不是家

◎张　戈

多数人旅行是想逃离枯燥的日常生活，沈坚正好相反。借助英国"值得信任的房屋看管员"网站，只要全球各地有人外出，临时需要请人照顾房子和宠物，他就赶过去帮忙，免费吃住在别人家里，遛狗喂猫，健身写博客。几年下来，他不仅走了半个地球，还找到了真爱……

## 逃离鸟笼生活

2015年6月初的一天，哥斯达黎加科学家桑切斯教授和妻子外出旅行回到家。迎接他们的是一对青年男女，还有他们身后的两条狗和一只猫。教授屋里屋外转了一圈，高兴地对小伙子说："看得出你们把这个家和胡安、费雷尔还有斯诺克（狗和猫的名字）照顾得不错，我都分不清我们到底谁是真正的主人了。谢谢你们！"

小伙子说："应该说感谢的是我们，这两个月，我们在你们家生活得非常愉快。你们路上一定很累，就不打扰了。"说着，他和女孩背上行李走了。

这个小伙儿名叫沈坚，中国吉林长春人；女孩是他的未婚妻、意大利人爱丽切。

沈坚是英国圣安德鲁斯大学博士，2009年毕业后应聘到兰卡斯特城市学院任教。然而，大学教师刚当两年多，他就头晕头痛，晚上经常失眠。沈坚到医院一检查，医生说他有明显的初期抑郁症，必须尽快改变目前的生活和工作状态，否则，病情会越来越严重。

"我想不通，我从小就喜欢运动，身体一直很棒，工作压力也不大，怎么会得抑郁症？"沈坚回忆当时的情形。

在医生的建议下，沈坚开始攒假外出旅行。但沈坚没有多少积蓄，父母都是国内高中教师，为了供自己留学已竭尽全力，不能再向他们伸手了。

"2012年8月，我在加勒比海岛国巴巴多斯旅行时遇到女驴友爱丽切，她是意大利人，刚大学毕业。那天她不小心扭伤了脚，我把她送回宾馆，帮她买吃买喝。几天后，爱丽切的脚伤好了，我们也成了朋友。"半个月后，已经回到英国的沈坚忽然接到爱丽切的电话："一起去加拿大走走如何？"沈坚说："我刚回来，哪有那么多钱玩啊？”爱丽切就给他发来一个网站链接。

这是个名叫“值得信任的房屋看管员”的网站。网站提供一项服务：为外出的人寻找临时看管房子和宠物的志愿者。志愿者通过为房主服务，换得免费吃住的机会，顺便旅游。有人给这种旅行起了个特别形象的名字：居家旅行。

沈坚觉得这个办法不错，连忙注册登记。帮人看家照顾宠物，就像开网店一样，注册登记只能证明你的身份合法，还必须有人给你好评，甚至写推荐信，用户才会相信你，然后才会请你。当一位同事需要去美国培训一个月时，沈坚主动提出帮同事照看房子和宠物。一个月后同事回来，对沈坚的帮忙特别满意，不仅在网上给了他一段长长的好评，还为他写了推荐信。

没几天，沈坚就收到了一份来自加拿大多伦多的邀请，他连忙联系爱丽切：“我带你去加拿大。”

## 在“别人家”的生活

加拿大雇主是一对年近六旬的桥梁工程师夫妇，他们的儿女都在国外，所以，那条名叫多拉的苏格兰牧羊犬就成了他们家的第三个成员。最近，老两口凑了两个月左右的假期，打算分别去英国、西班牙和法国的儿女家各住一段时间，但多拉没法带去，家里也需要照顾，于是他们想到了网上招聘。

工程师夫妇刚离开，沈坚就遇到了难题：多拉见主人不在，坚决不吃也不喝。沈坚连忙给工程师打电话，工程师让沈坚打开视频，他要跟多拉说话。看到主人，多拉的情绪放松了许多，渐渐肯吃一点点了。工程师说：“多拉就跟我们的孩子一样，请你一定要耐心照顾好它，和它培养感情……”

沈坚意识到责任重大。此前帮同事照顾宠物较顺利，那是因为自己跟他家的宠物熟。于是，沈坚和爱丽切每天都带着多拉散步、为它洗澡梳毛，沈坚甚至带着它睡觉。果然，两个人慢慢取得了多拉的信任。

这栋房子位于多伦多郊外，按约定，两个人只负责照看雇主家的房子和宠物，不需做清洁和园艺。沈坚一直兼职IT设计师，在外面旅游也可接一些设计类的工作。一有空，他就带上爱丽切和多拉，开车去附近玩。爱丽切是两家社交媒体的签约作者，每天上午要写作两个小时，更新自己的旅行博客和回复邮件；下午去健身房运动，或者去户外散步。晚上两个人一起去附近的餐厅品尝美食，有时自己动手做一顿中餐或意大利餐，再各自回房休息。

沈坚一直没好意思把自己患有轻度抑郁症的事告诉爱丽切。发现自己悄悄地喜欢上她后，沈坚才把这事告诉了她。谁知，爱丽切说：“我知道。如果我连你的基本底细都不清楚，怎么敢跟你一起出来旅游？”

沈坚惭愧得恨不能找条地缝钻进去：这些外国女孩，表面上大大咧咧的，实际上独立性和防范意识特别强。沈坚发现，爱丽切明显对自己也有好感，他暗暗在心里给自己加油。

不料，就在工程师夫妇即将回来时，多拉病倒了。宠物医生说："多拉的身体没有明显的病症，可能是它太想念自己的主人了。"两天后，工程师夫妇赶回来时，多拉兴奋得一下子跳了起来，居然摇头摆尾呜呜地哭了。沈坚和爱丽切对视了一下，眼睛都湿润了。

离开多伦多时，沈坚问爱丽切的感受，她说："我特别喜欢这种可以静下心、深入当地生活的居家旅行。希望以后还有这样的机会。"

爱丽切的话鼓励了沈坚。沈坚觉得，外出居家旅行，自己还欠火候，主要是对各种宠物的了解还不够。回到伦敦，他就报了个宠物饲养培训班参加学习。

## 地球处处是我家

"并不是每栋房子都是豪宅。我们在美国居家旅行时，房主是位生态学家，房子位于佛罗里达海边，是他们自己建的，使用的全是环保材料，热水靠太阳能，发电靠太阳能和风力，水可以循环使用，生活成本非常低，一点儿都不污染环境。"沈坚说，"房子周围是杧果林，到了晚上，杧果林就像活了过来，你能听到各种叫声，青蛙、鸟叫等，每天早上，大西洋的海风和阳光会轻轻叫醒你……"

就是在这种自由自在的居家旅行中，沈坚的抑郁症消失了，他和爱丽切也水到渠成地相爱了。

记者问沈坚："你们这样玩，父母会觉得你们不务正业吗？"沈坚说："可不！我妈劝我，男孩应努力工作，争取在伦敦买套房子，再成个家，安安稳稳地过日子。后来我也婉转地征求过爱丽切的意见，她说：'为什么非得把我们重新关进笼子里？我觉得这样挺好的。'我一想，爱丽切说得对，健康快乐地活着才是最重要的，何况她写作，我搞设计，我们为何要回到那个好不容易才逃离的笼子里？"

其实，爱丽切的旅行博客积累了很多人气，仅广告年收入就有6万欧元以上。另外，她还应邀给包括美国《国家地理》在内的著名杂志和一些旅行网站写稿。沈坚的设计工作也随时随地都能做。

几年来，沈坚和爱丽切通过居家旅行的方式，先后在全球23个国家的23个家庭居住过，除了路费，基本上不需要花钱，却深入领略了世界各地的风土人情。

沈坚告诉记者，他们的雇主大多是社会中上阶层的知识分子，两个人照顾过的宠物更是多种多样，除了狗、猫、马、猪、鹦鹉、鱼等这些常见的动物，还有羊驼、树懒、猴子等，甚至有蟒蛇、蜥蜴和狼。由于地域、房子和宠物各有不同，每到一个地方他们都感到特别新鲜，好像来到了另一个世界："你们能想象带着一头羊驼在林子附近溜达的情形吗？那才是神仙般的生活啊！"

# 还记得时代广场的蟋蟀吗

◎流　沙

杭州一女孩，美丽、率性，家境富足，做了几年公司金领，赚下人生第一桶金后，辞职走人，离开杭州，云游天下。

这自然是精彩的人生，再无工作压力，再无烦扰。今日可在香港维多利亚看夜景，明日可到澳大利亚海边食牡蛎，后天可以直飞夏威夷泡温泉。

但不少人却在她的博客中留言，你每天游山玩水，钱终有用完的一天，当那一天降临，你将如何面对？她回答："就是因为你们担心这些，所以一年之中连进行一次五日游的时间也没有。"

而对于大多数人来说，一份稳定的工作，积攒了半辈子而购置的不动产，眼前熟悉而不那么讨人厌的环境，都是我们云游天下的羁绊，我们宁可被约束着，也不愿抛弃这些，去享受生活的精彩。

20世纪60年代，美国著名的儿童文学作家乔治·塞尔登写了一本童话《时代广场的蟋蟀》，这本书被誉为全球50本最佳童话书之一。

《时代广场的蟋蟀》讲述了一只名叫柴斯特的蟋蟀的故事。一直生活在乡下的柴斯特无意之中搭上一辆开往纽约的火车，来到了繁华如梦的时代广场，无处安家的柴斯特遇上了在地铁站里卖报的白利尼一家人，白利尼收留了它。

白利尼一家有一天突然发现这只蟋蟀与众不同，它可以演唱《重归苏莲托》、歌剧《阿依达》等高难度的乐曲，还能演奏莫扎特的小夜曲，每次演出，地铁站里经过的人都会为它驻足喝彩……一只乡下蟋蟀就这样一夜成名，成了时代广场最为著名的音乐家，它得到了许多城里人一辈子梦想得到的东西——荣誉、名气、金钱、尊重……

但是柴斯特在它的音乐事业达到巅峰之际，却做出了一个让人惊讶的决定——离开时代广场，回到康涅狄格州乡下。白利尼一家人极力劝阻它，但是这只蟋蟀的朋友——亨利猫说，柴斯特的一生都是属于自己的，它就应该去做自己想做的事情。如果成名没有让它感到快乐，那成名对它来说又有什么意义呢？

最终这只蟋蟀还是回到了乡下，重归原先那种没有人懂得欣赏，与秋虫一起鸣唱的日子。

现在这个社会，物欲狂潮携带着我们一路狂奔，属于自己的快乐一点点地在消失，最终演化为追求名利的快乐，快乐的真正含义已经异化为一种“受约束的快乐”，但实际上，这并不是真正意义上的快乐。

快乐应该是一种自我选择，由心灵做出，也只有心灵才能体会。正因为我们无法企及，无法做到，所以我们为一只童话蟋蟀感动。

# 不是生存，是生活

◎吕　麦

我是因为好奇于他们，才每天晨起去那里散步的。

那里是一处路边公园：绿草如茵，绿树成林，燕雀啁啾。而最让我好奇的，是置身其间的七八个中年男人。

他们有的盘腿坐在草地上，围成一个不规则的圈，有的立在一棵树底下，有模有样地唱着。驻足细听，他唱的是京剧《沙家浜》里的一段。只见他两手半握拳，放在胸前，好像握着盒子枪的背带，唱几句走一步。那认真陶醉的样子，恍若自己是在舞台上一般。

他唱完了“下场”，另一个接着“登台”。脖颈儿一甩、一仰，捏起嗓子，悠长、激扬地喊一声：“奶奶，您听我说……”让人有些忍俊不禁。再往下，一个瘦小的男人以为自己是个“官儿”，脚蹬“皂靴”，身着“官袍”，从草地上站起来，手那么潇洒地一撩，迈开方步，“哇呀呀”唱将“上台”……而他们的锣鼓点，却是由一个人在玩“口技”。难道，他们是业余戏班、京剧票友？横看竖看，不像！他们衣衫肮脏破旧，头发蓬乱得像鸟窝，黑黢黢的脸上皱纹交错，写满沧桑，一双手更是粗糙得很。显然，他们是一群农民工兄弟。

一群“苦哈哈”的农民工，居然有这般闲适的心情，和城里的“票友”一样，一大早在公园里“练艺吊嗓”？我觉得不可思议。

后来，我连续几天都来散步，驻足倾听，为他们鼓掌。他们主动、友好地邀我坐在草地上。就这样，我们慢慢熟络起来。

有一天，我发现原来玩“口技”的老白手上，有了一把簇新的小京胡，正被他拉得“咿咿呀呀”，白粉乱坠。我想，可能是水货吧？老白身体往后一倾，急得用方言告诉我，这玩意儿好几百块钱呢，是他们几个凑钱，特意去专卖店买来的。唱完戏，还不到8点，他们用一个粗陋的白布袋收起京胡，藏在墙边的矮树丛里。然后又拿出一根铁钎子，移开马路边上的窨井盖，像鼹鼠一样钻了进去。他们这段时间的活儿，是为某通信公司埋设地下线缆。

他们的住处，就在马路对面又脏又旧的“旧货一条街”里。8个人住一间20平方米的平房，租金每个月600元，还嫌贵。但他们咬牙认了，因为晚上，这里时常有人找他们加班，干些搬运、清洗旧家电的活儿。运气好的时候，可以解决房租问题。我好奇地问：“你们这么辛苦，还有心情每天唱戏自娱自乐？”老白说：“我们吃饭、赚钱，是为了能从生活中找到乐子。生活，不是生存，而是要把日子过得美气、开心。”

我终于读懂了他们的“怪诞”：原来，对于热爱生活的他们来说，即便再苦再累，日子都是新鲜的、美丽的、快乐的，因为他们总能找到和得到。他们的生活态度，就像夏日里的路边公园，纵然有骄阳似火的炙烤，也有绿树婆娑的怡然。

# 不做无为之事，何以遣有涯之生

◎沈建丽

在英国见了世面后，女儿格格身上开始出现一些不好的势头：她开始追求名牌，虽然没有要求购买，但那种想急切拥有的心态却越发膨胀。

按照陈道明的收入，给格格买名牌产品很轻松，但他觉得这样的苗头不对，于是他决定辗转新的阵地——化身裁缝。

在法国参加电影节的时候，他在LV（路易·威登）店里购买了一匹皮革，黑色，皮面上没有醒目的LOGO（商标）。回国后，他仿造最抢手的樱桃包造型，自己切割、缝制、绲边、捻带，花十天时间完成了一个手提包。

格格放假回国时，他把这个包送给她，格格上下打量了一眼，就把这包顺手搁在了一边，兴趣不大。三天后，陈道明问格格为什么喜欢LV，格格扳起手指头如数家珍：材质、纯手工、外形设计……陈道明这才告诉她，被她冷落了三天的那个包，用的是纯正的LV专用皮革，百分百纯手工制造，外形也是时下最流行的款式，就因为皮面上看不到LV的LOGO，她就不想使用。由此可见，她喜欢的不是LV的包，而是LV的LOGO。

格格这才明白陈道明的用意。开学后，她拎着这个手工版的“LV”去了学校，从此不再追捧名牌。

除了做包包，陈道明还会做衣服，对复古风格的衣裙特别擅长。格格参加学校舞会穿的一套黑天鹅绒改款旗袍，便是出自陈道明之手。这身礼服，他在传统旗袍的风格上做了改良，将高领改为V形领，将裙摆的大开口改为小开口，后背由密不透风变为略微敞开，胸前印着一朵牡丹花，叶子沿着右边的肩膀蔓延到背后。这身旗袍，让格格成为学校万众瞩目的舞会皇后。

动手做成了习惯后，陈道明越来越不爱出门，因为他觉得待在家里有太多事情可做，比如给杜宪做个装首饰的百宝箱，用摩克丽材质的布料做几双洗完澡后可以不擦脚直接穿的吸水性好又柔软舒适的拖鞋……

如今，陈道明搬进了碧海方舟的别墅，房子大了，他专门辟出了一个很大的房间，里面依次排放着糖人、面人、木工、裁缝所用的工具。冯小刚到他家参观后，笑他是奇技淫巧以悦妇孺。陈道明淡淡一笑，回应了一句：“不做无为之事，何以遣有涯之生？”

这些外人看来觉得无为的事情，又岂是真的无为？将时间、精力花在这些可以取悦家人、讨好家人的事情上，女儿以懂事为回礼，太太以满意为回报，到底是有为还是无为，只有陈道明心里最清楚！

# 第二辑

## 落入红尘，初心不弭

红尘中那些小事，恰恰能映照我们的初心，从中看到我们心所属的方向。“对于凌驾命运之上的人来说，信心就是生命的主宰。”身在红尘，初心是能让我们跳脱的那份桃源。

# 生活不俗

◎陆　地

一个雨夜，几个男人窝在一起喝茶。聊着聊着，其中一位出了一个问题：如果上苍再给你一次恋爱的机会，你还会选择自己的妻子吗？

座中的一位“文艺男”说，我会寻找“莉香”作为妻子。

“莉香”是谁？

“文艺男”说，她是很多年前一部叫《东京爱情故事》的电视连续剧中的主角。她长得并不美，工作不好，收入也不高，但对生活充满了热情。他一直记得片中有这样一个场景：起风的晚上，莉香用零钱买了几个包子，她吃了一个，还有几个用袋子装了，一路甩着，一路小跑着。半路上，遇上了她的男朋友，她不好意思把包子拿出来，于是把袋子藏在身后。但想想，又拿出来，粲然一笑，说：“你饿了吧，吃包子吗？还是热的。”

我也看过这部电视剧，记得片中的这个场景，并且一直惊叹导演的功力，能把这样充满生活味的场景，拍得如诗如画。

大家都在取笑“文艺男”是不是想冲破婚姻的牢笼，寻找自己的“莉香”。

“文艺男”一本正经地说：“我家里的那位，就像莉香。就看你能不能从锅碗瓢盆中体会出一点儿诗意来。”

歌星蔡琴讲过一个故事，她离异后，一个人居住。有一天外出，她看到一个穿着工装的男人在街头吃盒饭，一个女人捧着一杯水，坐在他身边看着。也许是男人吃得快了，噎着了，女人连忙将水端上……这一幕，突然让蔡琴感动不已。

这样的场景浪漫吗？不浪漫。这样的生活平凡吗？很平凡。但如果把它定格下来，就是一幅画，一首诗，一支歌，一篇好文章。

生活，真的不俗。

# 具体到一块牛排

◎海　兰

五月，刘芬从加拿大回国度假。她说她最大的感触是，国内的身边人好像使命感都挺强，每个人都踌躇满志，热血沸腾，表情和说话语气都是紧绷的，而相比之下，他们的状态则放松得多。“我们更关注的是怎么煎好一块牛排，怎么喝好一瓶酒，怎么搭好一顶帐篷，怎么弄好院子里的一盆花过冬……全是很具体的事，没有那么多规划啊，人生目标啊，那都是很大很摸不着的东西。”

刘芬刚去加拿大时，也是整天忧心忡忡，邻居琳达跟她聊天儿，见她聊的都是职业规划，满脸焦虑，很奇怪地说：“芬，你不如先煎好一块牛排，犒劳一下自己的胃……”于是，那个下午，刘芬去了琳达的厨房，跟着她煎牛排。那天，焦虑和规划、前景什么的都暂时放一边了。刘芬感觉一切好像真的变简单了。这之前，她每天都是面包牛奶胡乱对付，因为没有心情。而这之后，她心烦时，就想，不如进厨房煮一锅土豆汤，不如去煎好一块牛排，不如用红酒烧牛腩。把自己逗开心再去应对烦琐的事，原来，事情并没她想象的那么烦琐。

先煎好一块牛排，先搭好一顶帐篷，先说好一句话……它们具体得有些琐碎，但它们悄悄地具体地改变着周围的小气场。“相比之下，我们显得莫名其妙得多，连一顿饭都没有好好吃。”刘芬不无感慨地说。

还有一点刘芬很有感触：“人都是情绪化的，当一个家庭的一方情绪不佳时，我看到最多的方式是打破砂锅问到底，有什么不高兴的事，说吧。搞得家里像座谈会。而琳达不一样得多。”彼得某天回家闷闷不乐时，琳达拿出新买的中东咖啡豆，煮了一杯特别的咖啡，还撒上了伊斯坦布尔香料，用平时不常用的咖啡杯装好，端到彼得面前。她什么都不问，递上一杯上好的咖啡去安慰他。后来，她同刘芬聊起来：“不要跟着着急，试着做点儿具体的事。”

对待孩子的成长教育问题，他们相当具体，不是说你将来要考什么大学，要当什么科学家。他们落脚到两点：学会笑眯眯，学会说“谢谢”。真的是要求太低了。对我们不屑一顾的事，他们却相当看重。对比在国内刘芬遇到的那些长大要当科学家的焦虑的小人儿，一个个在饭桌上胡来，吃别人的东西连“谢谢”都不会说，只会惹旁人厌，刘芬算是明白了这些具体而小得不得了的要求。连成年人都不知笑眯眯啊，一天到晚苦大仇深极了。

临回国时，琳达为她送别。她们坐在院子里，琳达打开一瓶红酒，先让它醒一会儿，五分钟后，院子里充满了红酒香，“来，开喝！”而那天，琳达的小儿子生病了还未好，大儿子面临着升学，先生换了单位，她自己有轻微更年期的症状。可是琳达不急，先喝好一杯红酒，安顿孩子喝水睡下，大儿子在学校复习，先生换单位，回来先好好喝一杯放松一下，她自己呢？更年期很正常，喝点儿小酒就过去了，完全不必焦虑。

刘芬后来算是明白了，在国内，红酒只是一种附庸风雅的工具，而在琳达那里是具体的生活，一种改变心情的工具，他们才是最会享受红酒的人。

# 恋物成癖的男人们

◎陈 雪

我的朋友之中不乏男性，分布于各个年龄段，他们却都有昂贵的喜好，有人收藏三宅一生与川久保玲的高级服饰，有人收藏大量钢笔，有人玩具似的拥有两部重型机车，有人整屋子堆满变形金刚模型。这些男人，我称他们为老男孩。我父亲也是一个老男孩，这种事我见识过。

父亲生性节俭，不抽烟不喝酒，衣着陈旧，饮食简单，除了工作还是工作。父亲的热情，几乎只投注于他收藏的物品，他对“物”比对人感兴趣多了。童年时我们家境只是小康，家里就有六声道唱机音响，上百张黑胶唱片，在镇上父亲是时髦人物，他总会带回乡下人没见过的物品。

后来父亲投资失败，我们四处流离，家中物品大多变卖，连母亲的嫁妆都被卖掉，曾经闪着水晶亮光的客厅荒废成仓库。

父母夜以继日地工作还债，象征着家业逐渐恢复的，依然是家里的音响。倘若父亲是现在的年轻人，他必然会迷恋苹果计算机，蓝光DVD（数字多功能光盘），甚至手上拿个iPhone、iPad也毫不为奇。在我高中时代，家业从地摊变成了服饰店，父亲又开始收集各种高级电子产品，SONY（索尼）的彩色电视机，父亲是最挑剔的买家，是永不餍足的收藏者，他会花几年的时间存钱，然后将旧的机器转卖，买回更高档的设备，家里的音响层层叠叠，几乎堆了一整面墙，那时我们家境想必好转了，因为父亲将音响升级时，母亲没有与父亲发生争执。

父亲的嗜好从冰冷的器械，进展到活物——养鱼。那些年家里的变化，做孩子的不甚理解，只见父母奔忙依旧，一日回家，屋里多了一个水族箱，里面悠游着一尾红龙鱼，三十厘米左右的鱼身，艳红华丽，要价不菲，父亲每日上街买回五十元小虾喂食，每月还会与朋友到乡下农舍，将米糠塞入空酒瓶，诱捕蟑螂，据说吃了蟑螂的红龙鱼颜色会特别红艳。父亲总是得意我们的红龙鱼养得美，无论是音响还是鱼，都是最好的。每到朋友家做客，母亲总要拉住劝住父亲开口“评论”人家的音响设备，因为在父亲耳里，那些都是赝品。开店四年，我们又从店铺转回做夜市，父母再度变成小贩，我们搬回了竹林里的小楼房，父母在夜市圈里结交了许多新朋友，父亲的收藏范围也扩大了，甚至买回了宽达两米的花梨木原木桌，黑胆石石壶，那时他买了DV摄像机，家中装设高级卡拉OK设备，音响已经改成真空管前后级扩大机，扬声器高达一百八十厘米。我二十岁那年父亲再度迷上活物，他从嘉义带回了贵宾狗，父亲还真信奉那套我厌恶的名犬主义，甚至带狗去配种，当时我们的日子一定好过多了，因为勤俭的父亲，竟每星期送狗去宠物店洗澡。

不到几年，好日子随着家境的衰败也到头了，但已经买就的庞然大物与那些音响装置，仍占据着家中的重要位置，贵宾狗与它的狗儿子逐一自然老死，孩子们都离家了，只有母亲与他相伴。母亲也不再阻止父亲，甚至会帮着他说话，说父亲一辈子的烟酒钱都省下来，买那些音响也足够了，母亲会跟着他到处参观其他发烧友家中的收藏，忍耐着听父亲每天下午的“放音响”。父亲老了，他其实好多年没再出手了，他像一个国王，巡视着他已破败的领土，他脸上仍有尊严神色，我发现那些物品，每一件都记录着他某一阶段的状态，得意失意，起伏跌宕，确实如他说过的，他所买回的，都是真正的好物件，父亲一辈子没能闯出他梦想的事业，只有那些物品，象征着他的挑剔，他的价值，他不为人知的骄傲。

# 你在旅途中是美的吗

◎子　沫

舒国治在《理想的下午》里提到，发现火车旅途中的女人穿着白衫低头翻书的情形，相当悦目，令人心旷神怡，有隔岸观雾的迷离之美。他说女人在旅途中完全是另外一面，只能被陌生人欣赏到。我几乎可以想象这样的场景，忽略了女人的年龄，那个穿白衫的女子，书就成了最好的饰品。窗外的风景，独行的女子，无限的想象空间。

很多女人出门旅行像是开运动会，全身的运动衫，基本是为玩而玩，一点儿美感都不讲，这多少会令人遗憾。如果学会每次为自己搭配旅行服装，是不是一件惬意的事？休闲的内涵太宽广，把自己化作一道旅途的风景，其实也是相当悦己悦人的。

旅途远不只景点本身。我的一位友人特别有意思，她对旅行的服装相当讲究。她去纽约时，精心为自己搭配第五大道的逛街服，长款米色轻薄风衣，精致衬衣和低跟休闲鞋，简约黑色丝巾，风情款款地走在纽约最时尚的大街上，她顿时成了一道风景，赏心悦目。很多人出去就是狂购，你有没有想到把自己的品位传达给别人？她就曾遇到中国游客拉着她问：“大衣在哪儿买的？好美。”她笑说：“十年前在国内买的，旧衣服。”真的，不在衣服，而是你的用心，当你与景致合二为一时，你就成了最好的游客，你真的融入了当地的风景里，你才能真正领略当地的文化，成为一个灵魂交融的深度旅行者。她穿着这样的衣服，在街边广场的咖啡馆小坐，风衣随意搭在椅子上，露出衬衣和长裙，她低头翻书写字，暖阳下，被陌生人的宝丽来拍下奉送，赢得了别人无尽的赞美和欣赏，我也有幸看过那张照片，非常非常有味，暖而美。人，衣物的语言，街景，咖啡，太多太多旅途的感觉……

同样，她推荐去巴黎的朋友一定要在皮箱里放一件轻薄的羊绒大衣，深色的，一定要中长款的，朋友犹豫，穿羽绒服多方便，带大衣太麻烦了。但是，朋友还是听了她的话，果然，在巴黎古老的建筑中穿行，千年老石板路的岁月沧桑中，她的大衣才是最妥帖的，她似乎觉出了自己的高贵和典雅，照出来的相片中，她一下子成了巴黎古建筑前的风景，衣袂飘起，眼角眉梢的神采随着大衣飞扬，鸽子群的灰色，背景的暗调老派……而那些穿羽绒服的人显得格格不入，人和景是完全分离的，显得很突兀。朋友因此相当感激她的先见之明。她说：“这不是先见之明，旅行的意义在于一定要融入和了解。”

旅途中，如果每个女人都是一道独特的风景，那该是多么赏心悦目的事。如果嫌这些麻烦，那么，不妨带一件宽大的褶皱长白衬衣、一条黑色吊带长裙和两条灰色及黑色的麻质丝巾，这是永远不会出错的。相信我，简单的总是最美的。我记得香港南丫岛那个海边小铺，不足八平方米。清晨咖啡时间，暗色的木桩子做台面，青胎色的咖啡杯，阴天的海，长衬衣的白，当时的感觉是色调如此协调……旅途中的女人可以是静美的。走了一天回客舍，冲完澡后换上黑色长裙，用青草味的洗发水洗净头发，再随意搭一条灰色丝巾，又是锦衣夜行的感觉，当然，我不喜欢锦衣夜行，但穿着这样的衣服，找个妥帖的地方喝杯咖啡，看看书，才是我的最爱。那次在越南美奈，夕阳西下，光影悠悠，海浪的声响，书页上游离的光线，丝巾随风飘扬……这样的时刻，才是旅途的最佳感觉。丝巾是旅途中的必备品。去吴哥窟，一条暗绿长丝巾被我一物几用，可以裹头，可以遮阳挡灰，可以当配饰，还可以当吊带裙的披肩，那条丝巾成了我旅途中的亮点。丝巾，这么柔美便携的物品，多带几条也无妨。

我有时对好久未见的朋友们说，发几张你旅行时的照片给我看吧，我喜欢看到别人旅行中的模样……

# 人生得意须享乐

◎子　沫

我喜欢看到有热情的人，这个还真跟年龄没有关系。蔡澜先生一把年纪了，说自己的健康秘诀是吃肉喝酒不运动。这话看得我乐了好一阵子，聪明人才知道如何放松快乐、保持某种持续的热情，做个有意思的人才是真正的健康之道。蔡先生就是有趣的人，一把年纪还说自己“花痴”，喜欢看美女。这老头儿玩什么像什么，曾组织私人温泉线路，带团到日本体验温泉，花最少的钱享受泡在露天温泉里喝酒唱歌的乐趣……享乐，是他对自己人生的交代。

BBC（英国广播公司）纪录片《冰冻星球》的女导演在接受采访时讲过这么一件事，她说人活着就是要尽量让自己变得有趣，要过瘾，即使是工作。在北极，她曾经遭遇了北极熊，当时一下就呆住了，过了一会儿才想起往营地冲……这样危险的场景，她讲起来却云淡风轻。她说等了很久，终于在飞机上拍下了北极熊母子觅食的情景，小北极熊不听话，母亲挖了一个雪坑，把它推进去以示惩罚，这个镜头让她看得直乐。当时她已怀孕5个多月，她说知道以后怎么对付肚里那个调皮的家伙了。

说实话，我每次看到这样的访谈，总是很受触动。有些人，对某种东西投入的是热情，他们的7集纪录片可以拍5年，没有热情和热爱，如何持续下去？

台湾作家叶怡兰说自己以享乐为终生职业。这是她的真实想法。她热爱一切极致华美之物——美器、美食、特色奢华酒店。于是可以不买口红、衣服、奢侈品，把钱存起来只为住一晚像安缦那样的高端酒店。她曾对先生说：“这个东西不买了吧，可以住1/4个晚上的安缦了。”每每看到这样的话，我就觉得这个女人真的太可爱了，她的人生就是为过瘾而存在的。她写到在酒店的一些体验，我看不到奢华，只是看到了她对别人设计的尊重和追随……这样的地方，她这样的人来住才不会浪费。

看过“参差咖啡”的主人王森先生的一本书，他也是极过瘾的人，爱喝咖啡，在武汉一口气开了14家咖啡馆，各有特色：书房咖啡、花房咖啡、阳台咖啡、货柜咖啡、楼中咖啡……他说只有想不到的，没有做不到的，他的梦想会一一实现，还会开校园咖啡、树顶咖啡、火车旅行咖啡、空中花园咖啡……看到这里，我不禁会心一笑，这些都完全可能实现，他用一杯咖啡让自己过足了瘾。

听朋友讲台湾“食养山房”的主人更是率性。他的店开一家火了之后就会关掉，因为他不喜欢喧嚣。于是他把店开到了山里，纯粹简洁的风格，菜单由他定，根据当季当天食材的变化，一切由他说了算。别人问他：“火了为什么不做大？”他说：“一切只是为了取悦自己，让自己开心。”

还有一个台湾小伙子开流动甜品铺，只做一种甜品——香蕉奶昔蛋糕，用最好的原料，纯天然无添加，一流的口感。他在自行车上做了漂亮的筐，涂上淡淡的绿色，盛放蛋糕，还在白色木头招牌上写着他独创的语言：新鲜做新鲜吃，卖完开心回家……他每天在家做上七八十个甜点，选择一条最漂亮的骑行路线，吹着海风，走着林荫道，路过最古旧的街巷，到固定的地点销售。他的甜品很快供不应求，很多人问他为什么不开固定的店？他说他喜欢骑单车，喜欢在路上，喜欢自由如风的感觉，做事是因为喜欢才做，让大家在路边也能吃到在高级西餐厅里才有的甜品，他就很开心，觉得赚了。

我喜欢这些懂得生活的人。我的一位友人给我描述了这样一个场景：她喜欢红酒，但是她喝红酒的方式很特别，夜深人静时，一杯酒，一本书，一个人干掉一瓶不成问题。管它外面风雨变幻，自己的小世界如此静好。这也是一种享乐，对吗？

# 出租车里的菠萝香

◎严文华

出租车是预订的，司机提前10分钟到，打了电话给我。我手忙脚乱收拾了下楼，推迟了好几分钟。一上车，我就向司机道歉。司机善解人意地说：“呵呵，早上总是比较忙的。”我说了目的地，正想解释怎么走，司机笑着说：“上次也是我送你的，我知道地方。”能记住乘客的司机真的挺不简单。他是位老司机，他的证号02打头，我猜他开出租车有20多年了。“30多年了！明年就退休。”

“我曾坐过一位退休老司机的车，因为技术好，被公司返聘。他开车非常稳。”

“你说的不会是我的搭子吧，他也是退休返聘的。我们离你家都不远，很可能调度把你的电话订单都让我们接了。”

“哦，原来是这样。上次听说他腿不好，休息了半年。公司还给他疗养名额，去外地旅游度假。”

“那肯定是我的搭子。他休息那半年，我是一个人开的。”

“一个人开很辛苦。”

“我舍不得把车交给不熟悉的人来开。我和搭子把车伺候得好好的，很少出毛病。”他自豪地说。

“开车这么多年，你共有多少个搭子？”

“两个。”

“这很难得。上海这些年变化大，如果你或搭子搬了家，就只能重新找人了。”

“是的。我的搭子很好。脾气温和，做事情仔细。车子永远干干净净。你有发现吗？这辆车是新车，比你上次坐的那辆新多了，这是我昨天刚从公司提回来的。”司机掩饰不住骄傲和自豪。

“你愿意退休后被返聘吗？”

“我不愿意，开了一辈子车，我想歇歇了。”

这位司机是老师傅了，但他的心态很年轻。一大早坐他的车，一整天都心情愉悦。他和搭子多年的良好关系，固然有搭子的功劳，却也离不开他善于与人相处、合作性高。他向公司提出换新车，公司能答应，与他平时的工作表现，以及良好的沟通能力分不开。他能拥有这样舒心的工作环境，是他自己创造的。尽管明年退休，但他真心地爱护车，退休后专心休闲，他清楚自己要什么，所以获得一份淡定。能把出租车开得这样开心，最重要的是老师傅认同他所做的事。我相信不论做什么，他都会做得很好，因为，他的积极态度适用于任何一份工作。

还有一次，一进出租车，我就闻到甜香味。我使劲吸了一大口，问司机喷了什么清新剂。司机得意地说："可不是化学玩意儿，是天然香味。喏，就是我身边的菠萝。"仔细一看，在其他司机放水杯的地方，摆放着一只菠萝，正散发着浓郁的香味。

"哦，你买了水果带回家吃吗？"

"这不是吃的，是专门放着散发香味的。"

"你不吃吗？"我很惊讶。

"这不是用来吃的。菠萝已放了三天，熟透了，我今天再买一只。连着吃几年，谁受得了啊！"

"你这样做已经很多年了？"我更惊讶了。

"是啊！当年换新车，新车里有一股橡胶味，不好闻。有人告诉我用菠萝除异味，我就试着做，真的很管用。我也喜欢上菠萝味，就一直做下来了。"

我知道出租车是4年的使用期，问："已有三四年了？"

"嗯，快四年了。"

"那可是一笔不小的开支。"

"还好，可以承受。我觉得只要喜欢，心情愉快，乘客也喜欢，花这笔钱就值。常有乘客夸我的车整洁好闻，我就很开心。"

"那你的搭子怎么看？"

"他不干涉我，只要菠萝在车上，他不会动。偶尔，他也会买着换。"

听了他的故事，菠萝的香味越发浓烈。下了车，菠萝的香味仍然在我心里。透过菠萝，我看到出租车司机对生活的热爱，看到他享受当下的每一刻。我想他肯定也算过买一只菠萝要多跑多少公里，但他把心情愉悦放在首位。赚钱对他来说很重要，但他更清楚什么对他更重要。在这浮躁的社会中，能这样安然地按自己的方式工作和生活，需要有一颗认同和平和的心。

# 不做房奴，做霍比特人

◎詹青云

“我们都需要一个温暖而安全的居所。”丹·普莱斯承认，可这是否就意味着“我们永远无法摆脱无尽的按揭贷款和房租账单”？大多数现代人会无奈点头，而普莱斯说：“不，只要你愿意住个小地方，比如，挖个地洞。”

22年前，普莱斯还是一名职业摄影师，拥有一本黑白摄影杂志，有妻有子，岁月静好，他却感到，为房贷和房租打拼的日子已经让他远离生活，吸干了他的创造力。他决定换种活法。

他离了婚，回到故乡俄勒冈，找到一块荒弃的土地，又弄了个二手印第安圆帐篷，一住就是三年。若不是冬天太冷，生活倒也舒适。他又尝试了树屋和山地帐篷。10年后，他想到一个长久之计：地洞。

一片叫约瑟夫的小树林里，坐落着普莱斯的印第安河边牧场。小土丘里，藏着他的“霍比特人世界”——爬过一扇仅容一人通过的门，就进入由木板搭起的地下家居。台灯照亮长毛绒地毯和方形天窗。这个高度只能坐着、长宽只够伸直腿的地洞，就是普莱斯过去13年的家。

穴居生活是现代化的，有烤箱、炒锅、书架、CD播放器、电话和木棍支起的衣架，按普莱斯的说法，坐着的时候，“一切都在手臂范围内”，这叫“人体尺寸”。人坐着就能看见所有东西，不用找，无压力。

他的穴居世界不止于此。屋外，有装修成西部牛仔风格的厕所、木板搭起的桑拿房和淋浴间。他还引来附近的溪流，把沼泽变成草地和池塘。

地下电路支撑着他的现代霍比特人世界，但普莱斯计划明年尝试用丙烷发电，这样，他就可以彻底摆脱现代线路了。

“拥有一块秘密领地是每个人的梦想，”普莱斯说，“小时候，当你找到了这么个地方，你就可以逃离。长大后，逃离的梦想失落了。”在他看来，建造地洞，是重新用孩子的眼光去打量世界。

画画也曾是他的童年梦想。10年前，他发现4岁的儿子画画远比自己有想象力。“每个人生来都是艺术家，长大后却遗忘了”，他决定重新像孩子看世界那样照着真实画画。现在，他每天画质朴的儿童画记录看到的世界，树林里死去的鸟，某个看房子的角度和被世界忽视的人。

普莱斯回忆从前的日子，“生活如此有规律，以至于你成了它的奴隶”。现在，他在铺满落叶的小道上散步，爬到最高的树上看天，“你可以过自由的生活，和大自然的节奏、你的节奏和谐共处”。

这样的生活不贵，一年5000美元就已足够。租下这块地每年只需100美元，喝小溪里的水，付点儿电费。赚这点儿钱不难，普莱斯兼职帮一块坟场照管草地，虽然收入不高，倒也怡然自得，因为“做这样的户外工作，不用忍受办公室政治”。

独特的生活方式本身也带来收益。大约100名粉丝，愿意花5美元买他的手绘日记；有公司送来帐篷，有人送来夹克，还有皮鞋商为他供应鞋子。几年前，三轮车商Wizwheels送了他一辆价值2000美元的三轮车，资助他去旅行，画下旅途见闻。当然，普莱斯也顺便给三轮车做了广告。

“从前，我拼命工作，只为赚一点儿钱活下去。”普莱斯说。现在，他只花一点儿时间工作就够了，不仅能活下去，还能做他喜欢的事——画画和旅行。

几年前，普莱斯出了本书，叫《我的小房子》，从怎样选一块合适的土地，到怎样用最简单的工具和免费的材料搭地洞，一样样画给人看。

这位“21世纪的梭罗”梦想其实只有一个：简单地生活。“一点点钱就能让我们活下去了。因为，我就是这样活的，可以画给你看。”在新书《彻底的简单》中，普莱斯这样说。

# 生如高天，活似流云

◎包利民

郑一梵是我见过的最特别的残疾人。初见面时，是在初夏，他正摇着轮椅在丁香花丛中采摘那些粉红的花瓣，他说要回去自制一种丁香花茶。

几天后，又遇见郑一梵，笑问丁香花茶的事，他轻松地一挥手：“搞砸了！没成功，还损坏了一盒上好的茶叶！”虽这么说，却没有一丝的遗憾和懊恼。我问：“那你怎么又来采丁香花瓣了？”他说：“我准备按颜色深浅和形状分类，用丁香花瓣粘一幅画！”他为自己的这又一新奇想法兴奋不已，给我大讲了一通他的构思，说什么画初成时是一种效果，等花瓣失水枯干褪色以后，又是什么效果，讲得头头是道。

果然，郑一梵的丁香花粘贴画也夭折了，依然没什么遗憾，因为他又兴冲冲地奔向下一个奇妙的目标。不要以为他是不务正业，其实他也颇有几个赚钱的手艺。不是想象中的残疾人修电器、修表、修鞋什么的，也不是写作、画画、卖字、卖唱，实际上他的文化水平并不高，也坦言自己没什么文化修养。可就这样一个人，居然弄了一个花卉基地，而且精通插花。我去他的花卉基地参观过，很是震惊了一下子，什么地上长的，盆里栽的，水里生的，林林总总，大开眼界。

人们羡慕郑一梵自由自在随心所欲的生活，感动于他平和而又灵动的心境，他却说：“我不懂什么生活的道理，也不太明白什么人生的意义。我只知道当初我出生时，就有先天的残疾，别人都对我父母说把我扔掉，我爸却说，孩子只要生下来，就和别人顶着同样的天，留下，养大！于是我就这么留在这个世界上了，而活着嘛，就是做让自己舒心，也让亲人舒心的事，不用想太多！困难总会有，也总会过去，这样就好！”

据说他还开过广告公司，也曾摇着轮椅走全国，甚至还习过武，想做一个坐轮椅的怪侠，却在一次见义勇为中破灭了这个念头。更传奇的是他和爱人的相爱经历。那时的郑一梵，形貌属于让女孩害怕的那种。可他却把那么一个健康美丽的女人追到手娶回家，这个过程一直没有详细资料，夫妻二人讳莫如深，他们的亲人也稀里糊涂。不过从郑一梵千奇百怪的思想来看，应该是很容易抓住一个女人的心的。

有一次和郑一梵一起吃饭，在他家，他亲自下厨做的。面对那些菜肴，直让我怀疑这小子是不是没有不会鼓弄的东西。很搞笑的是，开饭前，他竟然给我背诵了一大段的佛经，听得我云里雾里，大笑不止。他却说："别笑。我名字里有一个梵字，不懂些佛经也对不起这个名字！"

吃着吃着，郑一梵忽然逸兴遄飞，非要喝酒。没想到此人喝醉了以后，却一头歪在桌子上睡着了，立马露了馅儿。看着他的醉中睡姿，我心中五味杂陈。

是的，他是一个不懂得什么生活道理的人，也是个不太明白人生意义的人，可就是这样的一个人，却活得让人钦羡。我常常舞文弄墨，那些文字里充满了哲理和感悟，似乎已通透了一生，可在郑一梵面前，却觉得自己生活得很累，很无奈。生活，不是单纯地为生而活，亦非书中所说"生即幸运，活即机遇"，其实生活更如郑一梵所为般，生如高天，活似流云，无穷无际，坦荡随心。而更多的时候，我们的心早已不知迷失在何处。我们与郑一梵的距离，也许正是隔着一颗宽广而自由的心。

# “疯子”俊也

◎尤泓全

跟着《孤独星球》的指引，我住进暹粒一家普通的旅馆。这里条件不错，有电脑可以免费上网，最令人满意的是它的价格——每晚只要一美元。要知道在柬埔寨街头一家普通网吧上网，一个小时就要一美元呢。

一天，我走进一家餐馆，见一位华人正在津津有味地吃着什么。我坐下与他搭讪。在国外，碰上与自己一样黄皮肤、黑眼珠的人，总感到分外亲切，犹如遇见自家兄弟姐妹一般。

还没等我开口，他就热情地招呼我：“嗨，我叫俊也，你怎么称呼？”我报上家门，见他把一只黑乎乎的东西塞进嘴里，大嚼起来。

他吃的竟然是蟋蟀！

“这是柬埔寨人的头等小吃。没吃过它，别说你来过柬埔寨！”俊也极力邀请我与他一起享用。我勉强将一只炸过的蟋蟀放入口中。脆脆的、香香的，非常可口。

“人就是这样的疯子，什么都能吃！”俊也说。

“味道不错嘛。”我笑笑。

俊也告诉我，柬埔寨人爱吃蟋蟀。在他们看来，蟋蟀不仅好吃，而且营养丰富。每到冬天，蟋蟀总是铺天盖地席卷而来，大批蟋蟀上市。

当然，这也与当地人十分贫穷有关。有些人吃不饱，就变着法子找好吃的，许多意想不到的昆虫便成了他们口中的美味。在柬埔寨的餐馆，你可以看到这样骇人的场面：蜘蛛、蟑螂、蟋蟀……一些我连名字都叫不上的昆虫，屡屡被当作佳肴，端上餐桌。

就这样，我跟俊也一边共进晚餐，一边闲聊。俊也来自广州，本是一家事业单位的设计师，为了旅行，他辞掉工作，至今已在国外游走了六个多月。我问俊也怎么会突然辞职，爱上旅行。俊也说，在公司，他是一头老黄牛，踏踏实实地工作。有天，他与同事起了一点儿小争执，突然有些灰心，很想逃离忙碌的工作，去外面走走。就在那天，他辞职了，走上背包旅行的路。有人不理解，认为他放弃待遇优厚的工作，简直是个疯子。

俊也出生于桂林，我外公家恰好也在桂林，而我即将去桂林上大学，我们算得上半个老乡。俊也是一位省钱专家，刚到柬埔寨两天就与一家餐馆的老板称兄道弟，跟着他混吃混喝，享受到柬埔寨的“国民待遇”。辞职后，俊也去了一趟西藏，接着去了尼泊尔、印度、缅甸、老挝和泰国，现在刚到柬埔寨，准备北上越南，然后进广西，最后从广西回广州。他用最省钱的方式旅行——一路搭顺风车游遍天下，平均每天花费只有两到三美元。俊也的经历让我佩服不已，我向他讨教了许多搭顺风车的绝招。俊也同我分享了他在印度丧葬院当义工服侍快去世的老人的故事。俊也说，这件事让他感触很深。他看到的是时间的无情，是他们对生命的眷恋。就这样，你一段故事，我一段经历，我们把臂畅谈，用我们共同的母语——汉语，描述着这个世界。那样的时光，那样的情景，仿佛置身于阳朔街头。

“人就是这样的疯子。”我重复着俊也说过的话。

俊也狠狠地抽完一支烟，站起身，推开餐馆的门。

“到现在，你后悔这样的决定吗？”我随他走出去，在身后问。

“一成不变的生活十分沉闷，旅行却是极快乐的事，它让我有期待、有幻想。”俊也回过头，对我一笑，步子迈得更大。我快步赶上他，与他并肩而行。

# 我的开车听书生活

◎五月花

无论如何简约生活，现代生活总是排得满满当当，躲也躲不掉。

饭不能不做，不做就吃不上健康干净可口的食物；房间不能不打扫，乱糟糟的屋子会把心情搞坏；朋友不能不联系，没有朋友就等于没有生活；音乐不能不听，音乐能使僵硬的情感柔软；电影不能不看，自己再笨，都想挤进聪明有意思的人堆里……

问题来了，读书的时间呢？做了以上所有的活动后，时间就走了，没了，失去的时间再也回不来了。累了一天，睡前看半个小时的书吧，不到五分钟就睡着了。

Audio book，会说话的书。

这就是我的答案。今年我开始听书。上班单程开半个小时的车，每天来回一个小时，我本是用来听音乐的，现在会说话的书也挤了进来。每周五天，每天一个小时的上下班路程成了一个热闹的派对，我在车里和一群有意思的人会面。

第一本听的是施蒂格·拉森的《龙文身的女孩》。这个第一次听书经历不得不提。惊悚书本来就悬，前几章我听得稀里糊涂，萨兰德和布隆韦斯特到了十几章才到一起，在我差点儿要放弃的时候，一切都变得有意思起来，简直是绝处逢生的感觉，美国人口音的魅力实在难以抵挡，拉森写得真好，越听越有意思。

听书居然这么好玩儿，尤其是在你没时间看书时。于是，我借回来第二本说话的书——《帮助》。

《帮助》这本书和电影都声名大噪。电影荣获2012年奥斯卡提名，已大热。故事发生在20世纪60年代密西西比州的杰克逊镇。一个一心想当记者、作家的白人女孩，从小由一个可爱的黑人老奶奶带大。失去黑人保姆后她迷茫、气愤、伤心。她想写书，为她身边的黑人帮佣呐喊顺理成章成了题材选择，而这一段写作旅程却荆棘丛生……《帮助》有四个朗读者，两个白人两个黑人。南方口音，此起彼伏，读得很好，开着车，伴着情节，我热血沸腾，宛如听到一场声音秀。

然后我借来《滚雪球》——巴菲特的传记。这本书让我意识到，听书，将成为我这辈子最喜欢做的事之一。作者爱丽丝·施罗德是巴菲特指名给他写传记的。忘记了朗读者的名字，一个浑厚、坚定的男中音，标准的美音。施罗德似乎一句废话都没有，既尊重巴菲特，也写了他的隐私。原来巴菲特除了妻子苏珊，也有过其他的感情。原来苏珊除了亿万富翁的丈夫，也有过情人。当然还有巴菲特对钱和投资的直觉，还有他的正直，他的吝啬，都让我着迷。巴菲特也不过是普通人，我一边开车一边享受着这有趣的真实的人生，乐开了花。

我一本接一本地听，还了《滚雪球》，借来了好莱坞影星戴安·基顿的《然后又一次》。这本书很大一部分是她母亲的日记。母亲去世后，基顿读了她的几十本日记，如同又和母亲生活了一次。这样的节奏非常适合开车听，像一幅画面缓缓拉开，此书实在让我喜欢。基顿六十五岁了，她感觉从来没现在这么好过。听完她的这本书，我发现我非常爱自己。

开车听书，自如随意，让我平淡的生活突然多了很多空间，这是一件很奇妙的事。

# 职业这张脸

◎老　村

齐白石老人在晚年的自传里回忆，早年他做木匠徒弟的时候，一开始感觉很好，因为木匠这种职业，风吹不着雨淋不着，在乡村里，也算是能人才能干的职业，所以很是荣耀了一阵子。

一天，师傅带着他背着木匠家什走道儿，迎面碰到一路人，同样背着木匠家什，师傅立刻躲到路边，恭恭敬敬地看着人家过去。这件事让他感觉很没面子。师傅告诉他，人家是细作木匠，是雕花的那一路。农村里嫁娶，给姑娘打嫁妆的活儿，得请他们来。特别是给那种有钱的大户人家，一干数月甚至是一年，雕刻出整套的家伙什来。齐白石知晓之后，于是偷着做起了雕刻，一时间年纪轻轻便在当地声名大噪。

家父在陕西渭北家乡那一片小地方，也算是有名的木匠了。记得他给我讲起过，早年他当学徒时，徒弟学满三年之后，要出师的日子，师傅会请当地绅士和能人来，看着徒弟将独自做成的一把太师椅，从一丈多高的地方扔下来。如果太师椅完好无损，说明做徒弟的手艺过关了，出了师门不会给自己丢脸了。父亲自己是否遇到过这样的场景，我没问过他，只知他一辈子都很在意做活儿的质量，从不在一榫一卯上偷工省力。

后来的木匠，渐渐就不讲这些了。如今大都是沙发之类的家什，又是木器厂生产，三年五年就得更换了。大概这也与现代消费型社会有关，家具不经常更换着点儿，消费就不那么快速了。至于说木匠这份职业荣耀，职业的脸面，在木匠徒弟那里就不必提及了。

许多年前，我跟随京城的朋友、钢琴家梁和平，去了蒋宅口一家偏僻的川味小饭馆里用餐。老板是个重庆人，做着很地道的川味菜肴。与其他小店不同的是，他所用的几样调料，几乎都是从四川老家运过来的，而且每天也就做那么几桌。客人想在他那里用餐，得提前预约。老板从不招呼客人，自始至终几乎是头也不抬地看一份《重庆日报》。到客人酒足饭饱，结账出门的时候方才抬起头，面无表情地给客人结账，完了，又去看他的报纸。据说曾有人建议他扩大店面，或搞个连锁什么的，都被拒绝。从那貌似冷漠的脸面背后，似乎能感到他内心的那份得意，那份职业的尊严。

无独有偶。去贵州旅游，竟也遇上同样有趣的一家小店。夫妻二人，做馄饨买卖。每天一袋面做完卖光，立即关张。一顿看似简单的早点，却让人吃得满心欢喜。我想，这就是职业的尊严。一份很不起眼儿的职业，竟被他们——这些兢兢业业的普通人，做得有声有色。所以说，一个人不是登了报纸上了电视就荣耀了、有面子了。一个人无论做什么职业，做好做精，持之以恒，就会找到生活的意义。人得给自己明确的定位，欲望不能过高。

# 大人生“玩” 生活

◎李 晓

国学大师启功活了93岁，他一生无儿无女，早在生前，他就把卖字画和稿费所得的200多万元人民币，全部捐给了执教的北京师范大学，而自己却住在简陋狭小的房子里。

启功老人去世以后，留下了满满一柜子遗物，人家以为留下的，是一些珍贵字画文物古董。等柜子一打开，人们傻眼了，那是一柜子儿童玩具。原来，老人生前最喜欢做的事儿，就是玩儿童玩具。与玩具在一起的日子，启功老人的一颗童心永远跳动着。老人说：“哎，人生其实没那么复杂，就是找乐子啊。”老人一生饱经风霜，把度过关山万重的人生归结为找乐子。

京城大玩家王世襄活了95岁，中央电视台在他去世当天深夜的新闻节目中播出了新闻，标题就是“那个最会玩的人去了”。王世襄的身份是文物专家、收藏家、大学者，可老人并不在乎这些成就，他称自己为专业玩家。

他当年在燕京大学文学院读书时，便有臂上架着大鹰、怀里揣着蝈蝈到学校上课的惊人之举，学堂上常传来一阵阵蝈蝈声。后来，王世襄在收藏、鉴定等方面赢得盛名，却依然我行我素，玩耍着自己的人生：“秋斗蟋蟀，冬怀鸣虫……挈狗捉獾，皆乐此不疲。而养鸽飞放，更是不受节令限制的常年癖好……”他玩的东西五花八门、奇形怪状，粗略算来，便有蟋蟀、鸽子、大鹰、獾狗、掼跤、烹饪、火绘、漆器、竹刻、明代家具等，直玩得人生云山雾海，不亦乐乎。有一天秋阳高照，庭院中有簌簌落叶，90岁高龄的王世襄玩着蟋蟀，他笑呵呵地总结自己玩耍的一生：“玩即学，学亦玩。”这是何其返璞归真的大境界。老人还说：“我活下去，就是整天琢磨着怎样玩好，玩开心，不虚度，找快活的事儿做。”

我的朋友付先生40多岁了，他是一位建筑师。付先生40岁以前，在朋友圈的娱乐社交江湖上蝴蝶一样穿梭。可40岁以后，他整个活法都变了，躲进小楼成一统。他都玩啥去了呢？我很好奇，因为我的人生过得比较纠结，自家还没买上车时，就在为买不起飞机而痛苦了。有一天，我谢绝了喝茅台酒的聚会，夏夜里去付先生的府上拜访，顺便讨一杯茶喝，进屋却看见他竟对着一个小瓶子里的萤火虫喃喃自语，目光里，是无限爱怜。

付先生告诉我，他而今最快乐的两件事儿，一是陪奶声奶气的女儿玩，二是去郊外跟踪萤火虫。和女儿在一起的时光，他感到生命可以永恒了。因为他把生命的密码，埋在了女儿体内，生命就像河流一样流淌下去。而跟踪一只夜色中一闪一闪的萤火虫，那种幸福的感觉简直无法言传。付先生对我说起了他的新活法，他想养萤火虫了。

我大惊，对付先生说："城里人几乎都不看月光了，人与人，也快成了一个只储存信息的移动硬盘了。"付先生大笑，他吟起了一首有关萤火虫的诗："映水光难定，凌虚体自轻。夜风吹不灭，秋露洗还明。"付先生说，他一年准备养20只萤火虫，这些萤火虫的光芒，能把自己照亮。而带来的好处是，灵魂和肉体，会变得轻盈起来，可以飞。

何必为部分人生而哭泣？君不见全部人生都催人泪下。大生活，就是小情趣，找乐子，活下去，活精彩。一个人，就像萤火虫一样，在全部的人生中，发出自己的光芒。

# 一个party就这么简单，去做就可以

◎琳　达

嘉维是我在德国时的第一个房东。有一天，我有幸被他们夫妇邀请共进晚餐。我聊起自己想三年内给妈妈换一套一楼带院子的房子。嘉维不解地望着我："三年，琳达，三年谁知道会发生什么？我的计划很细化，我这周要给家里的草坪换个割草机，这个周末要举行一个花园烧烤party，下周带妻儿去海边露营一次……我的计划不会超过这个月。"我说起自己很喜欢他们家的花园，嘉维笑着说："我计划这个周末有个花园烧烤party，一起来吧。我只想过好目前的小日子，连现在都过不好的人，如何计划将来？"

果然，嘉维的小计划一个个地实现。我去参加了他们的花园烧烤party。按我想的，一个party我得计划好久，提前很久就开始策划购物或是安排人选，还要找到合适的小时工帮忙，总之，一个词，麻烦。可能，我计划好久，又由于种种原因突然放弃。可是，嘉维的party相当简洁有序，超市购好的各类肉和火腿，水果，玉米，一个烤箱，几罐饮品，皆大欢喜，清洁起来也不难。瞧，一个party就这么简单，去做就可以了。

周末，他们的露营计划也照常进行，几只睡袋，一顶帐篷，一些熟食，好，出发！我看到了他们一家人开心的笑脸，原来，快乐真的只是一种行动。

而且，他们的换房计划也让我目瞪口呆，因为家里增加了一个孩子，他们计划换一处房子，这周去看房，五天！天哪，真的只有五天，他们就定了搬家的时间。仅仅是一周计划。

他们搬家时，我也在，相当简单，一个搬家公司一天搞定。余下的，该怎么过怎么过，慢慢再整。他们居然在第二天就搞了个暖房party：每人一盘菜，大家站在还堆满杂物的院子里自得其乐，不知有多开心。Party上，我讲出了我的顾虑："如果是我，换个房肯定是一两年决定不了的事，到处看，到处比，最后一刻都在犹豫，决定不下。不是三年计划拿不下来。"嘉维发现了问题的症结所在："这跟

多少钱没关系，只是你们想得太多，太复杂。最后还是要做的事，能早做就早做。你们中国人有句话，出名要趁早，计划不是也要趁早嘛。我永远只制订一个月内的计划。”

事实证明，嘉维说得真的很对，我的三年换房计划的结果是，房价大涨，我的心情在其中所受的困扰可想而知。

我是不是该试着变一下思维方式？

比如，列个一个月或者是一周计划？带父母吃一次自助餐？很容易，明天周二人不多，我手头上也没事，就这么定下。我带父母去吃了一次旋转餐厅自助餐，周二人不多，环境很好，父母情绪相当好，我也借机放松一下。皆大欢喜。原来，这个计划只需一天。

换一个炒菜锅？那只锅用了多少年，我也考虑要换，但一直拖着，等明年元旦，或者春节。第二天下班，我拎锅回家，当时就用上。真的是太好用了，不粘油又省时，做出的菜口感超好。总之，一家人度过了一个美好的夜晚，仅仅因为一只早就想换的锅。

还有太多的即兴计划，立马就做，真的是带来了超乎想象的美妙享受！感觉人生真是赚到了。

# 奢侈的人生是节约自己

◎曾　涛

在别人眼里，34岁的马柠柠是个很不一样的女人。

当年毕业留京时，她住四环外不足10平方米的小平房，没命地努力，蚂蚱似的不停跳槽，没度过一个周末，没休过一次假。接下来的7年，是马柠柠将自身潜能发挥到极限的岁月，不断出成绩，间或得到晋升。

一年前出差广州，马柠柠晕倒在大马路上，被交警送进医院。一通检查，除了没有蛀牙，周身都是疾病。

病床上手机此起彼伏地响，除了上司询问工作进展、交接，还有客户的埋怨。此时，马柠柠才知世态之炎凉，这么多年她为之奋斗的金钱、前程、理想，统统化为一瓶瓶消炎药，一点点地滴入静脉，让她痛得清醒。病好后，马柠柠辞了职、卖了房，带着积蓄回家乡，在小镇上开了一家手工陶艺坊。

昔日的同事Lida去云南旅游见到马柠柠时，她在藤椅上晒太阳，棉布白衣，黑发轻绾，惬意而淡定。坐下不到10分钟，Lida灌了两杯咖啡，眼皮还直打架，掩饰不住地疲惫，可还有点儿炫耀地说："我喜欢这充满挑战的工作，你知道吗？薪水又涨了。""现在都谈节约型社会，其实人最需要节约的是自己。"马柠柠轻描淡写。

Lida反驳："人都有各种潜能，不用不就浪费了？""可你只有一个人啊，无论你用哪一项都会浪费其他的。"

马柠柠回家乡后嫁了一个公务员，老公除了上班，没什么社交生活。马柠柠平时也教学生画画，闲时在后院种菜、种花。孩子已上幼儿园，平日她待在工作室，听音乐、做陶艺、看书、做饭、做衣服、做鞋子。买书、看电影算是开销。

Lida很不平："你不觉得浪费了自己的天赋，还有辛苦拿到的文凭吗？"马柠柠的老公是学生物科技的，这专业让Lida眼睛一亮：多吃香的技术啊，他应该去国外深造，至少也要去北上广这样的大城市的跨国企业当技术总监，拿几十万元的年薪才值得！

“是的，他有这个能力，可他很会节约自己，一个人是不可能无限制地扩张的，那样会消耗太多的精力和时间。何况我们也不需要那么多钱，对我们来说，良好的食物、充足的睡眠和自由的精神都有了，除此之外，再多的东西就是浪费。”就像现在这样，生活很简单，节奏很慢，有充足的时间干自己想干的事，当然也有更多的时间可以闲着。重要的是这必须是你自主选择的生活，而不是不得已而为之的生活。

马柠柠的一席话让Lida深受感染。对于如何节约自己，马柠柠也有自己的心得。

首先，节约自己的才情：无限制地使用的后果是资源的枯竭，才华这东西不是越用越多，而是积累越多见识越广，积蓄越深才越有价值。

节约自己的潜能：我们或许都能攀上珠穆朗玛峰，只要付出大半生的努力，冒着透支生命的危险。但这是不是你想要的结果？这个结果对你人生的意义有多大？

不设过高目标：在尘世中留名，让自己走上万众瞩目的红地毯，在镁光灯下发表获奖感言，这样的人有，也不少，但除此之外平凡人才是广大的基数。

多做充实的事情：培养读书、看电影、做手工这样的小爱好，会让心有所寄托，做义工、做慈善会让精神升华。

同时，请努力节约自己的傲慢、忌妒、色欲及物欲。给物质生活做减法，给精神做加法，宠爱自己的家人，过力所能及的生活，并且感受到幸福，就是奢侈的人生。

# 一觉足

◎马　德

香港美食家蔡澜先生说，有一次，他到西班牙旅游，在一座风景旖旎的小岛上，他看到一位老人在垂钓。那个地方实在美极了，就连海水也澄碧到可以一眼望到底。然而，让他感觉蹊跷的是，老人钓上来的，都是很小的鱼儿。

“老人家，远处不是有更大的鱼吗？为什么偏偏只钓小的上来呢？”

老人微微笑笑，回答了一句让他久久不能忘怀的话：“够一顿早餐就好了，多余的东西，再好，我也不需要。”

另外一件事，是蔡澜先生在印度一个荒凉偏远的地方拍戏。他在那个地方待了三个月，也在那里连着吃了三个月一点儿荤腥也不见的素菜。他有些怀念肉的滋味，于是，就画了一条鱼。他把自己画的这条鱼给当地的一位老婆婆看，问她：“您吃过鱼肉吗？”老婆婆摇摇头。蔡澜觉得有些遗憾，说：“您一辈子连鱼肉都没吃过，真可惜了！”

哪知，老婆婆回答说：“这东西，我连见都没见过，有什么可惜的？”

我的朋友圆规，当年上学的时候，是著名的才子。顺理成章，他考上了一所不错的大学，毕业后，进了一家大型国有企业当技术员。但混了这么些年，他依旧是个技术员，而且忙得没白天没黑夜的。而他的同学中，有两个，已经做了地方上的某某官，还有几个，发了财，据说一出门，挥金如土、颐指气使的。同学会上，大家不胜感慨，有仰慕的，有嫉妒的，也有不屑的。大家说，这几个人，原来都是不学无术的家伙，现在却一步登天。每一个同学的脸上，都呈现出一副没处说理的无奈和感慨。

然而圆规却不然，心底无风无雨，波澜不惊。大家都为他鸣不平，说若论才干，只有你圆规才有资格拥有这样的成就啊，可你却混到这步田地，难道你真的不羡慕这些同学吗？圆规笑笑说，来，我给你们讲个故事：

有一天中午，我歇班，外面淅淅沥沥地下着秋雨。四下里，都透着几分寒意。那天，恰好也没什么事，于是，我扯了一床被子，暖暖和和地盖在身上，一边躺着，一边听秋雨砸在窗户上的噼啪声，不久，我便沉沉睡去了。

醒来，已是下午4点多了，天阴沉沉的，雨还在下。那一瞬间，我分不清是早晨还是黄昏，自己仿佛从那个时光隧道中醒过来，整个世界，所有的东西都消失了，只剩下了自由而无所牵挂的自己。一时间，心气通畅，筋骨舒展，周身三万六千个毛孔，无一处不熨帖，无一处不清爽。那一刻，我突然觉得，自己拥有了天底下最大的幸福。是的，那种从心底升腾起来的惬意和舒爽，是从来没有过的。

这是哪儿跟哪儿？大家面面相觑，不知道他想要表达什么。圆规看看满脸茫然的大家，笑笑，解释说：当我每天忙得连个好觉都睡不了的时候，即便有多尊贵的官位，多少的钱财，我都不需要，因为，那些东西都太遥远了。

有时候，人只会去够那些够得着的东西。对于我来说，一觉足矣。

# 舞者之歌

◎［美］伊莎朵拉·邓肯　译/蓝　海

走在伦敦的大街上，我们身无分文，举目无亲，也不知道夜间将栖身何处。我们尝试过两三家旅馆，但他们全都态度强硬地要求我们预先付款，因为我们没有行李做抵押。最后，我们不得不流落到格林公园的一张长椅上，但就算这样，还有一个身材硕大的警察出现了，要我们离开。

我们就这样过了三天三夜，仅以廉价的小面包果腹，白天都在大英博物馆度过。

但到了第四天清晨时，我决心要改变这一处境。我径直走进了伦敦一家一流的宾馆，告诉睡眼惺忪的夜班服务生，我们刚刚乘夜班火车到达，行李将会从利物浦运来，我要他先给我们安排房间，并为我们订好早餐，送到房间里，早餐要有咖啡、荞麦饼以及其他美国佳肴。

整整一天我们都睡在舒适豪华的大床上。时不时地我还给服务生打电话，大发牢骚，抱怨我们的行李怎么还没到。我说："没有衣服换，我们怎么出去啊？"那天夜里，我们就在房间里用餐。

第二天一大早，我们和来时一样大摇大摆地走了出去，只是这次并没有叫醒夜班服务生。

我们精神抖擞地走在伦敦的大街上，再一次准备好面对这个世界。那天上午，我注意到小路上有一张报纸。我捡起报纸，目光落到了其中的一段文字上，说是有一位女士在伦敦格罗夫纳广场买了一座房子，正在大宴宾客。我突然有了灵感。"在这里等着我。"我对他们说。

我刚好赶在午饭前独自找到了格罗夫纳广场，那位女士正好在家。她热情地接待了我，我告诉她我在上流社交圈中跳舞。"这正是我周五的晚宴聚会所需要的啊，"她说，"你可否在宴会之后给我们表演一下呢？"

我同意了，并巧妙地暗示她需要预付一点儿订金，以敲定我们的约定。她非常仁慈大度，立刻给我开了一张十英镑的支票。

雷蒙德说："我们必须用这笔钱租个工作室，先预付一个月的房租，我们再也不能受那些低贱、粗俗的出租婆的侮辱了。"

我们到处找工作室，最后在离切尔西的国王路不远的地方找到了一小间，在支付了工作室的租金之后，我们用剩下的钱买了些罐头食品，以备不时之需。我又在自由百货买了几码薄纱。周五晚上，我身披薄纱出现在那位夫人家的晚会上。我跳的是《纳西瑟斯》，当时瘦弱的我舞出了那个迷恋自己水中倒影的清瘦少年。我还跳了《奥菲莉娅》，其间听到有人低声说："这孩子那一脸悲伤的神情是哪里来的？"

妈妈为我伴奏，伊丽莎白朗读了忒奥克里托斯的几首诗，雷蒙德则就舞蹈的主题及其对未来人类心理可能产生的影响做了一番简评。表演非常成功，女主人也非常满意。

这是一个典型的受过良好教育的英国人的集会，所以没有人说我穿着凉鞋、光着脚、披着透明的薄纱跳舞，尽管几年以后这种简单奇特的风格在德国的休闲聚会上大受欢迎。

从那晚起，我收到了许多邀请，在许多社会名流的家里跳舞。我常常今天还在给皇亲国戚跳舞，第二天却连吃的都没有。因为他们有时会给我报酬，但更多的时候是不给的。但我们还是宁愿少吃饭，用省下的钱来买体面的衣服，好光鲜亮丽地出现在人前。

我们给工作室添置了几张简易的小床，又租了一架钢琴。每天，我们还是要在大英博物馆的图书馆里待上几个小时，午餐就在那里的小吃店里买个一便士的面包和一杯牛奶咖啡。

我们痴痴地迷恋着伦敦的美。虽然我们总是入不敷出，但这却是一段令人心境平和的美好时光。

# 把单品做到极致

◎子　沫

在我的记忆中，能真正打动我的都是一些坚持卖单品的小铺。

比如西北湖咖啡豆，这是个只有十平方米的小咖啡铺，只有两三张桌子，没有任何装修，却开了足足十年，这对台湾来的兄妹，驻扎在武汉，成了武汉小型咖啡馆的鼻祖，只卖曼特宁，从烘豆到咖啡，全部亲手制作。他家的店火到什么程度？很多客人只是路过，宁可站着也会喝一杯咖啡再走，心满意足。咖啡的香味，大老远就能闻到。一家小铺，一种单品咖啡，提供无限的咖啡念想和生活方式。这也让我想起那个鼓浪屿坚持只卖蓝山的咖啡馆，老板娘偏好蓝山，只卖这种咖啡，那也是我喝过的最好的蓝山，一杯咖啡就让人灵魂出窍。

还有，云南米线。我吃到这么上好的云南米线只是在一家楼中店里，校园的深处，一楼搭出来的小院，大概十五平方米而已，她家只卖一种地道的云南米线，一碗米线，骨汤做底，云南辣子，碎肉碎黄瓜堆在米线上，一碗米线诚心诚意，用大白瓷碗装着，非常非常好吃，我常常被这一碗米线惊倒。而且，这里冬天生着红火火的木炭盆，有好喝的大麦茶装在青瓷杯里配米线。大老远地绕道而去，一碗米线带来的安慰难以想象。

曾听一位朋友讲过重庆的一家小面馆，只做小面，从材料到调料，要求严格，煮的时间到装碗的程序丝毫不打折扣。而且，那里的挑面师记得每一位熟客的口味：加辣加葱不要姜；加醋多葱多蒜；记得多备一碗汤……一碗小面吃得人酣畅淋漓。小旧桌每天用水洗得干干净净，客人的面前都有店家自制的泡萝卜奉送。谁能不记挂这样一碗小面？

把一个单品做到极致，就如同人生，一辈子有耐心去做一件事，这个世界诱惑太多，这也想做那也想做，多路出击，最后一事无成。能沉下心来耐住寂寞做好一件事，这么简单的道理，也是很多人不懂的。

# 第三辑

# 鲜花着锦，初心依旧

“真正重要的不是完美的结果，而是过程中自我内在的成长与丰盈。在爱与被爱的过程中让生命更丰盈、更充实，最后找到自己生命中属于幸福的那份答案。”烈火烹油，喜欢的还是那份淡淡。

# 在60岁时，生机勃勃地活着

◎韩松落

如果要从娱乐圈的女明星中，给普通人选出一个生活样板来，这个人，绝对不是林青霞，也不可能是钟楚红，而只能是刚刚过了六十岁生日的刘晓庆。

别的女明星，都是天赋和机遇的产物。唯独刘晓庆，走的是一条从凡人到凡人的路，那些励志书上的规则，在她这里全都发挥了作用——勤奋，乐观，乐于助人，不放弃希望，不放弃爱情，要精精神神地活着，打扮得漂亮些，要锻炼身体，要学会理财。这些规则朴实无华、切实可行，而且她也身体力行地证明了，这些都行得通。

少女时代，她考进四川音乐学院附中，十五岁毕业，去了农场劳动。几个月后，听说部队招宣传兵，她便找了个机会爬上火车，找到部队的首长，表演了自己的才艺——她在音乐学院附中学的是扬琴和声乐。之后，她获得机会演歌剧、演电影，最终成为我们所熟知的那个刘晓庆。她不随波逐流，一开始便是逆流而动。

青年时代，她演电影、主持春晚、走穴、离婚、做生意、写书。在《我的路》里，她详细讲述了自己的婚恋细节，还在书中提到，她为了在部队入党，每天都到食堂去擦桌子、搞卫生，做给所有的人看。另一本书里，她这样夸自己："我笑眼盈盈、妩媚、迷人、充满了自信，像一朵艳丽的山茶花正在盛开。"她说的，做的，她的强烈个性，她的自信，都是二十年后的中国人才慢慢拥有的东西。

中年时代，她的公司税案被曝，她因此一度入狱，《我们为刘晓庆辩护》和《刘晓庆422天的痕迹》两本书，记下她那段时间的经历。即便在狱中，她还是坚持锻炼身体，房间小，没有腾挪的空间，她就沿着房间对角线来回跑动，每天跑8000步。出狱之后，她负债累累，靠接戏把钱还上，再度起死回生。现在的她，还在坚持打羽毛球、游泳。

而不论少年、青年，还是中年，她都生机勃勃，乐观开朗。专栏作家狠狠红在贴身跟采刘晓庆几天后，写下一篇题为"刘晓庆：我的人生没准儿还有奇迹"的人物特写。那篇文章里的她，像一颗小小的太阳，热浪扑面，永不停歇。她替朋友操心一切事情，招呼他们去大理玩，安排好全部行程，还成天担心他们玩不好，时时追问他们的感受。她总是对朋友送上赞美，朋友说几句话击中她的心坎，她也会觉得对方帮了自己，每次见面都要感谢，“对于自己喜欢的东西，刘晓庆从来都是这般，欣赏了又欣赏，赞叹了又赞叹”。

电影《卡萨布兰卡》中有句名言：“你的男人有没有金钱、地位，那不重要，重要的是他有没有生命力。”这言论也同样适用于女人。若不能像林青霞那么美，不能像钟楚红那么天真，总能尝试着像刘晓庆这样，勤奋点儿、乐观些，并且培植、激发出更绵长的生命力。按照汉娜·阿伦特的说法，这叫“积极生活”，以醒觉的状态生活，增加生活的密度、浓度，总之，得奋力折腾。而金钱名利，是这种积极生活的世俗结果。

每逢刘晓庆扮演十八岁少女（她在电视剧《我有一个梦》里扮演这样一个角色），在微博上发布照片，每逢娱乐版用“扮嫩”作为与她有关的文章的题眼，总有大批网友奔去斥责和辱骂。可惜，所有骂她的人，肯定都不会知道，在六十岁时生机勃勃地活着，是一种什么样的体验。作为生活样板，她其实比林青霞和钟楚红更难效仿，因为她貌似寻常，貌似就在身边，貌似理当如此的生活状态，却让人妒忌，她身上那顽强的生命力离我们如此之近，又如此遥不可及。

# 净身出户的老太太

◎倪一宁

住我们前楼的老太太离婚了。

她少说也有七十岁了，精瘦、苍白，夏天常穿一身水蓝色，像一团被洇开的蓝墨水，冬天罩着沉重的羽绒衣，每走一步都是种较量——是人撑起衣服，还是衣服把人拖垮。喜欢在阳台上放越剧段落听，边修剪花草枝叶边轻声跟唱。她养一种不知名的粉色小花，专在盛夏里开，开起来满树披挂，异常芬芳，是那种把夏日夜晚浓缩在其中的甜香。

别的老太太喜欢逮住邻居打招呼，问晚饭吃了吗，前段时间去哪儿了，问怎么好久不见你太太。她不一样，哪怕在窄窄的石径上狭路相逢，也是互相点点头，不亲热，但也从不让你难堪。

她的丈夫，是个退役军人，喝酒，喜吆喝，时常呼朋唤友，黄昏时分，有年轻夫妻带小朋友出门散步，他一碰上，就把小孩子高高举过头顶转圈。父母紧盯着那软软的一团，生怕稍有闪失，又磨不开面子，还催促小朋友叫“爷爷”。这种其乐融融的困境，常是由她来点破的，她用手拍一下老头子的背：“好啦，往前走。”然后在他恼怒的眼神里，朝邻居点点头，这小幅度的举动，像一串密码，暗示了她早年的性情和教养。

这可能是周围居民都喜欢她的原因。

我们都隐约感觉，他们和那些扯着嗓门儿闲聊的“老来伴”夫妻不一样，但究竟哪里不同，也没人认真追究——儿女也算出息，一家人都体面，接下来就等着八十岁摆寿宴为一生盖棺论定了，还能有什么变数呢？

年纪一到，再多不甘也该伴着软糯食物咽下了，我见过很多老年人，明明只是搭伴过日子，连谁洗碗都要争执，仍然在金婚时哽咽不已地说，下辈子如果我还记得你。

这并非虚伪，只是成本太高了，一辈子苦也苦过来了，忍也忍下来了，就索性骗自己说，我完成了自己满意的一生吧。

可是老太太离婚了，净身出户，和子女断绝了关系，独自去租了一个小户型，过的日子和从前别无二致，只是少了一个动辄摔杯子的老头子。

她的子女觉得丢死人了。都在那边劝，要是实在吵不过，就跟着孩子去住，大家避开就好嘛。拗不过老太太硬要离婚，她儿子气急了，跟我们抱怨说，不知道怎么就非要离，难道是还有老相好等着？

我妈这样对我说："你爸爸听了骇死了，我就吓他，他要再那么忙，再过二十年我也闹离婚。"我大笑，假装没有听出，她花团锦簇的语气里，渗出来幽微却真实的失落。我离家已经两个月，爸爸辗转于各座城市，她的闲暇时间是怎么打发的，我没有问，也不敢问。每次打电话同她扯东扯西好一会儿，却唯独不敢问一句，妈妈，你真的快乐吗？

这问题太矫情又缺乏意义，不快乐又能怎么样呢？子女不添乱，丈夫能赚钱，不就是大多数人眼里的"岁月静好，现世安稳"吗？

但毕竟有人不甘心，把"人生总该写首像样的诗"，误会成了"把人生活成一首像样的诗"，于是漏洞百出，却让人在立冬的时节，触碰到了一点儿娇憨的暖意。

老太太的勇气是在哪儿攒成的呀？是默然盯着脚尖时吗？是在黄梅戏《天仙配》的唱段里吗？是在那酿满甜香的花簇里吗？是要攒够多少勇气啊，才能不计漫长一生的浩荡成本，不顾儿女的眼光，选择重新来过。那不是放弃了一套房子或者一群儿女，而是放弃了给人生一个虚假的圆满句号的权利。

——哪怕已经看到了彼岸，哪怕听见了观众席上的鼓掌，哪怕筋疲力尽很想入港，可是当我知道那不是我要的岸时，我还是掉头，往苦海里去。

# 在40岁时，理直气壮地做软萌妹子

◎小 志

看到林志玲，才知道有人40岁还可以这么理直气壮地做个少女心不变的软萌妹子。这个印象中漂亮的花瓶姑娘，开始了40岁少女的逆袭。更多更美的林志玲，等待被发现。

因为一档旅行综艺真人秀，一路讨厌着志玲姐姐的批判者们，也终于宣布“路转粉”。

节目中志玲姐姐的反转性格，让不少人路人转粉。平时，她依旧是平和优雅、带着点儿慢吞吞的慵懒性子，却时时刻刻都是美丽的女神。偶尔爆发的机智与活泼，也让人见到了她不同的魅力。

不妨学习下旅行途中林志玲的穿衣经，不刻意又优雅，简直是美人的最佳示范。

只是做起游戏，娃娃音的常规音量就瞬间不够用了。就连风风火火的雪姨都说：“我第一次知道你能这么大声说话。”

即使这样，从小养成的好教养也不会让偶尔的“失态”破坏她丝毫的美感。林志玲高中就读于加拿大多伦多的私立女子教会学校斯特罗恩中学，该学校管理严格，几乎可以称为淑女训练营。随后，她顺利考进加拿大多伦多大学，完成西方美术史和经济学双主修学位。

被叫了这么多年“花瓶”，志玲姐姐也没开口辩解过什么。但你见过这么学霸的“花瓶”吗？

说起林志玲的成名经历，不得不谈到绯闻男友言承旭。林志玲断断续续做了许多年模特，却也没什么人注意，直到与言承旭的恋情曝光，突然被冠上了“台湾第一名模”的称号。而那个时候，她已经30岁了。对于自己这段“逆向”成名的经历，志玲姐姐在访谈中，两手一摊，露出美丽的笑容：“我也觉得不可思议，我到现在也不明白是怎么回事。”

相比借前男友炒作的众多女星，志玲姐姐这股淡定劲儿不知道高多少段位，并且让人钦佩。

如果说她一生中最困难的时刻，在大连拍戏坠马肯定位列第一。那时候娱乐新闻穷追猛打，她最丑的样子都被公之于众，最终大家也只记得寥寥数语的一条新闻。于她本人而言，却是几个月无法言说的疼痛。这场事故究竟有多严重？肋骨断了六根，其中一根断成三节，并有血气胸和肺挫伤。

照顾她的护士表示：疼得厉害时林志玲也不会抓别人的手，就紧紧攥着床褥，小声抽着气，一声也不哭。不管你什么时候问她“难不难受”，她都答你“还好”。每为她做一件事，哪怕端茶倒水的小事，她也不忘记说“谢谢你，你太好了”。

这些事情，当然没有人会去关注。她也没出来诉说委屈，只是自己默默忍受。

最近出演旅游真人秀节目，人们才看到，一个不惑之年的她却依旧带着少女心，渴盼真正爱情的小女孩，是一个散发着善良与母爱的女人，是一个在旅途中，随时伴着音乐跳舞的旅行家。

2011年起，她开始做志玲姐姐基金，持续给少女院捐赠内衣。2013年她开始关注有脑残疾的儿童，借由肢体的伸展、游泳的训练、打鼓等律动性的活动，来改善他们的状况。

她为儿童制作有声书，把自己生活中有趣的小事读成故事，借此与长期待在病床上的儿童交流。

她希望到老都活得很优雅，喝一杯红酒，不急不忙地生活；她期盼细水长流的爱情……

诸如此类，俗世中美好又平凡的她，被掩盖在美丽的外表下，不为人知。

一个爱着这个世界的女人，才值得被世界所爱，林志玲就是这样的人。所以保持着少女心到40岁，有什么不可以。这样的温柔美好，值得被善待。

# 美人等得起

◎宁　子

慢慢地，我留意到她——柜台窗口外等候的人流中，从来不急不躁的女子。

每天早上开始营业之后，这家营业厅内便人满为患。她应该是某家公司的财务人员，隔上几天就会来办业务，运气好的时候，只需等一会儿，运气不好，等上个把小时也属寻常。

她好像总是等得起，不管多久，都安静地坐在一隅，要么打开手机静静地上网，要么随身携带一本书，静静翻看，等待叫号。其实不过是个相貌平平的年轻女子，但每一次，抬头看到她那种安之若素的神情，总觉得她有一种说不出的美。

她的美，总会让我想起在飞机上邂逅的一个女子。

是两年前的秋天，在沈阳桃仙机场遇到的女子。当时，飞机晚点4个小时，所有人都焦躁不安地徘徊、抱怨、四下投诉，她却在候机厅做瑜伽。她的瑜伽不是随便做做，而是有板有眼地换好衣服、铺好垫子，耳机里听着音乐，认真地做着。

那是个相貌温和的中年女子，也许有40岁了，面容已有光阴的痕迹，但身材极好，想来是瑜伽的功劳吧，让她整个人带着一种超然的气质。

很奇怪，当时震撼过后，却丝毫不觉得她矫情或不合时宜。在那样乱糟糟的环境里，她在角落占据一方小小的空间，从容自若地完成了一场瑜伽。

等她收拾利落，旁边吵闹的乘客也已吵累，不再大喊大叫，但神情依然焦躁烦闷，我也在烦躁中。她却是例外，从得知飞机延误开始，没有一点儿烦躁的表情，没有一句抱怨的话，做完瑜伽后，她休息片刻，坐下来，拿出一本书来看。直到广播通知登机的消息，她放下书，从容地整理好背包，然后走到队伍的最后面，进入登机口。

飞机上，大多数乘客为刚才那场漫长的等待耗尽心力，神情疲惫。唯有她，重新打开那本小说，读得津津有味。同样是4个小时的漫长等待，她的神情不觉倦怠，面容依然清新，若隐若现的笑容始终浮在唇边。

这一刻不得不承认，不急不躁的她，是个美人。

是谁说过，美人是不急的。因为急躁会破坏美丽。所以，真正的美人，都等得起，都不急。

# 还不老，还不迟，都还来得及

◎詹青云

37岁的体操妈妈丘索维金娜为生病的儿子6次征战奥运的故事，在一个争议连连的夏天，成为珍贵的感动。如果她知道在德国，还有一位86岁的“体操奶奶”——约翰娜·奎阿斯，想必会感受到莫大的鼓励。毕竟，“体操妈妈”头一次参加奥运会不过是20年前的事，“体操奶奶”参加体操比赛，却要追溯到“二战”前。

约翰娜并非练了七十多年体操。今春的科特布斯体操世界杯上，作为最老选手出名后，记者问她：“你是否年轻时代就是运动员？”约翰娜说：“是啊，1954年，我们是东德手球联赛冠军。”

最让她自豪的不是年龄，而是历经转行、退役、结婚、生子后，还能在56岁时重新练起。这位老奶奶笑着说，或许自己可以启发大家，“It's never too late（永远不会太迟）”。

“二战”后的德国，体操运动被盟军管委会禁止。直到32岁，出身体操世家的约翰娜才真正开始练习。几年后，她嫁给一个体操教练，养育了3个女儿。转眼间约翰娜56岁了，那是1982年，她对自己说，得把体操找回来。

世界杯高低杠初赛上，她打算借上杠的力量来个下杠动作，结果屁股着地了。她笑嘻嘻地朝观众挥挥手，再对评委摊手噘噘嘴，像在说：“我也不知道怎么搞的。”

心情放松，不意味着游戏比赛。虽然节奏有点儿慢，外行也看得出难度分不会太高，但她的每个动作都十足用心。自由操伴着柔和的钢琴曲，优雅自信的舞蹈，腿绷得笔直的翻滚和头手倒立，已经让观众掌声惊呼不断，老奶奶一高兴，来了个侧手翻。若不是顶着一头银发、戴着金丝眼镜，你很难相信她的年纪是其他选手的四倍多。

和一群比孙女还小的姑娘同台竞技并非约翰娜所愿。她一年前就向记者抱怨，竟然没有老年人的欧洲冠军赛，更别说世界杯了。其实，世界长者冠军赛是有的，只是没有体操这个项目。德国倒是有老年人体操冠军赛，不过约翰娜有点儿玩腻了——她已经拿了11次冠军。

约翰娜最喜欢的，是每年8月的雅恩纪念赛。为了纪念德国体操之父雅恩，其诞生地弗赖堡每年都举行室外赛。她喜欢弗赖堡，因为可以一边比赛，一边享受阳光。

在这个年龄限制为90岁的比赛中，约翰娜并没有被超越。2012年9月第57本《吉尼斯世界纪录大全》确认她为现役年龄最大的体操运动员。但她没有停下来的打算，因为在同一本《吉尼斯世界纪录大全》上，还有一位来自德国的老爷爷沃尔特·利斯纳，94岁那年，他当众表演了后空翻跳水。

第一次参加体操比赛是1934年，约翰娜却在86岁一夜成名。她在科特布斯比赛的视频，在热门视频网站上有超过300万人点击。崇拜者自称“约翰娜粉丝”，在Facebook（脸谱网）上为她建立主页，并关注她的不断“成长”。

一位体操运动员看过她的比赛后说：“我32岁了，有时会对自己说，我大概太老了，现在这句话已经无效。”

除了体操，人们也关注别的，有人留言：“哪位熟悉约翰娜的人可以告诉我，她每天吃什么，到80岁还能这么瘦？”

丘索维金娜让人们感慨母爱使青春常驻，约翰娜奶奶会说，其实体操本身就可以。登上《吉尼斯世界纪录大全》后，她被请到ITV（英国独立电视台），毫不费力地现场表演了一段双杠。剪刀旋转、肩肘倒立，这次，还有挺成功地下马。主持人咕哝着“我的上帝”问她，这么大年纪做体操，会不会造成身体不适和疼痛。“一点儿也不，”老奶奶答道，“我是早起的鸟儿，醒来以后习惯在楼梯上跑上跑下。”跑完之后，她的下一个习惯是做瑜伽。

# 原来微软天才是烹调控

◎［美］海伦·路易斯·海斯特利

请瞧瞧这份简历：内森·梅尔沃德，14岁高中毕业，23岁获得物理学博士学位，毕业后成为史蒂芬·霍金的博士后研究员。之后他开始创业，成立了自己的网络公司，该公司后来被微软收购，他一路做到微软的首席技术官，成为比尔·盖茨的左膀右臂。他在40岁的黄金年龄退休。他还获得过摄影奖，以及世界烹饪比赛冠军。

在梅尔沃德涉猎广泛的生命中，他对食物的热爱是永远不变的，并到了痴迷的程度。那么，这位身价数百万美元的退休老饕会做什么呢？当然是写一本世界上最厚、最昂贵的食谱。

你如果认为这套6卷、共2438页、售价395英镑的烹调宝典《当代美食：烹饪的艺术和科学》不会有太大市场，那你可就错了。这套书第一版印刷已经售罄，现在正进行第二版印刷，且正被翻译成法语、德语和西班牙语。

有关这套书的一切都体现了“爱的付出”：50名摄影师、作家、编辑、科学家和设计师参与了这一“巨著”，共完成1522份菜谱和3216幅图片。全书共分五大部分：历史和基本法则、技艺和设备、动物和植物、调料和配制、菜谱。还配有一本《厨房手册》，若照着上面说的做，厨房一擦就干净。

但这套书不仅仅是一套教人做饭的书，也不仅仅是一套放在茶几上供人茶余饭后翻阅的书。毫不客气地讲，有人把这套丛书拿来与波伊提乌在狱中完成的《哲学的慰藉》相提并论，认为这套丛书试图去总结某一领域目前最高成就中积累的所有知识。它更像是一个人一生的心血，但梅尔沃德仅用5年就把它完成了。

梅尔沃德说自己第一次做饭，是9岁时为全家做感恩节大餐。为了那顿饭，他跑到当地的图书馆，借了他能找到的所有烹饪书。年轻的梅尔沃德在读中学时连续跳级，结果提前4年进入加州大学洛杉矶分校，毕业后在普林斯顿大学攻读博士（拿了两个博士学位）。1983年，他在理论物理方面的能力，使他获得剑桥大学霍金手下的一个职位，专攻量子引力理论。那时的他也不忘在厨房里“做实验”。每当有新的烹饪书籍出版，他总会尝试书中所有的菜谱，用他那研究员注重细节的眼光，挑战饮食作家在书里含混不清的指令。

这个剑桥的职位原本为期5年，但人生难免会遇到偏离细致规划的时候。就在这时，梅尔沃德和他的朋友在普林斯顿大学钻研的软件项目有了起色，他的同事叫他回美国。“所以，在第一年年底，我告诉霍金，我要请一个月的假，”梅尔沃德说，“但那次，临时事假后，我再也没能回去。”

梅尔沃德的新公司很快被微软收购，微软那时是一个处在上升趋势的原型机巨人，他遂成为微软第一位首席技术官。在那些疯狂忙碌的日子里，他一周要工作80个小时。“微软的工作消耗了我们的全部生命。每个人都有爱好，但我们工作起来如此卖力——我在那里的头五六年没有休过一天假。”他并未因此后悔，“我们那时恰好赶上时代发展的机遇，巨大的可能性摆在我们面前——计算功能越来越廉价、越来越强大，人们总能找到应用它的种种新方式。你所做的所有事情将影响数以百万计的人，这真让人难以置信。”

到他35岁左右时，梅尔沃德的职业生涯就取得了大多数人不敢想象的成功。但他始终没有放弃与食物打交道的想法。1993年，他脱离中央处理器的世界，告诉老板比尔·盖茨，他想利用一个夏天，去法国学习专业烹饪。盖茨认为这是好事，但法国的大厨们可没有那么积极。他们让他在电话里进行面试。他们确定他答不出那些尖锐、专业的问题，比如牛肉汤和鸡汤的烹调时间对比。

“所有的问题，我都答对了。”梅尔沃德无比自豪地说（他有很多令人钦佩的品质，但谦虚绝不在其中），“他们原本希望能打发我这个有钱的业余爱好者。”法国蓝带烹饪课程需要毕业后有两年的工作经验，所以梅尔沃德每周抽一个晚上在西雅图最好的法国餐厅Rover’s帮厨。结束了一个夏天的煎炒烹炸，他回到微软，刚巧赶上互联网蓬勃发展。但他已经心不在焉，认为白天的工作正在成为他进行烹调的绊脚石。

梅尔沃德的人生第二春就此开始，你也可以把它称为退休。

他住在西雅图郊区华盛顿湖畔的一栋住宅里，后院全是“烹调实验室”。许多大学的研究院都眼红他的设备，比如超声波缸（用来炸薯条）、离心机（用来制作豌豆黄油）、旋转脱水器、冷冻烘干机、高压锅，甚至还有液氮缸（经过其处理的汉堡包和薯条会更香脆）。所有这些高科技玩意儿，让他把科学原理应用到烹饪中。梅尔沃德认为，食物在21世纪需要经历一场艺术和文学在20世纪所经历的革命，应该把伟大的食物想象成艺术。如果音乐能成为艺术，为什么食物不能？既然视觉的东西可以成为艺术，为什么盘子上的东西不能？如今，烹饪已经到达这样一个阶段，厨师们可以互相提起对方的名菜，或者他们早期的创作。这标志着，厨师们开始有意识地像艺术家一样思考。

梅尔沃德认为，10年后，汉堡连锁店和咖啡馆将使用许多他发明的先进厨艺。他对食物的痴迷让笔者欣赏，但还是提出了一个令他颇为尴尬的问题——“你如何解释自己在食物上花大把的钱，而有人却在饿肚子？你能找到30种烹饪鹅肝的方法，而有人却正为找到足够的大米在挣扎。”他皱起了眉头，回答道：“当有人找不到大米时，你又如何解释艺术的存在——比如泰特画廊？”然后，他给出了一个答案，答案虽是事实，但我觉得只有美国人能说得出口：“我也在做许多别的事情，比如成立一个实验室，试图找到根治疟疾的办法。这样的我痴迷于烹调，并不感到糟糕。”

最后一个问题：“你的烹调手艺真的好吗？”“我自认为如此。我不是一个伟大的厨师，但我是一个不错的厨师。”

# 我和美国“老美女”

◎吴　越

毕业前一年，我得到硅谷某高科技公司实习的机会，高昂的房租却给我的热情泼了一瓢凉水：公寓房月租平均在1500～2000美元，想讲价，对方趾高气扬地回答：“这里是硅谷嘛！”一个星期后，好运气来啦！在网上看到一则出租房间的广告，每月575美元，电话是位中年女士接的，她告诉我，想出租房间的是她独居的母亲。我猜测，房东应该是位老太太了，心里踌躇，但没有更好的选择，于是和她说定租下那间房子。

第二天就去看房了。出租车停在一栋简单雅致的单层房子前面，还没下车，就看见房东拄着拐杖微笑。她祖籍荷兰，家族已经在美国生活了好几代，“老美女”是我第一眼看见她就想起的绰号，因为她比我印象中白发苍苍皱纹满面的老太太实在漂亮太多。

“老美女”一头金发，薄施淡妆，皮肤很好，谈锋极健，没几句话就大大方方地问：“How old are you?（你多大了？）”我告知了年龄，她笑着说：“你看上去要更年轻。”她也大方地宣布了她的年龄，不出所料，我们相差超过50岁。“老美女”仿佛看透了我的顾虑，直率地说：“别担心，我能自己照顾自己。”她说到做到，当天下午就开着一辆巨大的别克轿车带我去超市购物。她在超市里动作敏捷，走路麻利，让我惊叹不已。

“老美女”家里的墙上挂满经年的生活照片。她年轻时不算太漂亮，却嫁了个明星般的帅哥。谈到过世的他，她的脸上流露出少女般的神采，“很多漂亮女孩追他，我根本没想到他会喜欢我。他很有责任心，什么事情都安排得妥妥当当”。失去了老伴儿，“老美女”并没有悲伤消沉，生活依旧和以前一样积极阳光，她说：“他只是比我先一步去了天堂。”

“老美女”饮食简单，注重运动，每天拄着拐杖行走至少一个小时，自己做家务，常和要好的老姐妹出去喝咖啡、谈心，时不时还做义工。凡出门必认真化妆，打扮齐整，涂上我不敢想象却很适合她的玫瑰红唇膏，生活得有滋有味。

当然，“老美女”并非没有烦恼。她告诉我，仅过去一年，就做了两次手术，一次胃部，一次腿部，但她努力用微笑面对人生。她说：“大家打招呼的时候说‘How are you’（你好吗），但其实谁都很忙，别人并没时间在意你究竟好不好，自己的生活需要自己管理。”

“老美女”在美国20世纪20年代大萧条时期出生，具有那一代人质朴的传统。两个女儿收入不菲，但她经济自立，每周买菜会做详细预算，连给车加油也会选最合算的加油站，提及女儿们常换新车就摇头：“她们没尝过穷的滋味，那样不好。”

有外人来，她总是打扮得精致漂亮才去见客。有一次，我的一位朋友早上来访，我穿着睡衣没好好梳头就去见她，过后，“老美女”婉转地提醒，即使是接待同性朋友，也要注意仪表，不是见外，而是尊重别人。我曾在电话里和男朋友大声吵架，她劝我：“吵架可以，但不要提高声音，你一旦提高声音，对方就会把声音提得更高。”

“老美女”生活节俭，却在我生日那天出其不意去订了个大蛋糕，卡上署名“你的美国祖母”，我泪眼模糊地给了她一个大大的拥抱，至今感念于心。

2006年，我的“老美女”房东去了天堂，和她的老伴儿相聚。听到消息，尽管黯然，但作为一个目睹她生命最后时段的人，我知道她活得充实、开心而有尊严。我想，那就够了。她女儿这么评价母亲：“妈妈是个外表温柔而内心刚强的人，我们给她钱，要她和我们一起住，她始终不愿意，说喜欢自己的生活方式。”这是很多美国老人的写照，独立乐观，积极经营人生，热爱家庭而并不把儿女当作唯一的精神寄托，让晚年绽放出独特而迷人的魅力。

# 棒喝自己

◎黄亚洲

这些年我在国内参观过许多公司总部与漂亮厂区，我的一个大学同窗就曾把自己管理的杭州达利丝绸厂，活脱脱打造成了一个精致的苏州园林。当然，眼前这家位于美国硅谷的谷歌总部，就不仅仅是一个企业园林化问题，压根儿就是一座硕大的绿色园林，比我在国内见到的所有园林式厂区更显舒坦与大气，没有围墙，唯有茂密的古树、草坪、牧场、运动场，一栋栋五彩斑斓的建筑，与一条条小径隐藏于一大块一大块的绿色之中，一家企业宛若蓝天白云下一座美丽精致的小镇。

进入谷歌总部，一直是闲逛园林的感觉，但后来，走向那栋办公楼之时，一副劈面相见的巨型恐龙骨架，倒是叫我一下子目光发怔，继而心灵发怔了。

为什么有恐龙？这是什么地方？

深棕色的，骨骼魁伟，足有二层楼高，直直地耸立在一栋办公楼的前面。

恐龙小小的头骨与尖利的排牙，此刻正直冲着我，造型相当逼真。我开始还以为是一副真的恐龙骨架，后来才知道是模型。

临时做向导的年轻朋友贾明证实了这一点，说这就是模型，是谷歌公司特意去买来置放于此的。

在贾明没有进一步告诉我为什么谷歌要买这副恐龙骨架之前，我瞪着这个张牙舞爪的东西，动用我有限的智慧，狠狠地猜想了一番这只巨型恐龙盘踞于此的原因。

首先，我猜想，是谷歌公司要借此普及生物发展简史吧？但，转而一想，又觉此种猜测很显勉强，你想，既然是普及自然知识，为什么恐龙身旁没有剑齿虎，没有文昌鱼，没有任何配套的动植物，只孤家寡人一只恐龙呢？

或者，我又想，是为娱乐吧？你看这绿荫遍地的公司区域内，各类文化体育设施这么健全，有足球场与网球场，有健身房、按摩室、游泳馆、人造沙滩以及沙滩排球，还有各种游乐设施，自然也就可以锦上添花，再添一只恐龙，玩玩视觉，添一分情趣。再一想，这样的解释似乎也勉强，要玩玩，为什么偏是恐龙，而且又是一副骇人的骨架，放只米老鼠或者大黄鸭不是更幽默更有趣吗？

贾明给出了自己的答案，据他所知，这是为了自我警示，也就是说，公司头头儿感觉自己的全球业务与自身实力实在太大了，大得营业额现在每年有上百亿美元了，净利润也有几十亿了，而且赚得还是轻轻松松的，但越是这样，公司的决策者就越有危机感，所以特地购来一副两层楼高的恐龙骨架摆放于此，让公司总部的员工进进出出之时都能劈面遇上恐龙，并且思考同一个问题：恐龙体量一大，行动就显得笨拙，我们会不会笨拙起来？

当然，不光是一个关于笨拙的问题，还有一个关于灭绝的问题，恐龙的最终结局大家都是明白的。谷歌的头头儿们是不是还把这个更为残酷的问题也警示在蓝天白云下面呢？这自然是我个人的琢磨，想得有点儿多了。

不管怎么说，未雨绸缪，谷歌的头头儿要拿两亿年前的恐龙天天给自己说事，权当棒喝，头脑算是清醒的。

贾明说他当初进谷歌的时候，一开始也不知道这个典故，后来是几个老员工告诉他的。贾明在谷歌干了几年又离开了，去一家更小更灵活的公司当了创业员工，目前在努力将小公司上市。他那果敢的行动路线可能与这只恐龙的足印也有某种关联吧？这当然又是我的猜度，也想多了。

贾明还介绍了另一种说法，那就是这个地方的附近发现过恐龙的化石，所以要在这里摆一副霸王龙骨架。但贾明又说，他宁可相信老员工悄悄透露给他的那个说法。

我也宁可相信那个关于警示的说法，那说法有意思，有战略意义。谷歌有意把一柄悬在头顶的达摩克利斯之剑改造成一副巨龙骨架，谷歌以一种艺术的方式表达了它每天体会到的危机感。

我看过一则报道，说是谷歌目前推出的各种研究项目似乎越来越大胆，越来越超前，几乎可以用“惊天”或者“疯狂”来形容，譬如能像人一样独立思考的量子计算机；能像拼乐高一样拼出来的模块化手机；能以每小时近三十英里的速度奔跑的机器人步兵；不久前已经推出的没有方向盘与油门的无人驾驶原型车，行驶全交给了人工智能；还有包括抗衰老、延长人类寿命的各种生物技术。

有一点可以断定，谷歌目前全速奔跑的年轻姿态，与它竖在自己总部大楼门前的这只恐龙的步履蹒跚，绝对有关。

每天棒喝自己，其实是很有用的。

# 错位的优雅

◎许　嵩

这几日一直埋头练琴，拒绝了聚会、宴请，反而觉得每一天都很充实。

在深圳的某个晚上，在“四海一家”吃自助餐。人们端着盘子在菜品前穿梭。听见有人在表演钢琴弹唱，唱得很好，我走了过去。是一个中年老外，哼着jazz（爵士乐），眼睛闭着，看起来很投入。我在很近的位置站着听了5分钟，他都没有察觉。

一个服务生看我不动，走过来问我是否需要什么帮助。我说不需要，他就带着一些莫名走开了。

老外唱完一首，自顾自摇了摇头，欠身轻声说了句“Sorry（抱歉）”，然后更小声地自我点评了几句，大概是对自己刚才的演唱并不满意。但并没有停顿太久，他又开始了下一首。这首唱完，他微笑，说了句“Thank you（谢谢）”，自我鼓励。那种音量属于自言自语。无人会注意到他，他早已习惯这一点。杯盏碰撞声和人声几乎淹没了他的琴声和歌声。

离场时，他对着琴一鞠躬，对着四方食客二鞠躬。

而对比强烈的是，这一切都像是独角戏。他的全情投入和优雅礼貌，得不到任何反馈。

得到的一些演出报酬，似乎仅仅是购买他的弹唱，并不要求他附带优雅与认真。只能解释为，他在享受自己的音乐，而不是演给别人看——也实在没什么人在看；亦不是为了赚取生活费而麻木地唱着——像很多酒店的琴师，一边弹，一边打量着往来的顾客，再打几个哈欠，多上几次洗手间，无所用心。

同样是卖唱，也有不同的境界。有的人，卖唱都卖得不敬业，不称职；而有的人，论水平早已不该停留在那些喧嚣之地，却因为种种原因，还在那些不为人注意的角落用错位的优雅注释着自己对音乐的热爱。

听起来总归是有些悲壮的。

# 80岁的女朋友

◎朱丽亚

Juddy是Terry的女朋友，80岁。Terry是我先生的博士生导师，比Juddy小5岁。老实说，我实在有些纳闷儿，Terry为什么会选择Juddy做女朋友？他和Juddy之间真正的年龄差距远不止5岁。Terry身体健壮、精力充沛，虽然早已从大学退休，但一年有一半的时间仍在全球各地讲学和旅游。而Juddy看上去已经是个不折不扣的老太太了，走平地都有些步履蹒跚，更不用说去四川西部的海螺沟冰川景区了。

旅行虽然开心，却也疲惫，我们尚且如此，何况年老体衰的Juddy？但旅途中只要稍有闲暇，Juddy就会掏出书来阅读。有一天，她拿出来的竟然是杜甫和李白的诗集，当然，是英文的。Juddy自己也写书，已经出版了好几本书。她送过我一本，是关于如何帮助有沟通障碍的孩子的。

2008年，Juddy第二次随Terry来中国时似乎更加衰弱了。一天，行至黔东南的一个苗寨，Juddy的脸色变得很难看，我们急忙把她送到当地的县人民医院。医生给Juddy打上了吊针，并随时监测她的心跳速度，每分钟竟然只有四十二三下。院长神情严肃地告诉我们，这里医疗条件非常有限，应该尽快去大城市。

我先生把院长的话翻译给Terry，没想到Terry竟然不太情愿，他翻出一个本子给我们看，说Juddy自己平时自测的心跳也就是四十七八下，没什么关系。

Juddy躺在病床上，有些虚弱，但是脸上依然挂着一贯的微笑，没有反驳一句。

再见Juddy和Terry已经是2010年的国庆节，在西雅图。Juddy家在海边，占地足足有几十亩，前后都是森林，坐在家里就可以饱览优美的海景。楼梯的墙上挂了几幅黑白照片，4个孩子的是Juddy儿女少年时期的照片，男孩英俊，女孩漂亮。还有一幅Juddy和一个男人的合影，不用说，那是她已经故去的先生。两个人微笑着依偎在一起，幸福满溢出来，挡都挡不住。

从那些照片可以看出，这幢房子里曾经生活着多么幸福的一个大家庭，即便爱人长逝，即便孩子们都已纷纷长大离巢，Juddy依然是个热爱生活的老太太。她在二楼开辟了一间阳光房，种满了各种各样的花草；她把自己的卧室布置成日式的榻榻米；家里的每面墙上，甚至每个角落都摆放着她从世界各地挑选的各种精美的工艺品。

有一天晚上，Terry和Juddy突然玩性大发，带着狗一起去野外搭帐篷露营，又一个晚上他们相携去观看芭蕾舞，而有时候他们又分别回到自己的房子里享受一下独处的美妙。某个星期天的上午，Juddy突然换上一件亮丽的外套外出，说是跟朋友有个约会，几日后的一个晚上她又独自去跟书商洽谈她新书的出版事宜。

眼前这个总是微笑的老太太让我觉得，原来一天天老去并不是什么可怕的事，即便已经80岁了，她依然是美丽的，虽然韶华已逝，她却有着年轻女子少有的从容和淡定。我突然想起舒婷那首《致橡树》，也终于明白为什么Terry会选择这样一个80岁的女朋友。

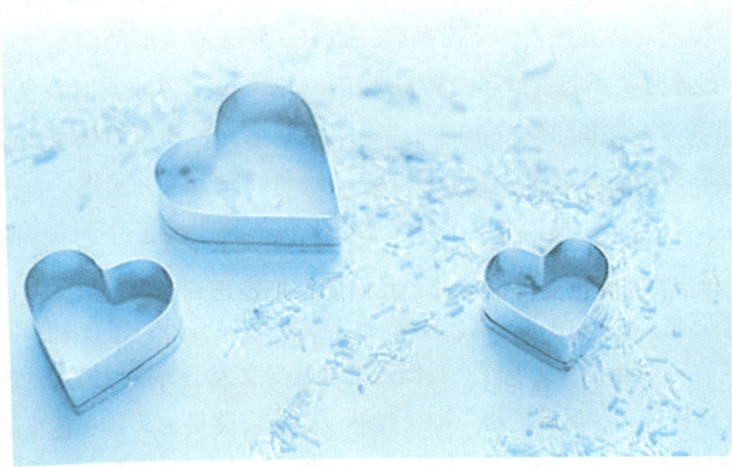

# 女作家的“穿衣经”

◎画　眉

我喜欢那些在文字中表达对衣裳喜悦，乃至沉迷的女作家。比如香港时装专栏作者黎坚惠，佩服她，是因为她曾连续二十年，每天自拍“是日装扮”，并终于集结成书。

又比如日本时尚畅销书作家林真理子，佩服她，也是因为她20年如一日地对于新款爱马仕铂金包和“当季新装”的恋恋痴情。当然后者文笔也算不错。

长得不美的女诗人兼女画家席慕蓉，也有一颗爱衣成癖的向美之心，常常在文中遗憾：她永远买不起看得起的衣裳，好容易攒够钱，新一季时装又涨价了。

三毛写服饰，令我印象最深的有二。一是写道，她和荷西从西非沙漠回马德里，为表孝心请公婆吃大餐。公婆每吃掉一块龙虾肉，她就悲伤：自己的绣花腰带被吃掉了；每吃掉一只火鸡腿，她就唏嘘：衬衫袖子少了一个……除了“富二代”，是女人都会莞尔理解她这等小女儿心思。

二则更有趣了，她调侃美丽的小姑子，“因为买不起太多衣服，只好靠换男友来换衣裳”——当然半真半假。我倒是见过不少女人，每换个男友，就会处理一批旧衣，算是另一种“尽释前嫌”吧。当然，也有可能是为买新衣裳找借口。

内地女性知道“开司米（Cashmere，羊绒）”这舶来词，却是由亦舒起。也是，“当我40岁的时候，身体健康，略有积蓄，已婚，丈夫体贴，孩子听话，有一份真正喜欢的工作，这就是成功，不必成名，也不必发财”。理想平实、生活殷实的女人，确实适合穿“开司米开衫”。颜色最好是黑白灰米咖的，嫣紫与亮黄断断不要。配“养过（也就是基本没洗过）”7年的粗布长裤，球鞋。而衣服上有荷叶边、亮片的女人，与其说是亦舒女主角的，更不如说是亦舒本人的笑料……

张爱玲以后，真正穿得四海惊动、五洲啸荡的女作家，无疑是香港的林燕妮。有一回金庸请客，座中不是大儒就是大商，说定8点入席，9点多林佳人才姗姗来迟。缘由相当理直气壮：巴黎订购的Chanel（香奈儿）新装迟到了，自然要等到了、穿上了才好赴宴啊。面对如此靓衣美人，料金大侠一干男士也不好说什么吧。

而情人黄跟她吵架时，把她新买的貂皮大衣浸到浴缸里的行径，则是“爱我的人伤我最深”的最佳诠释——最爱你的人，最知道你的软肋。

当然，穿着品位和文字水准并不成正比，但我不信毫无干连。我曾亲眼见过一位我在纸面上所敬仰的女作家……然后，我就再也不敬仰她了。我不相信一个把自己穿得像个出土文物似的女人，会真的爱自己。

一个不爱自己的人，会在文字里传达一种怎样的矫饰，或者厌弃？按照现在的话来说——负能量？虽然女作家不是女明星，并无悦目于大众的义务，但是，身为女人总有悦己，或者悦夫的义务吧？姐姐呀，已经面如土色，就不要再穿土色的衣裳了，您这是打算到黄土高坡卧底吗？

那次见面数月之后，听说那位文字很扎实的作家姐姐离异了。后来，市面上很少见到她的作品了。

我所见过的穿得最美的女作家，是严歌苓。第一次见她，是2001年年底。那时候她也有40岁出头了，一件裸粉色缎面短款羽绒夹克，领口一圈柔软细密的米驼色貉子毛，一条及膝茶色粗花呢裙，裙摆一波小小的鱼尾，缎子撞呢子，优雅又青春。

2011年，在南锣鼓巷的一间咖啡馆又见。严歌苓豁然抖开刚在新光天地买的Armani（阿玛尼）复古拼色格纹花呢套裙……依然是白皙的肌肤，清亮的眼神，挺拔的纤细背影——连出名严谨的时光，在喜欢靓衣的女人那里，都是要仁慈些的。

# 最美丽的女人

◎孙宝成

“嗨，你好！”在我身边就座的女人笑着打招呼。她不得不慢慢坐下，才能把丰满的臀部挤进座位，填满整个空间。

她坐舒服后，把粗胳膊放在我们共用的扶手上，巨大的身躯充溢在我们周围，让我和自己的座位显得很是渺小。

我畏缩着靠向窗口，扭头看着机舱窗户，想到要长时间忍受旁边的这个怪物，便感到闷闷不乐。

她用肉嘟嘟的臂肘碰碰我：“我叫劳拉，从英国来。你从哪儿来？日本？”

“马来西亚。”我吼道。

劳拉没有理会我不友好的反应，开始跟我交谈。她津津乐道地谈论自己去香港要见的朋友，数叨了一大堆给自己教书的寄宿学校的学生要买的东西。

我简要地回答了她对我提出的问题。她不在乎我的冷漠，点着头对我的回答表示感谢。她的声音温暖而关切。

令我吃惊的是，她那张之前让我厌烦的脸，现在绽放出非凡的微笑，显得既活泼又冷静。我不禁慢慢地放下了戒心。

劳拉很是健谈，从哲学到科学阅读广泛。她睿智的解说和深思熟虑的分析让我惊奇不已。

我们谈话时，劳拉讲的笑话能让每名给我们提供服务的乘务员都笑着离开。

一名乘务员收拾我们的盘子时，劳拉就她的体重讲了几个笑话。乘务员哈哈大笑，抓住劳拉的手说：“你真让我开心！”

接下来的几分钟，劳拉认真倾听了乘务员的体重问题并指点了一番。心存感激的乘务员离开前说：“我要工作了。过一会儿我回来，跟你说说这件事。”

我问劳拉：“你想减轻体重吗？”

“不想，我好不容易胖到这份儿上，为什么要减轻呢？”

“过于肥胖，你不怕患上心血管疾病吗？”

“一点儿都不怕。你要是总担心自己的体重才会生病呢。只要你时时刻刻都对自己的状况感到满意，就是解放自己了！我有那么多重要的事情要做，有那么多人要成为朋友，为什么要浪费时间去减肥呢？我吃得健康，经常散步；我身材之所以这样，是因为我天生就胖！生活丰富多彩，用不着整天担心体重。”

劳拉接着说：“人们通常把我看成胸大、腿粗、屁股大的胖女人，都会不屑一顾。他们认为我是一个俗人。他们认为我粗陋，认为我懒惰、没有毅力。他们错了。我的内心其实是个苗条的人。我充满了活力，人们赶不上我。多出的肉让我慢下来，否则我把男人追得到处跑！”

“有男人追你吗？”我开玩笑地问。

“当然有啦。我幸福地结了婚，可还有人不停地向我求婚。他们大多都有情感问题，需要向人倾诉。出于某些缘故，他们喜欢和我说话。我想我应该当辅导员，而不是学校老师！”劳拉说。

劳拉富有魅力的谈话让这次飞行充满了欢乐，跟其他人一样，我也陶醉了。飞行结束时，几乎一半乘务员都站在我们旁边，笑着跟劳拉开玩笑。我们周围的乘客也尽情地加入进来。劳拉为众人所瞩目，机舱充满了温情和欢乐。

到达香港启德机场后，我们在抵境大厅相互挥手告别，我看着她走向一大群怀着敬慕之情的成人和孩子。欢呼声响起，那群人拥抱并亲吻着劳拉。她转过身，冲我眨着眼睛。

面对此景，我目瞪口呆：劳拉是我在生活中见过的最美丽的女人。

# 香江的胖子们

◎存　宝

倪匡客居旧金山时，只要他跑去肉店买蹄髈，大家就知道倪太太肯定回了香港，这是倪匡趁机开肉戒呢。

倪匡身材肥胖，倪太太在时，决计不会让他大啖五花蹄髈的。倪匡便趁太太回港之际，一口气买上十个八个，卤成一大锅，藏在冰箱里慢慢享用，全吃完了，倪太太也该从香港回来了。自以为高明，神不知鬼不觉。哪知倪太太去市场转一圈，商家纷纷给倪太太告密。

面对责骂，倪匡也不生气，只是"哈哈哈哈"一阵大笑。

其实倪匡对自己的身材也很无奈，从120多磅（注：1磅≈0.45千克），一胖就胖到160多磅，这不是每天拖着40磅东西在走路吗？累都累死了。于是他决心减肥，没多久便瘦下20磅。蔡澜向他讨教了减肥秘籍，依照而施，果然亦有成效。大家纷纷找他讨要秘方，他先卖关子回答说是"倪匡减肥法"。其实方法很简单，按照倪匡的说法便是——不吃就瘦。

"你看纳粹党集中营里，有哪个犹太人是胖子？"

后来又通电话，倪匡说每天只吃一餐，蔡澜问："那有没有比从前瘦一点儿？"倪匡颓丧："没有，还是一身赘肉。"蔡澜大惊："难道'倪匡减肥法'也失效了不成？"再追问："那一餐吃了些什么东西？"

倪匡扬扬得意："烤羊腿呀。买了一只四五磅重，去骨的。四百五十摄氏度火，烤个四十五分钟就可以半生不熟地吃，真美味，用那些羊油来炒青菜，不知多香！"

倪匡豁达一生，艰难减肥之后，又放开大吃，因为"六十岁以后每一天都是赚的，饱死也好"。

香江另一才子梁羽生，个子不高，体态丰腴。身材比起倪匡，不遑多让。虽有减肥之需，可梁羽生并未有减肥之意，大鱼大肉，并不避讳。只是梁夫人对他看管甚严，严格控制他的饮食起居。梁羽生无奈，便常在上班途中买一包乳猪或叉烧肉、卤鸡腿，一到办公室，便一边大吃，一边写作。有时馋虫上来，还没等走到办公室，手中的肉食就早已被一扫而空了。

大概才子们都面临这样一个艰难的选择：左手写她，右手写爱。“她”是太太，“爱”是大鱼大肉。不信就以香港四大才子为例：金庸虽然年轻时为了追求夏梦练过芭蕾舞，可也不是个瘦子，书茵在一篇文章里写过，“金庸中等身材，略微肥胖，笑起来，双眼连成一线”。倪匡自不必说，而蔡澜更是个嗜吃如命的饕餮客，生活信条七个字：抽烟喝酒不运动。有人问蔡澜：“鸡蛋要怎样做，才最容易不吃胖？”蔡澜答：“怎样做吃了都会胖。怕胖，什么都别吃。”

由此似乎可以得出“香江才子多胖子”的结论。

其实也不尽然，看一看第二次华山论剑选出的“新香江四大才子”——陶杰、林夕、梁文道、陈志云，四个人一个赛一个地瘦。而即便是老牌才子们，晒一晒几十年前的老照片，又有哪一个不是玉树临风？所以啊，如果要结论的话，那也只有六个字——腰围见证岁月。

到金庸这把年纪，如果对减肥有兴趣，那也是对自己的作品，他形容旧版本作品时就说“如减肥前般不完美”。至于身材嘛——又没有另一个夏梦让他如痴如醉，何必跟肠胃过不去呢？

# 我是全世界最帅的垃圾工

◎［美］丹·比特纳　译/韩　亮

简·哈默，42岁，结婚15年，是三个女孩的父亲。他们全家人住在丹麦第二大城市奥尔胡斯。每天凌晨3点，闹钟准时响起，他会一骨碌从温暖的床上爬起来。起床后，他通常会烤几片面包，煎两个蛋当早餐，再就着一杯咖啡匆匆吞下肚，然后麻利地套上亮橙色的连体工作服。4点整，他已经钻进一辆高科技垃圾车。这辆车上的仪表盘很有美国航空总署的设计风格，上面装有会发光的按钮和多角度可视液晶屏。

按照路线，简要开着车途经59个垃圾站点。每经过一个，他都会跳出驾驶室，像土拨鼠似的从一个垃圾桶跑到另一个垃圾桶，用液压升降臂把垃圾倒进车厢里面。“我都闻不到臭味呢！”他气喘吁吁地说，工作服已经被汗水浸湿了。

我第一次见到简的时候是在丹麦的奥尔胡斯。当时是清晨6点，天空灰蒙蒙的，我们在旅馆后的一条小巷里碰面，那时他正把垃圾倒进身旁一辆庞大的垃圾车里。看到我，他很真诚地打了个招呼，我立马觉得他人不错。随后，他摘掉脏脏的棉手套向我伸出了手，手上还散发出这个职业所特有的酸溜溜又甜腻腻的味道，我伸出手跟他握了握，感到他的手掌十分厚实有力。

过了一会儿，我们坐进了驾驶室。简一踩油门，汽车飞快地跑了起来，一头钻进了丹麦黎明时分那一片茫茫晨雾之中。“世界上再也没有比运垃圾更好的工作了，”他故作小声地跟我说，“我每周只工作21个小时，年薪却有8万美元；我开的是一辆梅赛德斯-奔驰；还有，每年我都能带家人去希腊旅游。”我打量了一下他的穿着——红色的方框眼镜，耐克跑鞋，腕子上戴着一条手链，上面刻着“全世界最帅的垃圾工”。他跟我说，到上午8点钟他就能绕完规定路线回到垃圾车总站。然后他会冲个澡，再去健身房健身，最后做个舒舒服服的SPA（水疗）——这都是工会提供的。他偶尔还去干点儿瓦匠活，算是副业，这样他每年还能多赚6万美元。

而比赚钱更重要的是，他对自己目前的生活非常满意。“我现在就像鸡蛋里的蛋黄！”他说。这句话是典型的丹麦式表达，意思是说“他很幸福，很知足”。在他所住的社区，垃圾搬运这份职业不会被人看不起。

到了周末，简会去同一个街区的牙医或律师家串串门。每天下午3点左右回家之后，他还会花点儿时间辅导三个女儿的功课。每周有三个晚上，他会去本地的一家体育馆，换上短裤、运动鞋、红色的运动衫，再口含哨子，去给他女儿所在的室内足球队当教练。他这日子过得真可以说既充实又有意义。

# 开天窗的三毛

◎三　毛

我认为写作不是人生最大的幸福。有人问我：你可知道你在台湾是很有名的人吗？我说不知道，因为我一直在国外。他又问：你在乎名吗？我回答说：好像不痛也不痒，没有感觉。他就又问我：你的书畅销，你幸福吗？我说：我没有幸福也没有不幸福，这些都是不相干的事。又有人问我：写作在你的生活里是很重要的一部分吗？我说：它是最不重要的一部分。他又问：如果以切蛋糕的比例来看，写作占多少呢？我说：就是蛋糕上面的樱桃嘛！

生活比写作重要，我重视生活，远甚写作。也许各位会认为写作是人生的一种成就，我很真诚地说一句：人生有太多值得追求的事了，固然写出一本好书也可以留给后世很多好的影响，至于我自己的书呢，那还要经过多少年的考验。我的文字很浅，小学四年级的孩子就可以看，一直看到老先生，可是这并不代表其在文学上的价值，这绝对是两回事。

有一年，我正在恋爱，跟我的荷西走在马德里的一个大公园，清晨六点半，那时我替《实业世界》写稿。那天已到交稿的最后一天了，我烦得不得了。我对荷西说：明天不跟你见面了，因为我一定要交稿了。荷西说：这样好了，明天清早我再带你来公园走，走到后来，你的文章就会出来了。我继续跟他在公园里走，可是脑子一直在想文章的事，这时，看到公园的园丁，在冬天那么冷的清早，爬到好高的树上锯树。

我看了锯树的人，就对荷西说：他们好可怜，这么冷，还要待在树上。荷西却说：我觉得那些被关在方盒子里办公、对着数字的人，才是天下最可怜的。如果让我选择，我一定要做那树上的人，不做那银行上班的人。

听了荷西的这番话，我回家就写了封信给杂志编辑说，对不起，下个月的专栏要开天窗了，我不写了。

写作只是我的游戏之一。所以我是一个很重视生活的人，远甚于写作，写作只是我的游戏之一。别人也许会问：你是不是游戏人生呢？我要说：我是游戏人生。来到这个世界本就是来玩的，孔子就说“游于艺”，这几个字包含多少意义，用最白话的字来说就是玩。我说的玩不是舞厅的玩，也不是玩电动玩具的玩，不是，我的人生一定要玩得痛快才行，我的人生哲学是做任何事一定要觉得好玩儿才去做，绝不会为了达成一个目的而勉强自己。我说这话是非常紧张的，这句话说出来很不好，但这只是对我自己，不是对别人，而且我的人生观是任何事情都是玩，不过要玩得高明，譬如说，画画是一种，种菜是一种，种花是一种，做父母更是一种。人生就是一个游戏，但要把它当真的来玩，是很有趣的。

很多人看了我的书，都说：三毛，你的东西看了真是好玩儿。我最喜欢听朋友说“真是好玩儿”这句话，要是有朋友说：你的东西有很深的意义，或是说——我也不知怎么说，因为很少朋友对我说这个。一般朋友都说，看你的东西很愉快，很好玩儿。我就会问：我写的东西是不是都在玩？他们说：是啊。

# 佛蒙特的钟匠

◎于　坚

世界之所以缤纷，是因为生活方式的多元。

佛蒙特是美国新英格兰的六州之一，保持着原始的自然风貌。沿着公路，熟人或素不相识的人整日里彼此微笑招呼。生活方式比较传统、保守、节省，自由主义和个人主义也得到尊重。

在野心勃勃、普遍崇尚积极进取的美国，佛蒙特懒散，知足常乐，享受自然。一位磨坊主的儿子把磨坊关了，改为工作室，整日在家对着淙淙流水作画。路边上有些房子写着“出售”，房子已经死掉了，就要倒塌，还没有卖出去。

不过佛蒙特的“落后”受到保护，这是人们自愿选择的，这个州没有因为不思进取而被强力开发。我的朋友，美国诗人罗恩，20世纪低价在这里买了块地，盖了一间木屋，三十年来一直住着。就是一棵倒下的树也是当年的姿态，没人动一个指头。

我住所附近的大道边有一所旧房子，与众不同。一般的房子都是草坪环绕，整洁清爽，这房子却被蓝色塑料布包起来，只留下门和小楼梯，看上去像废品收购站。旁边立着一个旧电子钟，指针还在乱转。我一直以为里面没人住，已经废弃了。忽然一天傍晚，看见有人坐在那垃圾站的木梯上向我招手。一位流浪汉模样的男子，衣冠不整，趿着一双塌扁的旅游鞋，被酒精泡红的脸上胡子拉碴，胖得像一只木桶，很可怕。我以为是一个醉鬼或乞丐，然而不是，他是这房子的主人，修钟匠约翰大叔。稍攀谈，他就邀请我和我的朋友进屋小坐。

屋子里堆积着各种废品，中间剩一条勉强可以穿行的羊肠小道。空气中弥漫着刺鼻的味道，那是长期不洗澡的味道和酒精、动物气味的混合。两条被关得有些发疯的狗，扑上来在我脚上嗅啊抓啊，真让人胆战心惊。客厅里有一张破沙发，已经睡得塌陷下去，旁边堆积着啤酒罐，看得出他经常在这沙发上躺着喝酒。里面还有屋子，进去，一屋子的钟，各式各样，铜的、铁的、镀银的、塑料的……蒙着灰尘。

阴暗的房间，约翰的脸忽然不再那么凶恶，温馨而慈祥起来，这是一位时间诗人。

他把几只钟取下来给我俩看，这是17世纪的钟，这是某厂的第一只钟，这是瑞士的钟……他又取出一只让我摸，这是给盲人用的钟，上面的字母是凸出来的。电话响了，约翰去接电话。我注意到房间虽然破落，但各种生活用品一应俱全，他还有一辆汽车，虽然看上去也是废品。墙上挂着一排约翰年轻时的照片，西装笔挺，英姿勃发。

我给他看我的怀表，他连连说“no（不要）”，他只修钟，从来不修表。汉语里只有“钟表匠”一词，没有钟匠、表匠的区别。在中国，一个钟表匠钟、表都修，现在呢，恐怕还要兼及配钥匙什么的。约翰说，几十年来镇上的所有钟都是他在修。钟、表可以说是西方生活的命根子，一旦时间错误，你就要被世界抛弃。钟乃是贵重之物。看起来，钟匠约翰并不缺钱用。

为什么不生活得体面些呢？但这是他的生活方式，他喜欢像一个流浪汉那样生活。这是他用自己的生活方式创造的一个作品，有点儿杜尚的意思。

为什么不可以呢？他并没有危害他人，也没有违反法律。这就是美国，在法律允许的范围内，你可以选择任何你喜欢的生活方式，并没有是非。

我们从约翰的时间中走出来，天已经黑了，走远了看，约翰的房子就像一座凛然不可侵犯的城堡，微微地亮着灯。

# 第四辑

## 身披星光，初心难收

张小娴说过，“你熬过了漫长的等待，熬过了思念的每一刻，以为自己已经不再爱他了，他也不再爱你了。只是午夜醒来，思念就像决堤一样。”青春懵懂，往往在最后感动了自己。

# 比玫瑰更盛大更美好的月季

◎马天宇

学生时期，班上有人喜欢我。

被女孩喜欢不稀奇，但这一次我想说的，是一个非常独特的女孩。

在最懵懂的年龄，自然是最渴望爱却又不懂爱的。顽劣的我们总爱乱开玩笑，把同学们凑成一对又一对。

有那么一个女孩，没有人为她配对。

因为她实在长得不好看，脸上有过多的青春痘，而体形又比其他女孩子都大。不知道是前因还是后果，总之，当所有人都“有人爱”的时候，她选择了沉默，只一个人悄悄地躲在教室一角折纸玫瑰。

“她在折玫瑰哎！”有多事的男生抢过她手中的东西，跳上课桌大声喊道。

有尖酸刻薄的女生立刻出言相讥：“这么胖，折的玫瑰也比别人大一号。”

另一位毫不示弱地接过话茬儿：“那就成月季了。”

大家哄笑成一团，也没人关心她为什么要折纸玫瑰。女孩红了眼眶，大步跑出了教室。

我以为这事跟我无关，可当某一天我发现这些纸玫瑰出现在我课桌里的时候，自己就再也无法置身事外了。

偷偷往教室角落望一眼，发现她也在看我。眼神中有一丝期待，更多的是忐忑。

我有些蒙，甚至觉得有些厌烦——为什么要闯入我的生活啊，很困扰的好不好。

所以，她没得到任何回应。把玫瑰胡乱塞进课桌深处以后，我就跟着兄弟们去玩了。

第一天，事情急转直下。不知道是谁发现了我的课桌里塞着纸玫瑰，班里自然有如炸了锅一般，等我走进教室的时候，大家已经将角落的她围了起来，有人满脸同情地拍着我的肩膀，低声笑道：“你被胖子看上了。”

面对喋喋不休的八卦女生和看热闹不嫌事大的男生，她显然已经失去了抵抗的能力。就算眼角噙着泪，可怜楚楚的她也算不上动人。大家开始恶言相向，指责她的自作多情。

“哦，玫瑰是我在垃圾桶里捡的，我觉得挺好看就想拿回去送我妹妹玩。”——这句解围的话在我脑海中一闪而过，但最后，我没有说出口。

带着事不关己的态度，我默默地坐回了座位上，没说一句话，也没有关注身后到底发生了什么。

少年的热情很容易被消弭，大家很快就对这个胖女孩失去了兴趣，开始有了新的关注点。只有我，时不时会看见她越发孤单的背影，觉得自己似乎做错了什么。

可是，时光不允许我再弥补。

毕业的时候，我向种花的邻居讨了一枝月季，放进精致的包装盒里，悄悄塞进了她的课桌。

不知道最后她有没有看到那枝比玫瑰更盛大更美好的月季，那是我全部想说的话，包括一句“对不起”。

# 买朵玫瑰插在她的信箱上

◎依　睿

耳中听着方文山作词、周杰伦作曲的《七里香》，望向远处，似乎看到了两个身影，无忧无虑地追赶春天的幻影。麦田里的清风、草莓、电线杆上多嘴的麻雀……这一切是否让你回到懵懂的少年时光，想起曾经初恋的滋味？周杰伦以一个歌者的身份，重新给心不曾老去的我们带回了青涩的心跳。

“小天王”周杰伦成名后，不断被媒体爆出绯闻，但这些真真假假的绯闻，谁又会当真呢？

然而，那么害羞的周杰伦，幼年却是活泼爱闹的。在幼儿园时，他就偷偷喜欢坐在他旁边的小女生。

“我还记得有一天我们在上画画课，她就坐在我旁边，我还亲过她的脸颊呢，而且亲过不止一次。第二次亲她的时候，我还叫其他小朋友来看，我觉得我小时候还蛮专情的，幼儿园时只喜欢过她，但她后来不知搬哪儿去了，我们就这样失去联络啦（现在想想，觉得自己还蛮白痴的），但我还留着我跟她的合照，现在回想起来觉得蛮好玩的。”

如果说这种带着小孩子玩闹性质的“爱”是甜蜜的话，那初中时的初恋则刺痛了周杰伦的心。

初恋发生在15岁那年，对方是他就读于金华初中隔壁班的同学，留着一头乌黑的长发，长得很清秀，周杰伦对她一见钟情，第一眼看到她就很喜欢，很想认识她。但刚好碰到联考，只得暂时将爱压在心底。后来学校举办一个班级合唱比赛，当时周杰伦担任伴奏，也许因为这个，她开始对周杰伦有些好奇，周杰伦认为这条鱼儿应该已经上钩了，于是开始乘胜追击。

追求过程其实算不上简单，可以说是慢慢从朋友变成恋人的。两个人开始一起出去玩，周杰伦送她去补习，还故意制造一些浪漫：弹些音乐，写些歌给她听。“其实我并不是一个浪漫的人，也做不出什么太浪漫的事情。最多就是为她写首歌，或是经过她家门口时买朵玫瑰插在她的信箱上，或是在她生日时买些烟火一起放。”

两个人散步到大安森林公园，那时那里还只是一片正在开发的工地，周杰伦情不自禁地亲了这位女同学，“我们的第一次亲吻可不是亲嘴，而是亲脸颊，我发现我还蛮喜欢亲女孩子的脸颊”“很紧张，却觉得很甜蜜”。

这就是周杰伦并不浪漫的初恋，也是他第一次失恋，是最痛的，不得不用挺长的时间来疗伤。

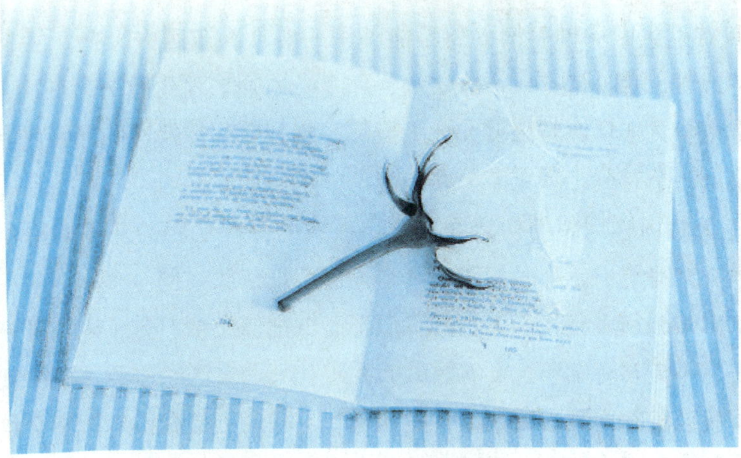

# 一生中最美妙的一个吻

◎黄　磊

今天我特别想做一件事情，就是能够用一些什么东西去交换，去回到一个特别想回到的地方。我希望有一个魔法师，那个魔法师来跟我做一个交换，用我生命的最后十年或者二十年，若果真如此去换那一刻，我一定换。我愿意把我的生命都换出去，换回一个时刻，和大家坐在一起。

我在一个商场碰到我的初恋女友，是在我们分开之后的差不多十年。我们在恋爱的时候一直写情书，那时候我们两个人都会把信放在同一个邮筒里，然后邮递员再把信拿出来分别寄到我们两家。我们不能够把信交给对方，因为那是情书，情书一定要寄，一定要有邮票，要有邮戳，我跟我女朋友说刚刚我碰到了我的初恋，她说是吧，我说我们都是去买信纸，她说是吧，我说可是我们永远不会给对方写一封情书了，她没讲话，我也没讲话。以前我有她家的电话号码，我以前坚信这个号码我一生不会忘记，然而现在我一个数字都记不住。

我记得那个时候北京特别冷，我们一起看过一场电影，那电影好长，是部台湾电影，名字我忘了，不好看，而且完全不吓人。然后她就故作惊吓状把手放在我的手里，我便若无其事地握着她的手，然后她说你的手好凉，我说我冷。她就在我的右脸颊用嘴唇碰了一下，然后说一个吻等于三十卡热量。我们在那个飘着雪花的北京的夜晚，她的衣服是白色的，她站在当中是金色的。她就回过头说你怎么还不走，我用我那时候想象得出来的最帅的姿势站在那个风雪之夜，然后头昂起来，我就说我在等，她说等什么，我说热量。那个笑容是灿烂的，是我一生中见过的最灿烂的笑容，那个拥抱是我一生中最紧促的拥抱，那个吻也是我一生中最美妙的一个吻。可我就是忘了她家的电话号码，对，就是这样。

我记得我们走进女生宿舍的那个楼道，我们荒唐不羁，我们像疯癫的少年。你走过那个女生宿舍的楼道，走向你爱的人的身旁的时候，你什么都没有想，就是想，爱。可是，就是失去了。年华就这么逝去了。

北京的树叶落了满地的时候，都是那种杨树叶，清洁得慢了就堆成了山，我爸妈把我家门的钥匙拴在一根鞋带上挂在我的脖子上，我下了课第一件事情就是跟我的一群朋友，狐朋狗友，蹿到那堆树叶子上摔跤，打拳击，打闹，等我回到家的时候我打不开我家的门，那串钥匙不见了。我爸就跟邻居借了辆自行车，带着我，到那堆树叶子里，我们父子二人把这堆树叶从这个位置挪到了那个位置，却没有找到那串钥匙，然后我爸就打了我，因为我丢了很多把钥匙，家里的锁换来换去的。打完之后我一点儿也不觉得难过，而且很开心，因为我第一次发现我爸爸会骑车。又快到秋天了，树叶又快要掉落了，我不知道哪片树叶是我记忆中的那片叶子，而且我也不知道那把钥匙是不是已经化成了泥土，我也不知道我还可不可以有一把钥匙去打开我快乐的门。

什么是我的快乐？童年是我的快乐，或者说在我不曾去了解我自己的时候我是快乐的。我小的时候没有手表，我会用圆珠笔在早晨起来上学之前先画一块手表，表盘、表针、刻度、表链全都有，然后再画一个钟点。之后我就会往学校走，背一个书包，走着走着忽然神经质一样停下来，一抬袖子看了一眼手表，可那个分明就是我画的，然后我就会继续往前走，这是我对快乐的回忆。

# 还没开始就已结束的初恋

◎林志颖

那时我在华冈读戏剧科，高一。华冈虽然是私立高中，但校风严谨，我在学校三年，整整帮学校做了三年电脑输入的义工，才消除了之前骑机车的大过。

我为车子做过很多“疯狂”的事情，被记过就在学校努力表现，最后以功抵过。可是那时候的梦想实现家，对于一件事，却始终害羞内敛，不敢“实现”它：那就是感情。

我有一段还没开始就已经结束的初恋。

初中的时候，我每天一到班里，就能看到自己的课桌上堆满了情书和礼物。那时候还蛮受女生欢迎的，她们总是托人偷偷把东西放到我的桌上。我每天回家，都会带着一大兜书信和礼物。爸爸也是因为看到这个，觉得很多女生喜欢我，说明我人缘儿不错，就让我读了华冈艺校。

先说那些情书，有留电话的，有约了地方求见面的。其实那里面有我觉得还不错的女孩——那时候年轻不懂，觉得不错就感觉是喜欢了。可是我从来没敢去赴约！虽然心里很想去，但是特别胆小，一次都没敢去过……

初中三年级，我喜欢上了一个女生。那时我们的教学楼是圆环形的，两边隔开，一半女生，一半男生。所以一下课，男生全都趴在窗边对着女生那边聊天儿——看起来是聊天儿，实际是在看对面的女生，也在吸引心仪的人注意自己。

我喜欢的那个女生下课时也会在对面看我们。男生女生就这样互相看着，直到毕业。

那年暑假，我和几个同学在图书馆看书，遇到了和之前一样只有开始没有结果的“初恋”。

整整一个假期，我和那个女孩都保持着一起看书、互相帮对方占座、给对方买零食，但是很少说话的纯洁“友谊”关系。

这期间，我其实特别想偷偷牵她的手，但是每次不经意靠近后，又害羞地不敢牵。到最后的最后，我也不记得我们是不是牵过手了……后来开学了，我们再也没有碰过面，这段短暂的青春懵懂的暧昧关系就此结束了……

后来我参加一个综艺节目，节目组非常热心，要帮我寻找这个青涩的“初恋”，还真让他们给找到了，那个时候女生刚好准备结婚，在节目中给我发了喜帖。回看节目才发现，我们两个都是特别腼腆害羞的人，话不多，性格内向，谁都不肯主动，难怪没有结果呢。

# 这见鬼的爱情

◎鲁　豫

我要讲的爱情故事，可能发生在我的身上，也可能发生在你的身上，发生在每一个人的身上。故事全都是真事，为了讲述方便，我用第一人称。

下面这段话，我觉得是我知道的最牛的开场白：我和我老公第一次约会，吃第一顿饭，我说的第一句话是：我没时间和你谈恋爱，我要结婚。你可能觉得我很傻，但要知道那个时候我刚刚结束一段长达六年的爱情，那六年我爱得小心翼翼，爱得委曲求全，我们很少见面。最常用的联系方式就是发短信。我总觉得一个男人对一个女人最大的承诺和赞美，就是娶她。而我们之间从来不会谈这个话题。我很明白，就是因为他不够爱我。就这样，我等了一年，两年，我想跟他死磕，但是六年过去了，我觉得我熬不住了。爱情慢慢地离我远去。

再说我跟我老公，那顿饭我们吃得非常非常好。第二天，我们就各自回到自己的家乡，我们向各自的家人汇报情况。然后第三天，我们双方的家长从各自的城市千里迢迢飞到北京来见面。一个星期之后，我们就决定订婚了。又过了一个星期，我们就结婚了。要知道以前谁跟我说相亲、闪婚，我都觉得很不靠谱儿。但是后来事实告诉我，所谓的一瞬，如果你碰对了人，那一瞬就可以成为永恒。话说那已经是四年前的事了，如今我们在一起，生活得真的非常幸福，有一个儿子，今年三岁。

还有一个故事，长达十年的时间。有一个人告诉我，他说他喜欢了我十年了。最初的一面，是在一个很多人的场合，他远远地看到我，那一瞬间，他的心动了一下，但是那个时候我完全没有注意到他的存在。这之后的十年，他认识了我身边几乎所有的朋友、同事还有家人。其实我们有很多机会可以见面，可以认识彼此。但是每到这个时候，他都会放弃这样的机会。他对我说因为他明白，我是那个对的人，但那十年都不是对的时刻。于是那十年，他就那样远远地，在很远的地方关注着我的一举一动。而我，就这样经历着我的悲欢离合。十年之后，我终于踉踉跄跄地，开始自己的人生。而这个时候，他终于出现在我的面前。当我们第一次，真正地面对面地坐下的时候，他很平静，我也很平静。但是我明白，那一刻，我们平静在外表，而内心都充满了沧桑。他跟我讲了这十年的故事，然后他长长叹了一口气说：“唉，这就是‘念念不忘，必有回响’。”

我想，爱就是这样，在对的时间碰到那个对的人。你要有勇气，也要有运气。爱情有的时候，美得像夕阳一样，有些恍惚，它落下去之后你会有些绝望，以为它永远不会升起。可是第二天，太阳还会见鬼般地挂在空中，依然明亮，依然耀眼。

我很骄傲，我有一颗赤子之心，它被玩弄过、被欺骗过，可能已经破碎不堪，但它依然跳动，依然爱着。的确，哪怕明天爱让你遍体鳞伤，但是今天你还是要爱，哪怕它只有一瞬间。因为在你爱的那一刻，这个世界真的是无与伦比的美好。

# 韩庚：我曾经是她的超人

◎Viola

韩庚在电影《万物生长》里的表现受到了一致好评，他把一个痞气又单纯、蔫坏又满腹才华的医学院学生演得活灵活现。虽然电影主打的是韩庚和范冰冰的“虎狼之恋”，但韩庚却说最初打动自己的，不是范爷，不是导演李玉，而是片中和小满的那段初恋，这也许和他自己那段美好又伤痛的初恋往事息息相关。

韩庚以前在采访里说过，自己真正意义上的初恋开始于毕业后的2003年，那年3月份，他被韩国SM公司选去做练习生，10月份回来的时候，通过朋友认识了初恋，他和这个女孩交往了四年，是她，真正教会了韩庚什么是爱情。

那时候的韩庚还是初出茅庐的小孩儿，除了几分俊秀和一身才艺，其他一无所有，和一大堆和他一样的练习生每日苦练熬着等待出道，因为国籍的限制，他需要每三个月回一次中国办签证，对于身处异国的两个人来说，每三个月一次的见面显得尤其珍贵。

单纯、开心、纯粹，是韩庚提到这段初恋时说得最多的话，“那时候刚去韩国，身上什么也没有，但是跟她在一起特别开心，特别单纯。三个月回国办一次签证我们才能见一面，每次见面她都会问你什么时候再回来，两个人一起走路、坐地铁、坐公交都希望时间能慢点儿，这样可以多说一会儿话。有一次我记得，我们俩坐地铁回去，她问我，你好像都没追过我，我说是吗，她说要不你重新追我一次吧。我觉得这个话会在很多人身上发生，我觉得这才是真正青春的模样”。

不善言辞的韩庚偶尔也会耍耍浪漫，比如特意从韩国给她带回一只超大的熊，让女朋友又惊又喜。在最近的一部纪录片里，韩庚还提到了另外一件事，一次见完女友后，怎么也开不开门，年少的韩庚直接从二楼跳了下去。后来女友问他是怎么走的，他特别豪迈地说，我是从二楼跳下去的。女友哧哧地笑，说你是超人吗？那以后，女友就一直叫他超人。

只可惜年少的爱情似乎都无法迎来完满的结局，在漫长的四年异地恋之后，他们还是分手了，韩庚提到这一段的时候，声音轻飘，眼里波光闪动：“分手的时候，我女朋友哭着说，我的超人，没有了。”

也许是因为长久的异地恋实在太过辛苦，也许是因为随着出道和成名，忙碌的工作让他疲于顾及。无论是因为什么，这次分手让韩庚刻骨铭心，同时痛得锥心刺骨：“分手的过程真的挺疼的，那时候我在韩国，准备去做节目，在车上给她打电话，说我们要分手，分手之后，我在车上压抑了一路，到了做节目的电视台，我跟队友说你们先进去，等他们都走了，再也无法忍受的我一拳打在柱子上，结果手就骨折了，也没有去医院，直到录完节目才去包扎。那个电视台的柱子，估计现在还有个印子呢。”

他之后的人生道路被很多人熟知，也堪称传奇，如今的他已经拥有很多，但偶尔还是很怀念那个什么都没有的时候所拥有的那份感情。但他又是矛盾的，很多时候不敢去触及那份记忆，他说：“我会去想，但又不敢想，有时候开车路过以前和她一起走过的路，心里受不了，马上就拐弯走了，害怕面对，那时候，真的会觉得后悔，没有珍惜这段青春爱情。”

回忆起青春时的这段爱情，他说：“年轻时第一不要放弃，第二要大胆，第三勇敢去追求所爱的，不要担心受伤，青春是永远不会过时的。初恋也许最终都会走向毁灭，但即使不在了，留在脑子里的都是美好。这就够了。”

# 马天宇：我想去她家做上门女婿

◎小　安

在东方卫视真人秀节目《花样姐姐》里，马天宇、林志玲、宋茜、雪姨、李治廷、徐帆、奚美娟等几位旅人在异国他乡一番舟车劳顿之后，终于到达目的地，找到了一家家庭旅馆。他们唯一的念想是吃一顿中餐。

作为队里的“挑夫”，马天宇决定一展身手为大家做手擀面。“加水，和面”一切手到擒来，等到整齐的面条切好，把一旁“见多识广”的徐帆给惊到了。她一再感叹，没想到他小小年纪，竟有这般的手艺。马天宇貌似羞涩地笑着说：“我曾经学过厨师，是白二（厨师的一种），我爷爷常说，男人要有一门手艺。”其他人纷纷走进厨房，“女神”林志玲对马天宇的厨艺大为惊叹。

没有人询问这位85后的年轻人为何会做得一手好菜。而马天宇亦对其他人保持缄默，他不会刻意地贩卖自己的苦难。而熟悉他的人都知道，在马天宇五岁那年的中秋，他的妈妈永远地离开了他，而马爸爸因为欠下债务也不辞而别。马天宇随爷爷奶奶一起生活，从小他就知道，自己是家里的男子汉，应该早一点儿承担起家庭的责任，他高中辍学到德州学习厨艺，还未成年便尝尽了世事辛酸。对于马天宇来说，年少的历程是他的一笔财富与美好回忆。而这段艰辛的往事留给他的更有初恋的甜蜜。

马天宇在十七八岁时有过一段朦胧的感情。那个时候，马天宇已经开始了他的“北漂”生活，他曾经学习的厨艺让他很容易地找到了一家餐厅。在这家餐厅里，有一位特别懂事的女孩，她很照顾马天宇的生活，加上两个人都是回族，似乎有更多的认同感。一种说不清的情怀弥漫在两个人心间，马天宇直称那个时候不懂什么是爱情，但是现在回想起来却又如此温暖。女孩大马天宇两岁，内向的她并不怎么爱说话，但是这并不妨碍爱情在两个人心中滋长。年轻时的爱情充满纯真，马天宇会为女孩干些重活儿，比如为女孩提洗澡水，女孩则主动担当起为马天宇洗衣服的责任。就这样互相照顾着彼此的生活，连手都没有牵过的年轻人却让马天宇看到了未来的样子：“我想把她娶回家，我甚至幻想着自己成为她家的上门女婿，她是北京户口，我当时还想，要是成了，我就把户口落到她们家，就成北京人了。”那或许是马天宇感到的“岁月静好，现世安稳”的日子。

忆起往昔，马天宇感到遗憾的是自己很快从那家餐厅辞职，而之后，他到家越南餐厅当服务生，他的朋友鼓励他参加《加油，好男儿》，他获得了观众的关注与粉丝的喜爱，他的歌曲开始在大街小巷流传，他成为女生为之尖叫的“马兰兰”，但是对于马天宇来说，那段与初恋互相温暖陪伴的日子，是马天宇能想起的最美好的岁月。

# 初恋的意义

◎郝　蕾

在我认识的朋友里，已经有两位与自己的初恋情人终成眷属了。其中一位还在婚礼上对新娘说："早知道是你，又何必兜这么一大圈呢？"

是啊，如果我们都能在第一次恋爱的时候就获得成功，那么人生该多么圆满！可是我又在想，如果命运不让大家兜兜转转，我们就不会知道谁才是那个命中注定的有情人，也就不会有"有情人终成眷属"这句话了。

初恋是美好的也是残忍的，在我们还不谙世事的时候，就把关于爱情甚至关于人生的整个过程经历了一遍。我甚至觉得，初恋的模式决定着每个人成年之后的恋情。你会发现无论怎么挑挑选选，你所心仪的人都是一种类型。或许，外貌有差异，家世背景不同，不同地域的人带着故乡的不同特色，但仔细想想没有什么根本差别。这类人身上共有的某一种说不清、道不明的神秘特质，深深地吸引着你，是快乐还是痛苦你都不能自拔，就像一个魔咒天生为你而设。而这类人当中，最早出现在你生命里的，是你的初恋。

电影《纵横四海》、新年贺卡、雪球、郭富城的《我想偷偷对你说我爱你》，是我初恋故事里的关键词，但最关键的词是"背叛"。

那时，作为一个老师眼里的好孩子、学校培养的文艺骨干、同学热捧的校花，我的孤傲与自尊心是不允许自己谈恋爱的。可是，在一次学校组织的看电影活动中，我遇到了同年级隔壁班的他……在我后来的记忆里，生命中好像只有那一次谈得上是一见钟情，那种心快跳出来的感觉，之后再也没有出现过。

美好的部分恐怕与大家无异，残忍的部分却像戏剧般精彩。

因为我的拒绝，他开始追求我身边的朋友，很多有关他的绯闻不绝于耳。我认为他真是个坏人，我认为我被深深地伤害了。自此以后，"背叛"这个词就像烙铁一样在我的心上毫不留情地烫了下去，"恨"这个字也第一次出现在我人生的字典里了。那时我还不知道自己是天蝎座，但我的"天蝎"本性让我以漠视作为对他的回击。

漠视两年后，我又主动找到他，盛气凌人地对他说：“我要走了，我要去做演员了。”那种“胜利”的感觉抵消了许多这两年来我偷偷掉下的眼泪。一个少女除了躲在房间里，在心爱的日记本上写些秘密的心事，还有什么勇气和方法面对爱情的背叛呢？这个在初恋里留下的习惯或者说后遗症，在我后来的感情经历里依然存在。我心里真正的感受只会出现在我的日记本上，我不懂怎样表达自己，也不相信他人可以真正体会我的感受。

多年后，在北京，鹅毛大雪飘飞的冬日里，五棵松的大街上，我与他不期而遇。我们望着对方，不敢相信眼前的事实。第二天是我的生日，他依然记得并送我一个小房子音乐盒，然后大家匆匆辞别……

这个音乐盒陪伴了我很多年，艰难的岁月里，只要打开音乐盒听着看着，就什么都不怕了。大学一年级的时候，音乐盒带来的灵感让我取得了表演专业考试第一名。一个小小的音乐盒在传达一种无形的力量，这种力量就是爱！

这段经历不算正式的恋爱，或者说根本就称不上是恋爱，可是爱的感觉可以一直保留到现在甚至更久。历尽千帆的我，不再记得所谓的背叛与伤害，而是在心里装满了那个带着爱的音乐盒，愉悦地歌唱，愉悦地给出爱。

我总是说，找回是为了更好地前进，所有的事情都是如此。找回初恋的感觉，找回回忆，就是找回灵魂深处的真我。

# 我愿陪她到世界尽头

◎林　丹

我和妻子阿芳在一起十多年，送给她的第一件礼物是一双拖鞋。那时我们都在中国羽毛球队，她大我两岁，个子也比我高，对我的表白她不愿接受，我便想方设法打动她。看到她穿的拖鞋有些旧了，外出比赛时我就给她买了双拖鞋。回到队里，我找到她，对她说："我给你买了件礼物。"说完我把拖鞋往她怀里一塞，扭头就走。我们在一起后，说起送拖鞋这件事，她觉得我特别奇怪，哪有男孩给心仪的女孩送双拖鞋做礼物的？我开玩笑说："广东人管谈恋爱叫'拍拖'，我送双拖鞋就是想和你谈恋爱呀！"

我的妻子是广州人，广州人会煲汤，当年她第一次煲汤给我喝却把我弄吐了。我们在晋江训练时，有段时间我练得很苦，她就在宿舍里煲了一锅汤，然后用保温饭盒盛给我喝。我幸福得一股脑儿全喝掉了。她煲的汤太油了，又特别咸，睡到半夜我的胃就难受起来。当时我想，如果把汤吐了太对不起阿芳了，可胃里难受，想了想，还是到卫生间吐了。第二天，我悄悄地对她说："对不起，昨天夜里我吐了。"阿芳问我怎么回事儿，我说："昨天你应该再买两根黄瓜蘸着汤吃。"阿芳不明白我的意思。我说："你煲的汤都能当酱蘸着吃了。"我的话把阿芳逗得哈哈大笑。

阿芳退役后，一直在北京大学读书，休息日我们才能团聚。阿芳喜欢做饭，广州人吃饭比较讲究，一顿饭用的盆盆罐罐可不少。我担心用洗洁精洗碗会让她的皮肤受到伤害，每次吃完饭我都主动洗碗，还向她保证，这辈子洗碗的活儿我全包了。

我是个激情型选手，打到兴奋时动作和表情都很丰富。阿芳喜欢我打球时的激情，只要有可能，她都会到现场为我助威。刚和她谈恋爱时，如果她在场，我就有点儿紧张，总想在她面前表现得好一些。结婚后，她再到现场给我加油，我就踏实多了。她看我打球，其实比我更紧张，总盼着对方击发球出现失误，特别是到关键球或赛点时，她紧张得都不敢看，就双手合十，默默地为我祈祷。有一次，摄像机还把她双手合十的镜头录了下来，我看后感觉特别温暖。有心爱的人助威，也给我增添了很大的动力。

我的事业和家庭都很美满，没理由不幸福。别看我在赛场上激情四射，平时我却是个情感细腻的人。我的幸福观其实很简单，我觉得幸福就在于平时的点滴美好。训练时想到父母和阿芳在家里等我，我浑身都是劲儿。每次训练完回家，走到自家楼下，望望自家的窗户，看到亲人的身影，那种幸福感真实而具体。从国外比赛归来，倒时差睡不着觉，我就早早起来为家人买来早点，和家人一起吃顿早餐，聊聊趣闻逸事，一切都是那么温馨。晚饭后，我和阿芳牵着小狗散步，和邻居打个招呼，也是一种平淡的幸福。我在自传《直到世界尽头》里曾向阿芳表白，我愿陪她到世界尽头，这也是我对她的终身承诺。

# 陆毅：谁说初恋不能到白头

◎陆　毅

鲍蕾是我的初恋，从大一开始，一路走到今天。现在的人都喜欢说初恋不能到白头，或者神仙眷侣也能分手，因此就“不相信爱情了”。可世上的事，哪儿有一定呢？看你自己愿意相信什么，以及坚持什么吧。和鲍蕾应该算是一见钟情，主要是我钟情她（哈哈）。大一刚开学，鲍蕾穿着一条碎花短裙，露出两条修长的腿。男生们一上课就盯着她的美腿看，当然我也是其中之一。当时我就想，这不就是我喜欢的类型嘛。这么多年，终于让我碰上个活的。后来我终于有个机会和她搭戏。快中午的时候，她小声地对我说：“陆毅，一会儿打饭，你能帮我带一下吗？”“没问题。”我不知道那算不算是她故意给我的机会，总之从那天开始，她中午打饭的任务基本就都交给我了。然后我们就经常黏在一起，上课、去图书馆、排练。

我们俩就这样心照不宣地正常交往着。文化课鲍蕾比我强，每天下了课，她总找时间帮我。我呢，会主动地帮她打好饭。表演方面我比她轻车熟路，所以她向我讨教得比较多，上表演课的时候，也很自然地选我做搭档。接触多了，我发现我和鲍蕾的性格极为相似，都是那种做事认真、好强、喜欢安静的人。她是我们班上唯一不懂英文的人（她在哈尔滨的学校教的是俄文）。当时上戏有规定，像她这种以第二外语考进来的学生，必须在毕业前过二级。我们学校没有俄语课，她就偷偷报了复旦大学的俄语班，每个星期六、星期日骑着车去上课，从没有间断过。英语课她也坚持上，一个学期下来，她居然跟上了英语课的进度，令我特别佩服。

大一期末的时候，我在班里男生的鼓动下，跟她表白了。上课的时候我大声喊出：“鲍蕾，我爱你！”连老师都一起起哄，说：“鲍蕾是谁啊？就答应吧。”然后在众男生的起哄声中，我几乎是仓皇而逃。现在想想，也不知道那会儿哪儿来的勇气，好在她没拒绝我。之后的大学四年，我们就像连体婴一样，到哪儿都是两个人一起出现，学校里的人几乎都认识我俩。

好多人问过我，和鲍蕾这么多年，为什么感情一直这么好。其实感情最难的不是最初的表白，而是之后两个人的相处。大学毕业那会儿，我们身边好多同学因为各种各样的问题分手，唯独我们一路携手走下来了。没有什么诀窍，只是我俩性格特别像。生活中的许多事情，我俩的想法看法、都极为相似，基本没吵过架、红过脸。所以对同一件事情的相同感受和体验，应该是感情最好的稳定剂吧。跟你们回忆当年的初恋，仿佛又回味起很多甜蜜的感觉。我衷心地希望，喜欢我的那些人，特别是女孩子们，也能找到一份属于自己的甜蜜爱情。有真心爱人陪伴的人生，是不同的。相信爱情的人生，也是不同的。

# 邓紫棋：我有一个文档，里面全是他的照片

◎Viola

2014年年初，湖南卫视开始《我是歌手》第二季，比赛前，节目播放了音乐人赛前就参赛歌手的讨论画面。当有人提到“邓紫棋”这个名字时，内地老牌音乐人宋柯问：“这是谁？”一个半小时后，邓紫棋的名字成了搜索热词第一名，从这时候开始，这个有着标志性金鱼嘴的女生开始一路高歌猛进。

《我是歌手》让邓紫棋红了，但其实，从小热爱唱歌的她在读书时就已参加过很多比赛。而最初参加比赛，竟是因为暗恋的对象。

说起那段青涩的情感经历，邓紫棋很是大方，也许那对她来说，也是无法重来的美好回忆。“和《我是歌手》的比赛相比，读书时的比赛轻松太多了，不用改编，一次性比赛。2006年，我在Spice It Up学园祭歌唱比赛中唱的是《睡公主》，我自己写的，也正是这一次，我遇到后来的经纪人。当时是因为暗恋别的学校的学长，想要写首歌表达一下。那时候学校里整个班上的女生都喜欢他，每个同学都有博客，就一起收集他的资料，同学间没有任何嫉妒，各种分享。记得我家里面的电脑中有一个文档，全部是他的照片。”

这样“少女情怀总是诗”的故事也许所有女孩都经历过，带着点儿懵懂和不为人所知的迷恋，谈爱太奢侈，只是喜欢得紧，所以通常不会有什么完满的结局，对邓紫棋来说亦是。

“到最后也没有跟他告白。当时我只是叫他来看比赛，当时自我感觉是在台上表达了，但他似乎并不知情。那个学长，很帅，打篮球很厉害。眼睛大大的，很像漫画里面的男生。其实可能是被同学影响的吧，我现在想起来应该是别的同学很沉迷他，所以我也跟着沉迷。”

也许正是因为这段经历，邓紫棋的许多歌里总带着浓浓的“暗恋”情愫，再加上小时候很喜欢看TVB（香港电视广播有限公司）剧，那时候，电视剧里面有天堂里的仙女暗恋凡间男生这样的剧情。所以她当时写的歌词头几句话是这样的：

“在我出生的时候，忘了在天界的开始，明白这一切的开始，不想再记了。”写了这首歌之后，她就一直写一些小乐章，但没有填词把它发展成很完整的东西。直到那位暗恋的学长出现。

“学长出现之后，我就有动力了，觉得我一定要为他写一首歌。后来我写了《睡公主》后，我才发觉创作这件事情是我情感的抒发、出口，于是才开始真正写歌。”

邓紫棋小时候很喜欢看《泰坦尼克号》，盼望自己将来也能拥有那样的感情，她说自己活在童话世界里，“觉得初恋就是真的会结婚的那种”，虽然童话没能实现，但童话本身就不是拿来实现的，能带来美好就已足够。有个说法是，一个人年少时一定要经历一场暗恋，为此思量、为此忐忑、为此殒身不恤。体会此间暗涌的强大力量，诧异于一场一场奇迹的悄然盛开。

而经历过暗恋的邓紫棋，盛开在了一首首深情的歌里。

## “大叔控”赵薇

◎伊　桑

如今的赵薇绝对是一位成功女性，从金鹰奖最佳女主角奖到百花奖最佳导演奖，她所向披靡。但是，当赵薇谈起自己的初恋时，她的心里都是遗憾与“挫败”。

赵薇在一次采访中说，相对于别人美好的初恋来说，她的初恋用单恋来形容更为合适。在赵薇十八九岁的时候，她遇到了她认为的一生至爱。对方是一位在赵薇的眼里成熟稳重又有才华的男人。那个时候赵薇还是无名小辈，两个人不在一座城市，为了与心仪的人对话，赵薇强迫自己读不爱读的书，听深刻的音乐，希望自己的思想可以成长，而这一切只为与“大叔”找到共同话题。

虽然经常与“大叔”打电话、通信，但是在接下来的三四年的时间里，“大叔”对赵薇并无爱慕之情。对于年轻的赵薇来说：“那段时间，我觉得自己陷入一种病态的幻想中，可能因为我是双鱼座，老是幻想整个恋情是多么美好。”即便两个人并没有谈恋爱，但是年少的赵薇还是会在幻想中完成自己的恋爱，“我会幻想我们曾经去过这里，我们去做了浪漫的事情，我们以后的生活会是怎么样的，反正就是挺有病的”。但是这段“有病”的初恋对赵薇是珍贵的。

“大叔”并没有直接拒绝赵薇，或者是出于对小女孩的爱护，他对赵薇很关心，却又保持距离，像对待小孩子一样。这让赵薇沉浸在自己的单恋里，直到自己放弃这段“恋情”。

对于赵薇来说，她非常希望得到一个问题的答案，那就是对方有没有喜欢过她，有没有爱过她。这个机会直到赵薇出演《还珠格格》之后才有。那时候的赵薇已经出了名，这似乎给了她无尽的勇气，在一次演出中，两个人相遇了，在赵薇的眼里，“大叔”依然是那么有魅力。或许少年时的单恋需要一个正式的结束语，赵薇找到了“大叔”，她问：“我想问你一件事儿，你到底有没有喜欢过我，爱过我？”“大叔”回答：“对不起，小薇，我真的没有。”而对于赵薇来说，她也释然了。在得知自己只是单恋时，赵薇并没有过于伤心，因为年少时的单恋已是过眼云烟，但是对赵薇来说，与其说恋上了“大叔”，不如说她恋上了那份才华，那份成熟男人散发出来的气质，那是赵薇不了解的世界，而正是这个人，为赵薇打开了一扇窗，让她看到了另外一个世界。

年少时，会生出莫名的情愫，或者是因你在对方身上看到另外一个自己，或者是因你在对方身上看到了另外一个世界，便把爱恋寄予对方。年少时的爱恋，无论单恋、暗恋还是两情相悦，待到成长，再次想起，都会成为记忆里最隽永的一幅画。那是来自青春的印迹。

# 二十多年过去了，身边还是当时的那个姑娘

◎老　狼

说起我们的恋爱，正如潘茜最喜欢的那句歌词一样："久违的事，想起来总是甜的。"

我和潘茜是北京八中的校友，我认识她是在1986年，她是我的学妹。那时候，她已经是学校小有名气的文艺骨干了。潘茜是学校里众多男生追求的对象，我也是其中一个。为了吸引潘茜的眼球，我苦练了好长一段时间的吉他，终于在学校的艺术节上边弹边唱了一曲齐秦的《狼》。

那天，我站在台上边唱边往台下寻找潘茜的影子，可一直等到演出结束，我都没有看到她。可是却在后台意外地邂逅了潘茜。当时，她正冲着我微笑呢。我对她伸出手去："我叫王阳，咱们能交个朋友吗？"让我出乎意料的是，潘茜居然对我说："我知道你叫王阳。"我们俩彼此心存好感，在一种朦胧的情愫中开始了我们的初恋。

转眼就到了大学，她的学校有一块特别漂亮的草坪，每个周末我都会在那里练吉他、唱歌给她听。那时候，我最喜欢吼的就是那首《狼》。直到有一天，潘茜在听了我无数次吼过《狼》之后，对我无奈地说："我看你以后不要叫王阳了，就叫老狼吧。"没有多少人知道，老狼这个艺名是我心爱的恋人命名的。

1992年，她如愿申请到了美国斯坦福大学的全额奖学金。虽然很不舍得让心爱的人从身边离开，但是想到她的未来，我还是在她最犹豫的时候非常坚定地支持她去了美国。

那个时候我已经组建了"青铜器乐队"，并且认识了高晓松等一些音乐人。潘茜赴美登机的当天，一向腼腆害羞的我手拨心爱的吉他，在机场大声而深情地为潘茜唱起了《别哭，我最爱的人》。我一边拨弄着琴弦，一边泣不成声。同样泪如雨下的潘茜，一边听我唱，一边对我说："虽然在我们身上很难找出共同点，但只要我们相爱，就总会有相聚的一天，而且那一天不会太遥远。"

我一直记着当初潘茜那句“我会火”的预言。送走了潘茜，我进入了北京一家工业自动化设计公司做技术员。我打越洋电话给潘茜，说了自己的想法：“我想去唱歌，真的，哪怕成功不了，我也想唱。”潘茜听着我的想法，她告诉我，她希望我能按自己心中最希望的样子去生活，一生很短，能够让自己快乐是最重要的事情。

虽然潘茜的话很短，却让我迷惘了多日的心一下子豁然开朗，我当即辞去了工作。很快，高晓松创作的《同桌的你》及《睡在我上铺的兄弟》被我唱得红遍了全国。这两首歌被大学生们称为当年的“毕业歌”。

那年春节，我被邀请去参加中央电视台的春节联欢晚会。

那晚，在新年钟声敲响的时候，我接到了潘茜打来的电话：“我好想你……”我的心突然一下子疼得受不了，于是，我买了最快赴美的飞机票，潘茜在美国一直都很努力地读书，一口气拿了三个硕士学位，并在美国硅谷谋得了一份很不错的工作。我想这就是我与潘茜的不同，她永远都是会为自己锦上添花的人，而我却是个急流勇退的人，在校园民谣最火的时候，我却从娱乐圈渐渐淡出，开始了自己从中学时就有的梦想——背包旅行。

2004年秋天，结束了18年的爱情长跑，我与潘茜的婚礼在北京郡王府举行。在婚礼上，我们向所有的来宾展示了我们相爱18年来的相册，里面记录了我们的爱情成长。我在开香槟的时候，趁机抹了下幸福的眼泪。我和“狼媳”爱得很艰难，爱得很淡定，爱得很温暖，爱得很执着。我认为好日子不会在原地等你，而要等你去创造。

我们的各方面差异都很大，但是我们却能在茫茫人海中结合了，牵手了，走到一起了。

首先，我要珍惜；其次，我还是要珍惜。真正的爱情，可以战胜一切大小差异。

# 郎永淳：你是我生命中的礼物

◎晚　睡

新近从央视辞职的郎永淳，家里有一个患癌多年的太太吴萍。

这个镜头上端庄、镜头下温文的男人，曾经有一段完美的婚姻。太太吴萍和他是大学同学，两个人都是班干部，经常见面，也不算一见钟情，就那么相爱了。

年轻时的恋爱都差不多，总是想在一起，有说不完的话。吴萍回忆，郎永淳刚被央视《新闻30分》录用时，住到了节目组安排的宿舍。“每天下午下了节目，他就从长安街最西头骑到最东头，到了学校常常说不上几分钟的话，他又得匆匆骑车回台里，来回四个多小时，他却是一副很满足的样子。”

1996年两个人双双从中国传媒大学播音系毕业，被分配到北京和上海，过了一段两地生活。距离也没有让他们的爱情减退，1997年5月，两个人结婚了，后来又生了一个儿子。

吴萍曾经以为自己可以预见自己的一生——“按部就班地在北京生活，照顾孩子、照顾老公，一直到死。”可她竟然不知道，原来连平淡都是需要命运成全的。2011年，她发现自己患上了乳腺癌，她很怕，怕得要死，却还是要瞒住丈夫，因为郎永淳正在广州参加亚运会的直播报道，不能分心。

后来，是郎永淳发现吴萍在iPad里搜索乳腺癌相关信息的记录，才知道了这个惊天秘密。他没有惊慌失措，而是表情淡定地告诉她：“不要怕，乳腺癌是癌症中愈后效果最好的，五年存活率接近90%。咱们抓紧治，好好治。”

从那天开始，吴萍对郎永淳的依赖更多了几分：“我知道，他就是我活着的理由。”

她知道自己身后站着一个值得信赖的男人，即使不为自己和孩子，为了他，也该抗争下去。“那是我老公的血汗钱，我唯有可怜老公辛苦赚的钱都花在了我身上，但是他没有选择，我也别无选择。”

再难，郎永淳也没想过放手，他将脆弱藏在心里：“这几年，曾有那么几次，边开车便莫名其妙地满眼是泪，心脆弱得不知道什么时候会有片刻失控。”但面对吴萍，他始终是乐观的，积极的。

而吴萍回报给他的是同样的理解与支持。央视每年有援藏的名额，还最好是男士，郎永淳也报名了，这是他和吴萍商量过的结果，吴萍非常支持。他不想因为家庭困难而在工作上享受特殊照顾，作为领导的李瑞英非常感动。

吴萍并不是天底下最美好的女子，但她得到了这份天底下最珍贵的爱情。只为她在郎永淳眼里，是唯一，是不可替代的。

很多人在自己的感情中没有机会遇到大风大浪，生死考验，所以也就无法去检验自己爱一个人究竟到什么程度，或者对方爱自己到何种程度。那真该好好珍惜每一个风平浪静的日子，能吵架斗嘴都是一种幸运。要知道，有些人连这样的机会都面临失去。

在郎永淳和吴萍于夏威夷补办的那场婚礼上，背景音乐是乌拉多恩为《鲁豫的礼物》节目量身定制的主题曲，《你是我生命中的礼物》——“你是我生命中的礼物/每一步，鉴证着爱的风雨无阻/你是我生命中的礼物/只要有你在，就幸福……”

只有真正的患难夫妻才有资格说这句话：你是我生命中的礼物。因为他们用自己的爱做了彼此的馈赠，在生命的高峰和低谷都不离不弃，上天是如此慈悲地将他们赏赐给了彼此。

# 没有什么伤害是不能痊愈的

◎晚睡姐姐

当年还是票房毒药的周润发与清丽脱俗的陈玉莲相恋，两个人一个英俊，一个美貌，金童玉女般，谁看了都要赞一声好。为了这份纯真的爱情，陈玉莲几乎是刻意淡出娱乐圈，甚至冒着被无线雪藏的风险，一心想做周润发的乖女友。然而，因为周润发的母亲不喜欢陈玉莲，他们长达五年的恋情只能以分手结束。

周润发是孝子，一个从小渔村出来的孩子，靠着妈妈给有钱人家当用人赚钱把他养大，妈妈所受的苦他全都看在眼里，所以他十分孝顺，从小就主动帮助妈妈干活，很少要零用钱。对这样的孩子，最怕的就是妈妈伤心难过，妈妈说不行就不行吧，分手，接受现实。

他以为自己扛得过，但日与夜交替过去，他才发现自己高估了自己的勇气，他熬不过去。他既做不到违抗妈妈的心意，又抵不过失恋的痛苦，他只能难为自己——喝清洁剂自杀，被人发现而未遂。

陈玉莲去了医院，一直陪着他，直到他脱离险境，然后离开，再也没露过面。多么像张爱玲《红玫瑰与白玫瑰》中的情节，“振宝”与“娇蕊”在病房相见，“振宝”说出了自己内心的纠结和软弱，“娇蕊”收拾起纷乱的泪珠，出奇地冷静起来，从此走出了他的生命。不是陈玉莲不给他机会，而是自杀本身就是绝望和脆弱的反抗，能成就一时的惨烈，成全不了两个人要的未来。

这场情感的变故轰动一时，成为两个人的生命中都绕不过去的伤疤。

如果周润发当时真的抢救不过来，那么他就会成为又一个翁美玲，年纪轻轻，香消玉殒，留下无尽的遗憾，全然看不到生命的另外可能，以及这段爱情的灿烂。周润发是幸运的，能从年轻时所做的蠢事中脱身而出，抓住命运给的第二次机会，有了平静而美好的生活。

至于陈玉莲，大家更无须为她担心，“一个女人，气质倾国，在最紧要的年华收获最好的角色，被迷倒亿万女性的两个男人爱过，甚至为她死过，嫁过赌城大佬，中过两次千万级彩票……”一生传奇跌宕，虽然没有收获平凡女人的幸福，但也绝对不负此生。

周润发这样形容自己与太太的感情，“就像一杯加了青柠檬的白开水”，永远保持着清新的感觉。20年的生活经历，把他从一个英俊小生变成了稳重的中年男人，不变的，是他和老婆之间的那份幸福。偕着他日益温婉的妻子，世人都能看出他的满足。

原来那么一场轰动的刻骨铭心的恋爱，都可以归于零。原来没有什么伤害是不能痊愈的，只要你懂得去忘记。

# 黄渤：人生苦短，再结个婚吧

◎陈　俊

黄渤与太太已结婚6年，两口子偶尔在家斗嘴时，太太小欧总是笑骂："你这个重婚罪犯！"因为家里除了中国民政部颁发的结婚证外，还有6种来自其他国家与结婚证性质一样的婚书。黄渤总是底气十足地反击："你这个重婚罪从犯！"

这两口子，最爱闲时满世界结婚玩，但不得不承认，这是一种爱的表现方式。

## 在英国享受贝克汉姆当证婚人

黄渤和小欧是2007年6月领的结婚证，没有办婚礼，他们计划去欧洲旅游度蜜月。没想到，他们在英国把婚礼补上了。

7是欧美人最迷信的幸运数字，比方在赌场老虎机上摇到"7-7-7"就是超级大奖。所以，2007年7月7日就成了英国人结婚的黄道吉日。刚到伦敦时，他们的眼睛都忙不过来了，大街小巷全都是有关婚礼与数字7的招牌广告。有酒店在7日那天推出7道菜品的夫妻套餐，价格777欧元；蛋糕房推出7层的结婚蛋糕，77欧元；希尔顿酒店为新婚夫妇提供包括7小时SPA（水疗）服务、7道精致西餐、7种特别饮料的豪华夫妻套房，整套费用7777欧元……

这么热闹的事不掺和一下多可惜啊，尤其当二人得知有一场规模盛大的集体婚礼即将举行时，两个人都忍不住了。这场集体婚礼的主角有谁呢？英国著名球星特里、内维尔、卡里克和杰拉德，他们扎堆在牛津郡布莱纳姆宫举办婚礼。

这场集体婚礼允许普通人报名免费参加，消息一经放出，短短24个小时内就有3500对新人报名。黄渤夫妻俩来得太晚，早就没名额了。幸运的是，因为他们是异国人，当他们抱着试试运气的念头来到布莱纳姆宫时，竟然被获准破例入内参加。

虽然只能站在宫殿外的草坪上与数以万计的陌生人挤在一起，但黄渤和小欧已经很满足了。看看来参加婚礼的嘉宾吧：贝克汉姆，切尔西球队老板阿布，主帅穆里尼奥，球星布里奇、科尔……离开时，两个人获赠了崭新的结婚证，现场拍摄的合影打印在上面，下边有那些大腕球星的签名。这个结婚证只能作为参加集体婚礼的证明，并不具备法律效应。即便如此，也足以让二人乐不可支了。

两个人在欧洲转了7个国家，待了20多天。回国后，小欧有时会跟黄渤说："不知道还有没有这样的机会，多结几次婚多有趣啊。"于是，黄渤留了心，开始盘算着跟妻子朝着"重婚"的方向努力……

## 在巴黎坐棺材结婚

两个人的第二次婚礼是在法国举办的。那时候黄渤开始有名了，口袋里也比较富足。小欧对法国奢侈品没啥兴趣，但对巴黎这个浪漫之都的婚姻文化却格外好奇。所以，在两个人结婚两周年的时候，黄渤带着小欧奔法国"重婚"去也。

婚礼筹办在巴黎已经是一项非常发达的产业，虽然两个人都不懂法语，但在掏钱支付了全套婚礼的费用后，婚庆公司马上安排了一位法国留学生当翻译，并将一切事宜安排妥当。

两个人首先被领到了巴黎市政府，面见了一位副市长。该副市长在任期内只负责一件事——结婚登记。虽然这两位中国来宾来此只是走个流程，但副市长仍然严肃认真对待，填写了他们俩都不认识的法文结婚证。一个小时后，带着两个人免冠照的公告就被贴到了市政府门口的公告牌上。公告的大意是，两个人准备结婚，如果有人检举他俩是重婚的话，市政府将收回结婚证，驳回结婚要求。

法律手续之后，是宗教婚礼。两个人被打扮一新，黄渤套上了标准的黑色西装，虽然雅致但色调偏灰暗，留学生翻译告诉他这是为了衬托出新娘的光芒，因为在法国的民俗中，举办婚礼时只有新娘才是最引人注目的。小欧的婚纱非常夸张，裙摆拖地，还有3米长的拖尾，婚庆公司专门安排了一对男女花童跟在她后边提拖尾，虽然行动不便，但视觉冲击力一流。

虽然在异国他乡举目无亲，但负有职业道德的婚庆公司早已在教堂安排好了观礼嘉宾。虽然一个都不认识，也知道是花钱买来的人气，但大家的掌声和笑声还是很真实，让婚礼有种梦幻的色彩。

黄渤一直以为只有在中国才会整新郎，没想到法国也有此习俗，而且手段更惊悚。从教堂出来后，等着他的竟然是一副棺材。还没反应过来咋回事，他就被人七手八脚地抬起来塞进了棺材，让他觉得毛骨悚然。好在棺材没盖上盖子，他还能坐在里边打量观察。参加婚礼的嘉宾们迅速转换角色，摇身一变成了参加葬礼的吊丧亲友，每个人的胸口都神奇地多出了一朵小白花，脸上瞬间便出现了悲痛肃穆的表情，他们挨个儿向黄渤鞠躬表示哀悼。

黄渤弄不懂这到底是个什么状况，只能呆坐在棺材里任人摆布。挨到仪式结束，他被人从棺材里请了出来，刚吊唁完的宾客们围拢上来，满脸微笑地向他祝贺个没完了。留学生翻译告诉黄渤，这个葬礼是表示向单身汉生活告别，他这种形式已经算是简化版的了，有的还要把棺材抬到河边扔掉呢。

虽然花了不少钱，但夫妻俩都觉得物有所值，每个环节都可圈可点，令他们难以忘怀。

### 特殊日子里的浪漫婚礼

2010年10月10日，是两个人的第三次婚礼。澳大利亚人最爱的数字是三连十，意味着十全十美十分幸运。所以，那天是澳大利亚自1856年以来结婚人数最多的一天。

黄渤夫妇提前报名，成为在悉尼海港大桥上举办集体婚礼的7500对新人中的成员。车水马龙的海港大桥提前一天封闭，桥面上铺了绿色地毯，主办方将其变成了全世界最大的露天户外餐厅，摆上了冷餐、西点以及饮料酒水。

在新南威尔士州女州长肯尼莉的见证下，黄渤和小欧“重婚”了，获赠了由州政府送出的镍银材质的相框做纪念。参加这次可以载入吉尼斯世界纪录的婚礼的成本是多少呢？320澳元，折合人民币不到2000元。

2011年7月，黄渤和小欧专程赶到印度尼西亚首都雅加达。7月19日是印尼结婚日，不计其数的新人们在独立广场举办全世界规模最大的集体婚礼。主婚人的身份雷打不动——印尼现任总统。从苏加诺到苏哈托到梅加瓦蒂再到苏西洛，不管有多忙，他们在这一天都喜气洋洋地前来担任婚礼主持人。

黄渤穿了一套印尼民族服装，上身是有领对襟长袖外衣，下身围着格子图案的沙笼，头戴黑色无边小礼帽。小欧穿的是鲜艳的无领对襟长袖外衣，下身围色彩艳丽的沙笼。在苏西洛总统的指挥下，新人们一起完成了新郎踩鸡蛋、新娘为新郎洗脚、共进黄米饭等27项烦琐而好玩儿的传统结婚礼仪。

美国拉斯维加斯是全世界领结婚证最简单快捷的地界，只需出示一下护照，支付55美元的登记费，不需任何审查，结婚证书就到手了——这可不是仅供收藏的结婚证书，而是货真价实具备法律效应的玩意儿，只需经中国驻旧金山总领事馆认证一下，就可以在国内使用。

2012年12月12日，星期三，俄罗斯远东符拉迪沃斯托克市。俄罗斯人对于星期三这个日子非常不喜欢，在此之前根本没人在星期三结婚，所以婚姻登记处每周三是休息的。但是，因为这个星期三恰逢121212这么吉祥如意的日子，所以很多新人提前预约，婚姻登记处破例加班。黄渤和小欧，收藏到了一份俄罗斯的结婚证。

为了表示祝贺，市政府特意在婚姻登记处门口的广场上摆好了一个长2米、宽1.5米的特大蛋糕送给当天结婚的新人们，蛋糕上的花纹是花体的121212。这个漂亮的大蛋糕不是用来吃的，而是用来砸的，奶油满天飞，一场蛋糕大战把集体婚礼推向高潮。

黄渤和小欧还在2014年2月14日，到加拿大多伦多参加了一场7000对新人参加的超大型婚礼，席琳·迪翁到场献唱经典之曲《我心永恒》。

夫妻俩绕着地球跑了不少国家和地区，除了一些有地方特色的小工艺品外，他们从未买回过名包名表之类的奢侈品，不是黄渤不愿意买，而是小欧不要。小欧说，把钱花在各种婚礼上比买奢侈品要有价值得多，因为奢侈品会变旧，但婚礼的回忆却能历久弥新，让人难忘。越来越多的人选择追求物质上的满足，其实追求精神上的愉悦，也很爽！

# 胡歌&袁弘：深情厚爱好朋友

◎陈掌柜

初次遇见是在新生入学时，提着诸多行李的新生们在宿舍楼梯间穿梭，行色匆匆。胡歌准备下楼，袁弘正上楼。胡歌因为下午还要去参加学校的彩排，身着红军军装，自以为有一种军姿飒爽的风采，在袁弘眼里，却是一个身着“奇装异服”的怪人。胡歌回忆起对袁弘的印象，“当时只能用四个字形容——惊为天人！然后立马和其他同学说我们班来了个大帅哥，比我还帅！”没想到，胡歌和袁弘恰巧同住一个宿舍，并且住对床。两个人经常睡不着就互相看，一直看，直到看困为止。

同一年出生，同一个星座，同一所大学，同一间宿舍，毕业后，进了同一家公司，住了同一个小区。对于很多质疑他们友情的人，胡歌总是笑道：“好到什么程度？经常穿同一件衣服，同一条裤子，同一双鞋啊。”

拍完《仙剑奇侠传》的胡歌，迅速走红，揽获无数奖项。正在事业的巅峰时，却遭遇了常人难以体会的惨痛经历。

2006年，胡歌拍摄《射雕英雄传》时遭遇重大车祸，身受重伤，与他同行的女助理更是抢救无效死亡。据说胡歌走前，袁弘好像预感到了什么，一遍遍地对胡歌说着路上小心，却还是避不开这场灾祸。经历生死一线的胡歌，更懂生命可贵。经过六个半小时的抢救，身体重创，全身麻醉，脖子及右眼缝合100多针，还需要接受右眼角植皮手术，因此正在拍摄的《射雕英雄传》不得不停了下来。剧组却发出声明：“胡歌不来，戏不拍，郭靖只能是胡歌。”

就这样，胡歌在病床上休息了一年。而袁弘也一直陪着胡歌，在最需奋斗的年华，袁弘整整一年没有接戏。友情这东西很可怕，以朋友的名义就这样钻进你的生活。一个呼吸，更深一层。等你发现，那情已经深入骨髓，一辈子无法离开。

袁弘逐渐从配角走到了“最美古装男子”，演技也受到一致好评，在更大的舞台上崭露头角，和恋人张歆艺的感情也是羡煞旁人。胡歌从脂粉小生转型为实力硬汉，思想的丰腴弥补了皮囊的破损，甚至更为增色。有人说分辨感情真挚与否，不是看他落魄的时候两个人如何互相依偎，而是看两个人什么都有了，还坚持彼此，才是真实不掺杂质的感情。袁弘和胡歌都在演艺事业上有所成就，可彼此还是最好的朋友。这一点犹如他们年少时在星空下许的愿望一样，无论斗转星移，世事交替，他们的友情都不会变。你还是我的大男孩，我还是你的美少年。

当袁弘和张歆艺公开恋情的时候，微博热搜并不是袁弘和张歆艺，而是袁弘、胡歌承认“恋情”。当胡歌过生日时，微博热搜并不是胡歌、刘亦菲十年之约，而是袁弘。十四年的时间，沉淀的不仅仅是友情，更像是彼此的亲人。

最好的友情，大概就是胡歌、袁弘这种，即使时光流转，你仍然在我身旁，不曾离弃。

想起陈佩斯评价自己和朱时茂的友谊时的一句话：“从来都不会想起，永远也不会忘记。”有的人错失在无情的岁月里，连再见都没来得及说便已离别。有的人，遇见之后，从未离开。所幸，友谊就是细水长流，不会干涸，缓缓淌在心上。最好的朋友，希望你每天都很忙，做的每件事都是自己喜欢的，希望有一天你的笑容全都发自内心，而我，会一直陪伴在你身旁。

岁月如白驹过隙，会带走我们年轻的容颜，会带走我们深爱的亲人，会改变我们的心态。岁月如歌，友情如酒，细水长流间，有不同的生活，有独立的空间，却一直常伴左右，这便是最好的你我。

# 许嵩：我不做悲哀的萤火虫

◎许　嵩

这几个月，走过了不少地方。

每到一处，采访我的媒体通常会有这么一问：你的音乐理想是什么？

而当答案是“我从来没有理想”时，我总能迎接到那些错愕的眼神。

年轻的时候，拥有一些世俗的念想（比如声名远播）、一些物质上的期待（比如大房子好车子）、一些精神上的憧憬（比如寻得佳偶）、一些相对崇高的目标（比如造福子孙），似乎的确能让一些人更有动力地过每一天。

但如果，岁月在你脸上已然留下不少年轮——你坐船的动机仍然只是到达一座岛，别人把岛上的一切美妙和宝藏说给你听就可以让你划船划得更带劲儿——那我能对你说些什么呢？

平日里花费极多的时间在音乐上，无论是作词、作曲、制作，还是今年开始的演出，为此我已经感到体力不支（特别是最近一个月）。但仍然乐此不疲，并且不断研究着提升体能的方法。

但这绝对不代表我有什么理想。那真是一种侮辱。

你一定试过非常入戏地观看一部电影吧？是的，电影非常精彩，你感受主角的悲喜，在影院里为它落泪或鼓掌。但是你知道，戏毕竟是戏。戏的发展和结局，毕竟和自己无关。你很清楚，你是你，戏是戏。

你享受它，但你的心能够随时出离。

我一直不断提醒自己，将这种出离的能力运用在生活里一切通常被认为“重要”的事情上。

很认真很投入。但心随时能够出离。

因着深知一切都在终极上无意义。

一只萤火虫最大的悲哀是，自以为能照亮全世界。

我们周遭有多少这样的萤火虫？

然而你我，纵然经过了世俗意义上的“努力”，成了人们眼中的“人才”，大幅度提高了自身的光亮度，就可以因为自己是霓虹灯就沾沾自喜并开始张罗起理想了？

拜托，太阳会笑的。

最后，也许你一直怀揣理想，那也不是什么了不得的坏事，没什么了不得的，只管去实现好了。只不过你应知道，坐船的意义仅仅是坐船，如果坐船是为了到达目的地，那所有人最终的目的地都是死亡——你看，非要树立目标，那面对着这个终极目标，是不是比没有目标更绝望得多？

保持出离心。

# 王珞丹：减法生活更精彩

◎卡 玛 王珞丹

## 曾经就差看心理医生了

在我们电影学院的那班同学中，我算是事业开展得比较顺的，一直就没断过拍戏。我也深深知道，对于女演员来说，黄金期也就那么几年，一定要趁年轻为自己的人生和事业打好基础，所以那几年我真的很拼命。拍戏、拍广告、拍MV（音乐短片）、配音、主持，什么活儿都接，最后搞到我们班同学只要遇到没时间接的活儿，就会对人家说："你们去找王珞丹吧，她肯定愿意干。"我为此还得了一个绰号：女超人。

我挣了不少钱，舍不得花，都存了起来。一个人的时候，常常把存折拿出来看，上面的数字一直在涨，我觉得好开心哦。我雄心勃勃地计划要在北京郊区买栋大别墅，还要买一辆我最喜欢的奔驰SLK敞篷跑车。

身处演艺圈，我知道，"人脉"是多么重要。于是，我热衷于参加各种聚会、各种晚宴，认识了许多许多名流。最夸张的时候，我一个晚上穿梭于好几个聚会，到一个地方喝杯酒，寒暄几句，再转战另一个地方。

这样毫无节制的忙碌、毫无质量的生活，造成的直接后果就是我根本就不能闲着，一旦闲下来就会心里发慌，坐也不是站也不是，总有一种祸事要发生的感觉，莫名其妙地想哭，想找个人说说话。我拿出厚厚的三大本名片簿，将近一千人吧。三教九流都有，却发现没有一个人是可以深谈的，没有一个。这也太可怕了！更可怕的是，我开始失眠，越累越睡不着。身体各方面都有反应了，狂瘦，皮肤粗糙，经常一阵一阵心跳，是那种没有规则的狂跳，特别吓人。我知道我得歇一歇了，可是身在江湖，我像穿上了红舞鞋似的停不下来，一停下来我就害怕，不知道该干什么。

我找到一个朋友，请他帮忙，看看有没有靠谱儿的心理医生。朋友听了我的话说："你这个毛病我都能看，现代人的通病——无休止的欲望，欲望产生焦虑。长时间下去，人会崩溃的。"

也就是那次，我第一次听见了“减法生活”这个词儿。

## 物质生活要求越低，精神生活就越主动

我试着开始“减法生活”，物质上，先把别墅、跑车放一边吧，衣服和化妆品方面也从简。现在，我经常在家里自己做饭，趁机用蜂蜜、鸡蛋调个面膜糊在脸上，又健康又经济。这样一个月下来，我算一算，真的花不了什么钱呀，三千块钱还不到呢！

对金钱没有那么大渴望，也就没那么大压力了。事业上，我决心专心做个好演员，遇到好的角色，即使片酬低一些，也可以去演；不好的角色，我宁可在家里歇着。都说演艺圈竞争激烈，但我可以骄傲地说，“潜规则”这种事情在我身上绝不可能发生，因为我相信，如果你是当演员的料，即使错过一次机会，但是一旦机会掉到你的头上，你一样可以出彩；相反，如果你不是那块料，即使机会属于你了，又能怎么样呢，最多混个脸熟吧。

不接那么多戏，我可以有更多时间陪家人，去年春天我就陪父母去了一趟日本北海道，看着父母满足的样子，我真是欣慰至极。我觉得带老人出去玩，最享受的是什么呢，就是享受老人的那种满足，那种“我有一个好女儿”的骄傲。我真庆幸，我能够在父母身体还健康、还能走动的时候陪他们玩，而不只是给他们钱，或者等他们走不动的时候才想起陪他们。“子欲养而亲不待”的那种痛苦，能避免还是避免吧。

我把三大本厚厚的名片簿全扔了，没用，千万个熟人也许还不抵一个知心朋友。与其把时间花在应酬一些可能对自己有用的陌生人身上，还不如陪几个知己喝喝茶谈谈心。我和以前的老朋友都恢复了联系，让我感到开心的是参加了一次高中同学聚会，也就是那次聚会上我才知道班上有个男生暗恋了我十年，他还在心里发誓大学一毕业就登我家的门提亲。天哪，这样温暖纯情的故事，我很难相信会发生在我的身上。在感情生活上，我现在处于空窗期，这应该是我最长的一次空窗期了吧。以前我身边总是来来去去有一些男孩子，那时候谈恋爱对我来说是一种可怕的惯性，总觉得身边就应该有个男人跟着、宠着、爱着，如果没有就觉得像少了点儿什么。但是，要说我有多么爱这个男人，也未见得，而且我只知道无休止地索取而不知为对方付出，想想这种对待感情的态度也是挺可怕的。现在我宁愿让自己“单着”，宁缺毋滥，静下心来好好想想自己究竟想要什么样的感情生活，然后顺其自然。有一个爱人固然很好，如果没有，一个人生活也要找到自己的乐趣。

## 生命是礼物而不是苦旅

现在的年轻人好多都挺厌世的，觉得活着没意思。天涯网做了一个调查：

“如果可以选择，你会选择来到这个世界上吗？”结果竟然有98%的人选择不愿意。我想，主要原因就是我们的欲望太多吧，欲望带来压力，压力带来各种生理和心理问题，这又是何苦呢？

生命是礼物，老天把这个礼物送给我们，是让我们享受而不是让我们跋涉一段艰苦的旅程。你的生命究竟是礼物还是苦旅，完全取决于你对待生活的态度。重新整理自己的生活，用减法来生活，我发现一切都变了，变得轻松，变得轻盈，连脸上的五官都舒展开了，不像以前那样总拧巴着，两只眼睛中间总是锁着一个大疙瘩。

用减法过生活，就不那么赶了、不那么忙了。时间一长，我发现自己并没有失去什么，相反，我的生命行囊里有了更多更美的收获。

我迷上了爬山，天气好的时候，我会一个人去爬香山。爬到山顶，看看山脚下的北京城，我心里特别舒畅。运动让我的身体和心情都恢复了健康，尤其是睡眠，不夸张地说，简直就是婴儿般的睡眠，每天一挨床就睡着。睡眠好，皮肤就好，我现在几乎不用任何保养品，每天起床，用清水洗脸，再用“大宝”抹几下，完事儿，爽！

我开始热心公益，几乎每两周都会去一次北京市“儿童希望之家”做义工，买些玩具和食物去看望那里的孩子们。你难以想象那些孩子是多么需要关爱，你抱他，他就会把小脑袋紧紧贴在你的胸前，小手紧紧抓住你的衣服，毫不犹豫地叫你“妈妈”。你离开的时候，他会跟到门口，看着你。你看着那些孩子的眼睛，就会想再来，就会想着付出。你会知道钱花在什么地方是最有意义的，人生至上的快乐不是索取而是给予。

在事业上，当我怀着一种“宁缺毋滥”的心态面对的时候，我发现自己有了更广阔的空间。因为心静了，因为闲了，我可以更好地体味、贴近和雕琢角色，刻画的人物就会生动而有质感，很多人开始注意到，我不只是一个青春靓丽的偶像派演员，我也有演技——具备实力了。以前我削尖脑袋和许多人去争一个角色，现在我经常面对一大堆剧本从容地挑一个自己喜欢的角色。

用减法过生活，把那些不必要的欲望和忙碌减掉，让生活空出缝隙才能呼吸，呼吸自如的生活才是最时尚、最丰富的生活。

# 陈意涵：哄自己高兴是后情商时代的必杀技

◎闫　红

袁姗姗一向被黑得很惨，一言一行都会迅速被段子手拿去加工，变成网络上热传的笑话。

反转在一个意想不到的时刻到来，某日，袁姗姗照例在网上晒照片，这组尺度平常的照片，却让无数网友瞬间对她“黑转粉”，因为大家看到了她的“马甲线”。

如今，“马甲线”可比“事业线”更有杀伤力，它不但意味着美，还意味着顽强的意志力和健康的生活方式。那几道简单的纹路胜过千言万语，让一直对着袁姗姗滔滔不绝批评的网友感到，自己是不是应该先放下手机，做几个平板支撑去。

这是一种进阶。女明星的戏外功夫不断更新换代，从前是拼美貌，渐渐发展到拼情商，例如，杨幂的自黑，范冰冰的口吐金句，都帮她们赢得极高人气。可是，后情商时代呢？那便到了输出生活方式和生活理念的时代了。

当然，袁姗姗只是惊鸿一现，在这条路上做大做强的不是她，而是《花儿与少年》里，那个名叫陈意涵的姑娘。

陈意涵倒不见得是有意为之，但她的横空出世却是与时代之风不谋而合的结果。

参加“真人秀”节目，压力在所难免，陈意涵的聪明之处在于，她直奔本质，仅仅理解为一场“有人出钱请自己玩”的旅行，抱着“占了便宜”的心态去享受。于是，在那些是非纷扰的间隙，我们能看到这个体脂只有百分之十一的姑娘坚持晨跑，十公里起步，积极参与各种项目，快乐地品尝或是烹饪食物，心思细密，但都用在有正能量的事物上。

这么说吧，看这个节目，你会觉得，陈意涵的快乐是实时性的，不在于以后是否会爆红，是否因此而接到更多的工作。她心无旁骛地享受着所有的快乐与艰辛，在她积极投入的那些时时刻刻，她就已经赚到了。

这存在，简直可以视为一部真人版的心灵鸡汤。也许你没有机会来这样一场远行，也不会像明星们那样被人注意，但这样长的一场人生，你同样需要像陈意涵那样哄自己高兴，不带预期地直面各种遭遇，即便不能握手言欢，起码相安无事，如此才能无所畏惧，给自己最终极的自由。这种非常现代的生活理念，是让她能够“零差评”的同时，又人气骤增的原因。

同理，许晴的恶评遭遇，也跟她未输出更合时宜的理念有关。不可否认，许晴天生丽质，倾倒众生，如今依旧是千娇百媚。有人以此为她在两季节目里的状态辩护，说她美丽动人，所以可以任性。这话貌似有理，但是节目里展现的是，她任性的直接后果，也让自己很不舒服。

比如“红酒晚宴”那期，我都替许晴感到可惜，那样好的风景，那样好的酒，大家言笑晏晏，难道不应该抓紧时间享受吗？许晴却耿耿于怀毛阿敏和其他小伙伴的亲近，闷闷不乐中离席，失控到大哭。

如今，大多数女性能够自给自足，被宠爱，最多算一道餐后甜点，不是必需，更不可执迷。老子说了，“宠为下，得之若惊，失之若惊”。你在被宠爱中得到多少快乐，就会在不被宠爱时收获多少失落，与其靠在宠溺这座冰山上，充满了不安全感，还不如像陈意涵这样，给自己一个好身体，同时，给自己一个好心态，自由自在地奔跑。在奔跑的时候，有谁会注意旁人的眉高眼低？

许晴也来个反转，她在离开团队独自去滑沙时大彻大悟了，这种柳暗花明让人很难不怀疑是制作方的剪辑让这一切刻意为之，但我还是想说，这样就对了。对于当下的姑娘们，最重要的不是搞清楚自己是不是真公主，而是像陈意涵那样，不等不靠，无怨无尤，用自己的力量把自己哄高兴了。

# 人生那么长，停一下又何妨

◎井柏然

在去机场的时候，插上耳机点随机播放，正好是陈绮贞的《旅行的意义》。

我对未来的时光，总是有一种不确定感。伴随而来的是偶发性的慌张和无措。有人告诉我，这源于你内心缺乏安全感和归属感。

旅行本来就是一种满怀期待的放逐，即便将功课做得再怎么彻底和全面，也会在路上遇到各种各样的情况。结束时不但一无所获，反而增加了新的烦恼。

但我又觉得，思考让人生变得丰富而有趣，不断增加的烦恼也成为前行的动力之一。这么一想，又有点儿开心起来。

经过11个小时到达巴黎。飞机缓缓降落时，广阔的土地渐渐眉目清晰起来。我忽然有种将梦想踩在脚下的感觉！

走出机舱大门的一刻，抬头，有风吹来，吹起我额角的碎发。看到海关人员的扑克脸，我也算习惯了这种表情。走过许多地方，我渐渐对旅行有了新的思考。它的奇妙之处不在于你脚踏实地地看过多少风景，而在于你曾经对那座城市有多少期待。

从这一刻起，我即将开始一段新的放空生活。今天，我有30个小时。旅行的意义，到底是什么？

是去还原寻找生活中最真实的自己，还是逃离现实的尘嚣让一切归零？是一种对未来的觊望与躁动，还是一种在现实压力下的爆发与抗争？有时，我们即使心神困顿，哪怕风尘满面，为能看到一些绝世的景色，遇见心灵纯净的人，做一些或许这次不做就无法再完成的事，都可以奋不顾身。我很羡慕那些坚定果断、坚强沉稳、说走就走的人。我很好奇那会是怎样的一种洒脱和勇敢，偶尔也会在心中有跃跃欲试的冲动。

我一直相信万事万物必有其因果，小时候最好能经历一些磨砺，青年时代要尝试这般的行走，所有的挫折和历练，偶然学到的某种技能，旅途中遇见的那些不同的人……这一切，都是为了将来做准备，能够握一些什么在手里，留一些什么在心里，那么在面对未来的缥缈不定时，或多或少会让自己平静一些。

我想起几年前，我和朋友在异国小镇的一次旅行。他喜欢在背包里塞满零食，尽管大部分都落在我的胃里；我喜欢在手机里下满各种旅行App（手机软件），尽管从来不打开查阅。当时我们和一群外国朋友住在小镇中一家小巧精致的旅店里。这儿每晚都有闹腾腾的聚会，英语、俄语、西班牙语、意大利语不知道什么语四处乱飞。互相听不懂，彼此指手画脚也不妨碍你来我往。

那时，我们就着清晨空气中鲜花的芬芳享用早餐；我们会坐在马车上感受午后清风拂过皮肤的暖意；我们会想坐就坐想走就走，遇见字母都猜不全的复古招牌就大胆推门入店……我想念那样短暂却随心所欲的时光，想念那些放肆的笑声和嬉闹。

尽管这样的想念，在寂寞的时候，会变得更加强烈。

巴士在巴黎的街道穿梭，我刚一上车，就努力记住了明天上学要下车的公交车站。

看着玻璃窗外巴黎的街道、房屋、巴士、街道指示牌和古老的建筑，或新潮或斑驳新旧不一的景色搭配着沿街明朗娇艳的花草，我居然有一种似曾相识的感觉。

人生那么长，停一下又何妨？停下来，看看这个世界，看看眼前的自己，给梦想一点儿时间——或许这就是旅行的意义吧，我们都需要一个机会和一段时间，过自己想要的生活，找自己。

至于，你的故事在哪里，在北京，在台北，在巴黎，在不知名的小城，或者踪迹全无，这并不重要，重要的是，这些独一无二的故事只属于你，并永远只属于你。

# 汪涵：我的心灵之屋

◎沫　沫

《超级女声》把我从湖南本土推向了全国，我火了，获得了很多荣誉。2007年，主持完《超级男声》，我的身体开始不堪重负，外界传出了我得重肝病的消息：汪涵完了。没那么可怕，但的确比较严重，不尽快治疗就容易出事。当时转氨酶指数太高了，是正常人的10倍那么高，上7楼得休息两三次。的确是因为当时工作太劳累，事特多，被别人邀请又没法拒绝。主持节目时流鼻血，我赶紧用话筒的海绵把血吸掉，插播广告时，冲到台下，用冰块迅速止血，然后再冲到台上继续。

总觉得我们获得了太多莫名其妙的好，得到了这么多，别人把鲜花掌声送给了主持人，你必须得承受莫名其妙的不好，比如流鼻血。

自从身体报警后，我放弃了很多工作和所有的兼职，现在正有机会把我的那些爱好放大了，更投入地玩了。

我在长沙市中心有一套60平方米的小房子，这套房子是我还没有什么知名度时置下的，地处商业区，周围很嘈杂，不太适合居住。现在，它的唯一使用目的是看电影。

我这个人很喜欢电影，大片当喜剧片看，喜剧当大片看，换个角度看特有意思，所以我从不批评一部电影，人有趣就不在乎电影有没有趣了，电影本来就是娱乐自己的。在长沙，我的脸几乎每个人都认识，一进电影院就被认出来，还有人拿手机拍我，一场电影看得极不安生，我麻烦不说，别人也麻烦啊，他们光顾着想怎么拍我，电影也没看好。有时候，我不得不开了场进去，散场前摸黑儿出来。

后来，我就想到把这个60平方米的小空间搞成自己的私人影厅，想怎么看就怎么看。这个小电影厅是我自己一草一木搭建成的，中西结合，古色古香，所有的装饰品小玩意儿都是我从古玩市场淘来的，今天淘回一个古董瓶子，可以养一些绿萝；明天淘回一只铜杯子；后天再来一只旧木箱，可以在我的电影室里当茶几；还有老头椅，磨得都发亮了，铺上靠垫，就是我的电影专座，极舒服。屋里有一艘石船就让我觉得非常过瘾，淘来后，我吭哧吭哧扛上17楼，最后发现它太大了，做什么好呢？于是把它改造成了鱼缸，弄些流水，养几条小鱼，还挺有意境的。看电影时，戴上耳机，坐上逍遥椅，打开环绕声，流水叮咚，氛围特好。

深夜播完节目，很累，我会选一部周星驰的片子好好放松一下，笑一笑，就完了，周星驰真的是对生活很有理解的人，生活很难，不妨以轻松的姿态对待，这就对了；下雪了，我窝在房子里放一部浪漫清冷的文艺片《日瓦戈医生》，大片荒野里的雪，我的窗外也是鹅毛大雪，还挺有诗意，心里能那么轻轻地动一下子；哪个下午偷得半日闲，我看一部大片，跟随着别人的命运起伏，慢慢地让时间流走，窗外的阳光变得微弱，懒懒地透过窗帘照在我身上，楼下卖菜收摊儿的声音传来……有时，我还特地犒劳自己，比如准备一盘好吃的卤鸡翅，煮一碗黏稠的小粥，在深夜看电影时作为消夜，养心养胃。人生如此，夫复何求？

这是我的专场电影，看着片，什么都忘了，汪涵是谁，只是一个认真享受一部电影的人，沉醉其中。有时候，人得有个空间把自己藏起来，躲起来，女人得有一间自己的房子，男人又何尝不是呢？生活很难，人得有点儿小追求才活得下去，比如有的人天天坚持散步，散步就是一种追求。对我来说，一间看电影的小屋子，再来一壶清茶，日子就自得其乐了。

爱好多，也让我成为一个容易快乐的人。干什么都要学会快乐地干，何苦做得愁眉苦脸，跟自己过不去呢？就像我最开始做剧务时，还要负责暖场。我举左手，大家鼓掌；我举右手，大家笑；我举两只手，大家又鼓掌又笑，我那样儿肯定特滑稽，不然观众怎么这么配合呢？但大家看到我都开心，我多有成就感啊！我还当过演员、摄像、导播，最后才当上主持人，跑龙套跑起来的，挺好玩儿的。我学张国荣特像，出演过《倩女幽魂》，看我在电影里的那傻样特好玩儿；我还特别喜欢模仿赵忠祥的声音，《动物世界》中他那低沉的声音，“白雪皑皑的北极”，特像那么回事。对于我来说，取悦别人也是取悦自己，何乐而不为？

我发觉自己的确挺能让人开心，主要是语言天分强，我的父亲是江苏人，母亲是湖南人，我自称江湖混血儿，除了苏州话，湖南各地方言我也学得惟妙惟肖。我主持的节目《越策越开心》有一句口头禅“那确是”，一下传遍了全国，有一次我开车，警察把我拦下来，我问：我是不是违章了？警察说：那确是。我当时就哈哈大笑起来。

有时看自己的节目笑得要死，怎么这么好玩儿？有一次主持节目，印象很深，突然一看前排坐着的4个人怎么没有了，原来这4个人笑得翻过去了，4个哥们儿从地上爬起来，接着看接着笑。

大概我看起来的确有幽默天赋吧，买东西说声“谢谢”，那人就笑了；我开门一叫“妈”，我妈就乐了，我想至于吗？别人为什么一看到我就开心呢？我特别有老人缘和小孩儿缘。家里很小的小孩儿，爷爷奶奶说他每天吃饭要把汪涵的照片放在边上，睡觉也要把照片放在身边，说有这样一个爸爸多好呀。为什么？因为我总是快乐的，而他们的爸爸妈妈老是板着脸。

快乐其实很简单，比如我有一个极简单的办法，就是把一些快乐的事儿先预存起来。如果今天早上起来，一想，没什么高兴的事，那马上就把预存的事想起来：画廊里不是有一幅特别漂亮的画还没拿吗？我就一下子高兴起来了。存一些高兴的事放在那儿，像小孩儿一样。别说还真管用，所以我基本都是快乐的。

说到将来，我希望有个女儿。很早以前做节目，嘉宾是台湾的焦恩俊，在后台准备时，他的小女儿拿一个气球跑过来，说："爸爸，我可不可以出去玩一会儿？""当然可以啊。"她踮着脚亲了父亲一下，那一下好像亲在我心上，特别温暖特别幸福。如果我做节目时，我可爱的女儿在一边玩那该多幸福。如果有个儿子，就很麻烦，得要买通朋友编造故事，让他觉得爸爸了不起，是个英雄。

有一次跟有女儿的朋友聊天儿，朋友说女儿以后万一谈恋爱了要柔软、放松、坚强，不然老觉得哪个臭男人把女儿抢走了。当个酷老爸，买一匹马，骑马，练击剑，保护女儿，将来闺女恋爱了，也让闺女特有面子，可以跟女婿称兄道弟。

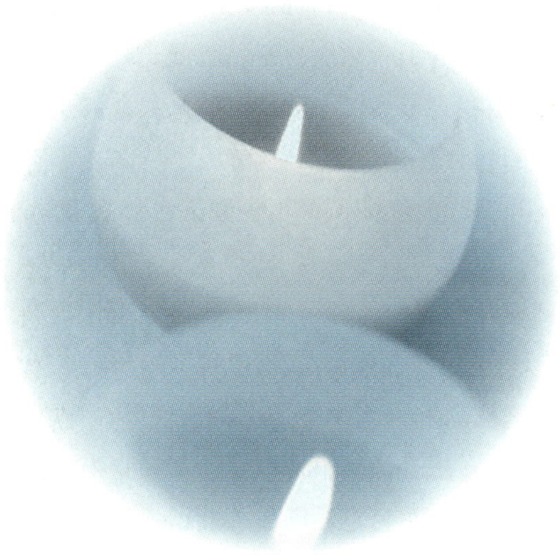

# 我的初恋

◎徐静蕾

我的初恋是一段极其失败的经历，1989年或者是1990年我认识了他，那时候我刚上高中，对爱情这件事没有切身的体会，都是从小说上看到的。1992年我们开始在一起，其实是我一厢情愿，我认为我和他在一起了，这是我第一次真正的恋爱。那时候他24岁，我觉得他很成熟，经历丰富。

我真的不知道怎么描述这近两年的时间，连当时他是做什么的都说不出来，但我的确非常爱他，好像那时候时间是在为他一秒一秒地走，见他一面或等到他的一个电话就是生活的全部意义，甚至不知该怎么对他，和他相处。在那几年里，他时常不知去向，呼无数遍也是无用，出现了之后也只是含糊其词地说："有事。"在那一年多里，我们分分合合了无数次，好的时候真好，不好的时候是真不好。直到有一次我在配音，他给我打电话说十分钟以后来接我。从那以后这个人失踪了三天，家里没有，呼机没带，钱包也没带，我怕极了，陷入了空前的恐惧。

再见面时，就说分手，无论如何都不说原因。然后就真的结束了，之后的心情我不想再描述。

几年之后，我又见过他，和他怀孕的妻子，我们当年分手后不久他们就结婚了，现在孩子已经挺大了吧。这也是上面我说的不知该怎么描述这件事的原因。

写到这儿，我觉得自己把自己说乱了，我想说什么呢？我已经不知道了，原谅我吧，我是说不清楚的，况且任何语言也表达不了我当时的心情，我只能感到我词语的贫乏和我的无能为力，尽管它早已成了真正意义上的过去，原来爱的那个人也只存在我的回忆里。所以何必把它写在这儿呢，也许有些东西真的只是留下供我们在心里回味的，就像有些埋在地下很深很久的文物，一旦出土便会面目全非，而我在这里说的一切都将词不达意。

从我第一次读懂爱情小说开始，也有很多很多年了，觉得自己爱过了一些人，忘记了一些人，还有一些想忘记却还没忘记的，和一些不想忘记却已经失去的人。生活会给予我们很多东西，无论我们接不接受，也许有些遗憾是我们无法避免的，也许生命会因为一些遗憾而有一种残缺的美丽。

我的窗外是秋天的明媚的阳光，我好像回到了我的中学时代，中午沿着小路踩着落叶赶去上第一节体育课，被裹在阳光里的感觉舒服极了。

# 孙燕姿：美人更爱美食人生

◎流　沙

曾经的华纳大食堂，有两个明星是可以得“最”的称号：最不欢迎的是郑秀文，最欢迎的是孙燕姿。

郑秀文不用说，瘦是她的专长，是她的话题，是她赖以生存的法宝。她吃饭的状态，比《瘦身男女》中她演的那个肥婆还恐怖。自带天平、卡路里器、能量计算机，当然少不了号称能精确到一滴汗重量的电子秤。每口沙拉必须咀嚼三十下再吞进肚子里，每次进食不会超过三分钟。

当有人问她怎么减肥的，郑秀文大方地说：“教练告诉我，什么都不用做，上跑步机去跑五个钟头，每天一次。”

伺候这样的人吃饭，是个天仙也让人难受。而孙燕姿则不同，新加坡的食物热量都不低，肉骨茶、萝卜糕、辣椒螃蟹都是她的最爱。

她的新婚老公，本来是快艇健将，一身彪悍的肌肉，结果在一起一段时间之后，结婚照上少了一个健壮的大汉，多了一个敦厚的胖子。

但孙燕姿是不胖的。

每次狗仔拍到她吃饭，都是桌上一堆食物，肉鱼一定要有，冰激凌必不可少。不过由于要保护嗓子，很多东西她都不能多吃。

这时候，她会掏出随身的美食日记，记下这段好心情。

出道之后，制作人是包小柏。包老师常带手下去吃吃喝喝，但对艺人的饮食管得特别严格。尤其孙燕姿、陈小春、苏慧伦这三大爱将。

其中孙燕姿是他亲自到孙家去和她家人谈判，才争取过来做艺人的，更是看好前程。结果，一次他发现孙燕姿在偷偷吃比萨，大发雷霆到不可收拾。后来孙燕姿与他口头约定，一定不会发胖，如果胖一斤，便多给他签一年“新人合约”。

包小柏告诉她，虽然那些脂肪现在看不出来，但它们会囤积在你的小腹，在你快到三十岁正要走红的时候，就像毒瘤一样冒出来，像癌症一样无可救药。

但孙燕姿依然故我。

在和前男友分手的夜晚，她大吃西餐泄愤，小羊排和煎鹅肝不要命地往肚子里塞，吃完后掏出本子来，记上几笔，没有哭泣。

曾经说让她放松心情，休息一年，她选择去了印度。她爱上那里的浓厚香料和纯滑咖喱，喜欢肥美的鸡肉带着辛辣的滋味进入自己的喉舌。

在这样能填满自己的胃袋和心灵的地方，她写出了《绿光》这张大卖专辑。

孙燕姿对美食的渴求是无止境的，她会在工作之余和同事们到处寻觅美食。有个流传很广的笑话——她走在路边，突然瞪大眼睛说：“那一坨坨像云一样的是什么东西？”

工作人员集体乐疯，这是她第一次见到棉花糖。

到她结婚时，酒宴更不能马虎，选好饭店之后，每一桌都定下详细的上菜计划，光菜谱就商量了一个多星期。酒店的经理也说，没见过对吃这么认真的人。

孙燕姿曾经和蔡依林吃过一次饭，是家上海馆子，本帮菜自然不用说，苏浙点心也做得极其地道。孙燕姿点过菜后，蔡依林照例点了一份白灼，用开水涮过油之后，才一点点地吃完。这让孙燕姿无比感慨，觉得自己在做女艺人的觉悟上，真是罪孽深重。

其实，孙燕姿的美食日记和大S的美容日记一样，只不过，一个是表明了生活态度，另一个表明的是爱美的天赋。

# 李钟硕和金宇彬：男神也玩闺蜜党

◎陈新颜

## 青涩期：相同的命运轨迹决定相同的人生

“那时候我们跟普通人没什么两样，简单又快乐。”

踏入模特这行的时候，李钟硕16岁。原本想要成为演员的他，阴差阳错地走上了模特之路，成为史上最年轻的时装男模。金宇彬则早在初中就有做模特的梦想，终于在19岁时也开始在首尔时装周走秀，成为专业模特。李钟硕与金宇彬的交集，也是源于T台。李钟硕出道太早，没有同龄的朋友，幸亏金宇彬出现了。同属模特圈的他们因为常常需要一起工作的缘故，很快便成了朋友。



## 转型期：越努力，越幸运

“如果有最佳情侣奖，不妨考虑我俩。”

时光回溯到2010年。这一年，李钟硕与金宇彬的命运轨迹发生了改变，巧之又巧的是，他们的轨迹，竟然再一次朝着同样的方向发展。

一直以来，李钟硕都更想做演员，而金宇彬在学习模特必修的表演课时，也开始对表演产生兴趣，他说：“这个职业没有正确答案，我想要看看自己能努力到什么程度。”因为不是科班出身，他们格外刻苦：李钟硕每次演出前都会练习数百次，金宇彬则不断向前辈请教演技。也许正是因为这样的努力，2012年的《学校2013》让李钟硕与金宇彬双双获得各大颁奖典礼“年度最佳新人”的荣耀。剧中的南舜与兴秀从对立到敞开心扉，感人至深；戏外的李钟硕与金宇彬也因为这部戏，从普通朋友升格为挚友。

一开始对自己没有爱情戏感到遗憾的李钟硕最后发现，自己跟金宇彬的对手戏简直比爱情戏还感人。特别是两个人抱头痛哭和解的戏码，至今难忘。金宇彬笑着赞同：“当时最想拿的不是新人奖，而是最佳情侣奖。”

**爆发期：从少年到男神只有一步之遥“我们的关系一如既往地亲密，不会因大红大紫而生分”**

2013年，对于李钟硕与金宇彬来说，绝对是值得铭记的一年。《听见你的声音》里那个忧郁、敏感的白衣少年朴修夏，《继承者们》里那个霸道反叛的脆弱少年崔英道，截然不同的人物的个性，但英俊的外表下包裹着同样执着无悔的深情。几乎都是一炮而红，牢牢占据中韩热门话题榜，李钟硕与金宇彬，瞬间从少年进化到男神级别，红遍整个亚洲，两个人的步调再次一致。

他们对此却都谦虚得很，除了觉得剧本的选择范围多了、粉丝呈几何倍数增长，甚至能来上海开见面会了。在李钟硕在上海的见面会上，金宇彬录制的祝福VCR（视频片段）获得了最高的欢呼声。金宇彬还大大咧咧地公开了自己的女朋友，虽然获得了“不如与李钟硕般配”的评价，但是李钟硕却力挺好友，支持他公开恋情。他们的关系一如既往地亲密，没有因为大红大紫而生分。在金宇彬的形容之下，李钟硕是一个“细腻又温暖的孩子”，而李钟硕则爆料，别看金宇彬看起来很硬朗，其实“他很爱撒娇很爱哭”。

李钟硕与金宇彬，有着比荧幕上更加美好的容颜与细腻的心思。原来男神也玩闺蜜党——世间一切美好的情感都值得被歌颂。能在复杂浮躁的娱乐圈里如此相伴，他们的人生之路也会走得更加踏实、沉稳。

# 胡军，因酒生爱，喝出幸福一生

◎小　安

在《爸爸去哪儿》第三季里，对于节目里五个可爱的萌娃，观众喜爱有加。师弟刘烨曾形容胡军为“糙老爷们儿”。但是，在节目中胡军与儿子康康的相处过程中，观众们发现，这位“硬汉”不仅硬气而且细腻。而对于胡军的老婆卢芳，观众更是羡慕。

说到胡军与卢芳的认识，竟是因酒生爱。胡军从中戏毕业后，被分配到北京人民艺术剧院，他跑了几年龙套，才获得了做男主角的机会。自己做了男主角，自然对跟自己配戏的女主角比较好奇，他私下里打听了一下，原来女主角是比他晚三届的中戏师妹，叫卢芳。

有一天排练结束后，胡军请卢芳吃饭。喜欢喝酒的胡军忍不住了：“我想喝瓶啤酒，可以吗？”卢芳大大咧咧地说：“喝吧，这有什么呀！”胡军要了一瓶冰镇啤酒，喝到一半的时候，卢芳对他说：“我陪你喝，怎么样？”胡军愣了一下，拿起杯子准备为她倒酒。卢芳说：“你喝你的，我再单独要一瓶。”

就这样，两个人你一杯我一杯地喝起来。两个小时过去了，胡军去结账时，发现两个人一共喝了16瓶啤酒。胡军体会到了什么叫酒逢知己千杯少。饭局结束，卢芳拦了一辆出租车回去了。

那个时候，卢芳还住在单位的宿舍里，胡军越想越担心，一个醉酒的女孩子，大晚上的，太不安全，他迅速地拦了一辆出租车赶往卢芳的宿舍，敲开门，他发现卢芳正神情自若地坐在沙发上，边织毛衣边看电视。

此番之后，胡军对卢芳真是刮目相看，淑雅又海量，真是一个“奇女子”。而卢芳对胡军的好感也多了起来，她发现，这位师哥不仅表演厉害，看着是位粗犷的汉子，却有着一颗细腻的心。

一来二去，两颗心靠得更近。胡军永远记得卢芳第一次在宿舍给他做过桥米线的情景。虽然只是一道简单的米线，准备工作却如一场晚会般隆重：用瓦罐装上鸡汤，盖上鸡油，放到酒精炉上，桌上已经摆开了8个大盘，里面分别是片得纸一般薄的猪肉、菜心、猪肝……中间的大海碗里一碗白生生的米线。

这是胡军第一次吃米线，他还没有从视觉的震惊中反应过来，鼻子就嗅到了一种亲切又陌生的酒香。卢芳竟然从床底拖出了一个硕大的玻璃酒罐子，里面泡着半罐色泽明黄的水果。卢芳说这里面是云南特产的山梨，最适合用来泡烈酒，醉了也不上头。

两个人就着一罐过桥米线，每人喝下了半斤多山梨酒。1999年年初，胡军和卢芳去意大利参加电影节，路过罗马广场的时候，胡军忽然跑去买了一束玫瑰，单膝跪地，像骑士一样在众目睽睽之下向卢芳求婚。广场上的老外用最热烈的掌声喝彩，而卢芳赶紧答应下来，用她的话说："当时就觉得太丢人了，就想着赶紧答应下来，让他起来。"

结婚后，如果碰到问题，他们约定了一个最直接的解决办法：有了矛盾要吵，过错方也不必勉强地来说道歉，自己下厨房做上几个菜，摆上一瓶酒，叫对方一起吃饭，心照不宣地将那些说起来有些惭愧的道歉话用酒代替。可偏偏在这样的对酌中，道歉的话越发说得情深义重。酒杯一端，两个人的话匣子都能很快打开，聊得无边无际。到了最后，都完全偏离主题，犹如他们第一次喝酒吃饭，重新回到初恋的感觉。

# 这世上我最喜欢的地方就是厨房

◎鹿鹿安

这个世界上，我觉得我最喜欢的地方就是厨房。这是吉本芭娜娜说的，当然，对我来说，也是如此。

当初和先生四处看房购新居，我只看中两点，一是阳台，二是厨房。阳台不大，总觉得心胸闭塞；厨房不大，生活也会少些滋味。装修后，仔细算起来，厨房是我投资最大的地方。各种嵌入式电器，白色橱柜，黑色台面，洁白瓷砖，闪闪发亮。地上沿边铺一层L形吸水垫，穿着拖鞋软软地踩上去，料理、烹煮，或是洗碗、发呆，都是很好的。

我从前极不爱洗碗，总觉得是负担，现在倒也渐渐爱上。水龙头“哗哗”地放着水，手中洗涮着碗碟，脑子却在放空，天马行空地胡思乱想着。水池边就是窗子，傍晚的时候能听到邻户的响动，有时候是电视剧的声音，有时候是催促孩子写作业的责骂，偶尔还听过夫妻吵架，伴随着摔盘子掼碗，相当激烈。

冰箱也要塞满东西，食材仔细区分收纳，一一放入不同的隔间。冷冻室里有父母送来的腊肉和香肠，冻了一个冬天和夏天，至今也没有吃完。还放了亲手包的水饺，懒的时候丢几个进锅里，也能简单地填饱肚子。夏日炎热，还要时不时冻上几根自制冰棍儿，绿豆沙的，或是杧果汁的，降暑又解馋。冷藏室里要丰富得多，各式蔬菜瓜果，还混着一些零食和饮料，还搁了几瓶老家带来的泡菜豆角，简直就是下饭良方。

读大学的时候，某次失恋，夜里辗转反侧不能入睡，后来索性爬起来溜进厨房，不敢开灯惊醒父母，便偷偷地打开冰箱，暖黄的灯光照亮了黑夜。我翻了翻，找出一罐爸爸冰在冷藏室里的啤酒，光脚坐在地上，背靠着冰箱，“咕嘟咕嘟”地喝了起来。喉咙里的声音可寂寞了，更何况耳机里莫文蔚还在唱着伤心的情歌。我浑身泛起红疹，脑子也迷迷糊糊起来。看着安静沉默却充满了人间冷暖的厨房，心里想着，就算是在这里睡过去，也是安心的。

工作后，因为家离得远，我在单位附近租了一个小阁楼，每天爬六层楼到家，夏天更是闷热难耐。我把衣服扔进洗衣机，在砂锅里泡上绿豆，伴随着洗衣机的轰鸣，以及“咕嘟咕嘟”绿豆汤煮沸的声音，我搬了只小板凳坐着，手里捧着书，却也觉得日子甜美。

婚后有了自己的家，厨房的每一寸土地仿佛都专属于我，做饭的时候一定要关上门，禁止任何人围观，每一次厨房里都是鸡飞狗跳，菜叶纷飞。可这些都不要紧，事后仔细清理战场，厨房依旧是整洁有序。先生说我热衷于购买各种厨房用具，包括紫砂炖锅、酸奶机、榨汁机、豆浆机、煮蛋器种种。但凡听到我问这个如何如何、那个怎样怎样，他都会举双手投降，自动掏腰包，尽管我可能只用过一两次便收进柜子里。

不过最近收了一件宜家的平底锅，折扣款，个位数的价格实在太美好。每天的早餐仿佛都因此丰富起来，我用它摊过蛋饼，做过杧果千层，也煎过各种牛排、鸡排，配着酸奶机、豆浆机做出来的饮品，生活不就是锅碗瓢盆洗洗涮涮，酸甜苦辣一碗汤吗？

有一次去剧场听蒋方舟的讲座，她提到一句话，来自德国诗人荷尔德林：“如果生活是全然的劳累，那么人将仰望而问，我们仍然愿意存在吗？是的，充满劳绩，但人，诗意地栖居在此大地上。”

现实的生活，可我们诗意地栖居。

我想，厨房就是那个浓缩的世界，微小而广袤。

# 永子小姐的话

◎石田裕

这是在戈尔威这个港口城市发生的事。

我把自行车停在候船的队伍后方，站在我前面的女子回过头来，是个日本人，而且是让人眼前一亮的美女，我的心也扑腾扑腾跳着。她穿着修长的牛仔裤，一头野性的短发，向我微微一笑：“你一个人旅行吗？”

我回答：“是的。”然后听到她喃喃说道：“哎呀……”反应有点儿奇怪。我实在不知道该怎么应答，真是个怪人啊，我想，虽然外表看起来精明，举止却相反地散发慢条斯理的柔和感。

终于可以上船了。船在不久后起航，目的地是阿伦群岛，也就是爱尔兰观光的焦点。

我在船上和刚认识的永子小姐聊天儿，她说自己已经三十二岁了，但完全看不出来，最多不过二十五六岁吧。她从事美容造型业，每年工作六个月，剩下的半年就拿来旅行。

“你的行李只有这些吗？”

我问道，她身边只有一个小小的背包。

“对啊，我只准备一套换洗衣物，剩下的都穿在身上了。”

“不过，我还有带这个哦！”她从背包里拿出CD（激光唱片）随身听，里头也有不少CD。

“我需要音乐。”她露出心满意足的笑容，接着说，“一边欣赏美丽的风景，一边听着音乐，我就会想哭，觉得能活着真是太好了。”

我凝视她的脸，在她的话中有些东西让我胸口一紧。

“明年我想去加拿大玩，有什么推荐的景点吗？”

“罗伯森山的健行步道非常棒哦！”

“我没办法爬山。”

“为什么？”

"因为有一条腿是假肢啊！"

她依旧满脸笑容地说着。一时之间，我不知道该接什么话才好。

"日常走路完全没问题啦，不过昨天找旅馆的时候走了一个钟头以上，现在大腿装假肢的地方还在痛呢！"

我终于明白为什么她的行李会少成这样了。

一到岛上，我马上先走一步去找旅馆，然后带永子小姐过去，自己才去露营区扎营。在路上，我看到岛上最大观光景点"褐安古斯石堡"的入口，我停下自行车，走进去看看。

在陡峭的碎石山路上爬了十五分钟左右，视野突然开阔，一片碧蓝的大海在眼前展开。

"太棒了……"在那里，可以看到标高似乎有一千米的断崖绝壁。

晚上我和永子小姐会合，到镇上的酒吧喝酒。她说只要喝到啤酒就觉得幸福，也真的开开心心地喝着。而且，这可是好喝的吉尼斯啤酒呢，我们接二连三喝了好几杯。两个人喝得很愉快，也差不多醉了，不停说着要蠢的趣事，接着聊到彼此的童年。话题一转到她的脚，气氛突然静了下来。

"十二岁的时候我得了骨肉肿瘤，结果就截肢啦！不过就算这样，救活的概率也只有百分之几，我运气真的很好。"

完全没想到她从那么小就行动不便。我说不出话来，只能凝视着她那依然笑着的侧脸。

"我现在反而觉得少了一只脚也不赖哦！有人对我说过，因为这样我对事情的看法才和一般人不同，这倒也是。"她说这些话的时候一点儿也不介意，在柔和的表情中，完全感受不到丝毫勉强。

临别之际，我终于说出一直难以启齿的话："我今天去了褐安古斯石堡，不过山路真的很难走。"

"这样啊，那我大概去不了。"

"不过……要是你愿意的话，我想我可以扶着你走。"

我有点儿担心她会说没这个必要，没想到永子小姐露出非常自然的笑容，说："谢谢，那就拜托你啦。"这让我松了一口气。

隔天，我们约在褐安古斯石堡的入口会合，开始一起爬山。我扶着她的手肘步行，她说手牵着手走路反而没有安全感，会让人害怕。一步一步慢慢地前进，步调非常缓慢，两个人一起这么走着，我才开始惊讶，她是用这种速度旅行的啊！

在途中的半山腰，我发现路旁开满了某种奇异的红花，像是打开的降落伞。昨天我一个人爬山的时候，只注意到有红色的花，完全没留意到它那不可思议的形状。我和永子小姐分享这件事。她好像早就注意到了，兴味盎然地看着这些花朵。

也许就是用这种速度来生活，她才能够发现许多我遗漏的东西。

花了将近一个小时，终于爬上山顶，大海就像天空一样辽阔。

“哇！我好高兴！”永子小姐大喊着。

在脚下的远处有破碎的白色波浪；往侧面一望，可以看到整座岛上遍地布满白色的遗迹群落，有上百座。眺望这壮阔的风景，永子小姐听着CD随身听，我画起素描来。接着我们到悬崖边散步，她突然俯身倒在毛茸茸的草地上，我连忙过去抱起她，她满脸微笑说：“没有啦，我是故意的。我就是想要这样躺在草地上打滚，好像很舒服呢！”

这一刻，不知道为什么，她看起来好自由自在。

那天晚上我们买了一大堆啤酒，坐在港边的长椅上喝着。她说明天要搭早上的船回去，而我打算继续环游这座小岛，还会待上三四天。我们畅谈着旅途的趣事，然后握手告别了。若可以的话，我想为她送行，但我扎营的露营区离港口还有好长一段距离。

可是，隔天一早我睁开眼睛，又突然改变主意。看看表，时间似乎还来得及，我跳出帐篷，脸也没洗就跨上自行车，全力加速飞奔上路。到港边时，船正好刚要起航。我对着船不断呼唤她的名字，快要放弃的时候，甲板上终于出现她的脸。

永子小姐一手拨开在风中飞舞的头发，露出满脸柔和的笑容。她说了些什么，可是被引擎嘈杂的噪声盖过了，我也大声叫喊着，不知道她是不是听到了。不过也无所谓，能看到她的笑容就足够了。

之后，我一个人爬上另一座断崖，听着随身听传来的电影配乐，用昨天学会的速度前进。景色缓缓地流动着，像被刀子削得毫无棱角、形状奇特的石头映入眼帘，我不时停下脚步，注视着石头不可思议的外形。

从随身听传来庄严的交响乐曲，站在悬崖顶上，眼前是一片广阔的大海。“一边欣赏美丽的风景，一边听着音乐，就会觉得能活着真是太好了。”脑海中，不断回荡着这句永子小姐说过的话。

# 每一段岁月都值得感激

◎杨熹文

我不是一夜之间胖起来的，但是我却仿佛在一夜之间被肥胖给毁灭了。

那是几年前我更加年轻的时候，我和我的第N任男朋友在饭店里吃一顿丰盛的自助餐。我在故意错过一顿午饭的情况下，轻松在半个小时内干掉了十个肉串、五个鸡翅、两盘杏鲍菇和三块黑森林。当我起身在餐厅里走上三圈，稍稍消化后又去端来一碗冷面的时候，我那少言寡语又多愁善感的男朋友，忽然用非常幽怨的眼神看着我：“别吃了，瞧瞧你那腰板子啊，就不能像别的女生那样注意点儿食量吗？”

我并没有理会他，坚持把一碗冰辣的冷面吃得过瘾，要不是他的目光停留在旁边餐桌的女生身上超过五秒钟，我还在心里盘算着去夹一碟辣白菜。那个女生，穿着牛仔短裙，露出纤细的脚踝，一张雪白的脸比我的巴掌大不了一点点。我的心里忽然有种不祥的预感，完了，大概我们离分手不远了。

可是我又突然想起八个月前，他站在寒夜里的路灯下泪眼蒙眬地和我说：“我是一个非常专一的人，小时候养成的午睡习惯长大了也舍弃不掉，十岁时喜欢科学杂志就一直坚持看了十年，十五岁时爱上吉他就一直弹到了现在，我相信自己爱一个人也会爱得很久很久……”我闭上眼睛接受了他的吻，心想，嘿嘿，他一定会一直爱着我，爱到地久天长，爱到海枯石烂。

可是第二天当我还躺在寝室的床上，懒懒地消化着胃里天南海北的食物时，却收到了这样一条短信，内容很多，涉及这八个月来我的种种无悔付出和心地善良，可是说到最后却话锋一转地变成了分手吧。我连忙打电话过去，发恐吓短信，威胁着说我要上吊自杀，可是当我蹲在寝室楼的走廊里撕心裂肺地大喊：“我不能没有你，你让今后的我怎么办呢？”电话那头的他叹了口气：“别闹了，不爱了，就是不爱了。”

后来他把我送给他的东西全部打包，在寝室楼前郑重地交给我。我的手指碰到他的手背，犹豫着要不要索要一个拥抱，可是他居然嫌弃地迅速甩开。那是和八个月前一样的路灯下，他离开时的背影拉得老长老长。

仿佛过了一个世纪，我还没有从失恋的坏心情里走出来。突然有人说他有了新的女朋友，于是我迫不及待地去那个妖精的微博看了看。从那之后我再也没有碰过那个微博。因为我在微博上看到的那个女孩子，即使用非常嫉妒的心情去描述，那也是一个非常美好的姑娘。

那之后的每一餐，我都吃得备受折磨。我去吃食堂的沙拉鸡排饭，一边和老板嚷着“多挤点儿沙拉酱啊”，一边脑子里浮现的是他新女友的小细腿；我去堕落街上的廉价火锅店，从一碗加了葱花的沙茶酱里看到他新女友的小蛮腰；我去吃寿司，不小心把最后一个寿司掉在地上，那四下松散开的米饭里都是他女友的巴掌脸；我去海边的小餐馆吃辣炒田螺，眼泪禁不住地掉下来，因为我在那一个个小到可怜的田螺里，忽然看到了那姑娘可爱的肚脐眼儿。

那时候的我是什么样子呢？我一米五八，一百三十五斤，五五分的上下身比例，身材比长相更加吃亏。可是那又有什么办法，吃在我的人生中占据了不可取代的地位，夜市里三块五一大把的炸鸡柳，小餐馆里色泽鲜艳的锅包肉和麻辣小龙虾，还有来自我爸妈打不败的肥胖基因……

起先我把自己的脂肪隐藏得很好，去照艺术照的时候，那位摄影师因为找不见一件适合我穿的衣服而面露难色地说：“看起来也不是那么胖啊，怎么这么藏肉！”也有坏心眼儿的姑娘在我吃完第二份分量十足的熏肉大饼时故意抬高了音调：“天哪，你吃这么多，怪不得胖起来哦！”再后来连下楼倒个垃圾，邻居大婶儿都得意味深长地说：“你这么年轻，大腿后面怎么都是橘皮呢？赶紧减肥吧，别让你妈操心。”

于是我气急败坏地，为了证明一个胖姑娘的自尊，和一个喜欢我很久的男生恋爱了，可是却又很快地失恋了。那是个非常善良的男孩子，他走的时候给了我一个拥抱，诚恳地对我说：“对自己好一点儿，胖一点儿有什么错，不要那么折磨你自己，一个人的时候你要照顾好自己啊。”他看起来是那么不放心，走的时候又再次回头叮嘱我：“你照顾好自己啊。”那一刻，我觉得如果我追上去从背后抱紧他，他一定会转过身跟我说：“你好好的，咱再也不分开。”

可是我没有，强大的自尊心让我在原地站得笔直笔直。我相信他离开我并不是因为我肥胖，尽管他瘦得像根竹竿，和我一点儿都不般配。我想他大概是厌倦了我饿极生悲的脾气和每次吃完饭都去抠嗓子眼的强迫症。很多年过去，我才渐渐理解，那种由深爱一点点变成无奈的行为，是因为我先不爱自己，他才无法再爱上我，这并不是他的错。

我没有听他的话，继续折磨着自己，喝减肥茶，吃减脂胶囊，可那些形状各异的脂肪，继续在我身上踏踏实实地活下去。

有一天我在春天里走着，忽然哭起来，那天明明天气很棒，气温很暖，周围的人都很友好，可我是那么不开心，我忽然想减肥了。因为哭着的时候我仿佛听见自己说，你不要再胖下去了，你还年轻，有那么多美好的事情还在等着你。

女人往往是在一瞬间下定决心的，我想起那个善良的男孩子在离开前一再叮嘱我，“你照顾好自己啊”，我决心去实现一个搁浅许久的誓言。我做瑜伽，做到汗流进眼睛里；我走很多路，经常独自步行七八公里；我开始跑步，跳上了跑步机，从四百米就喘粗气的体质跑成了十公里不败；我开始节制自己的胃口，把一个餐桌上凶狠的食肉动物慢慢调教成一个淑女的素食者。我似乎真的一点儿一点儿地瘦下去。

我花了很久很久，才渐渐瘦成一个普通人，经历过嘲笑、质疑和打击，可是我从未怀疑自己会到达这样的终点。因为减肥是一件多么美好的事情，它清空了我多余的情绪，令我爱上独处的日子，让我开始佩服自己的决心与意志。

如今我看着马路上走过的超重少女，心里还是会隐隐地产生悲悯的情绪。很多少女的青春期，都是被肥胖毁掉的。她们用一身赘肉来承担嘲笑、嫌弃和背叛，我就从那样的经历里一样不落地走过来。

可是我也会感激那些胖过的岁月，是一些人的离开让我格外珍惜如今的自己。在那些肥胖的日子里，我走过很多地方，拍了很多照片，也度过一段自觉相当灿烂的时光，并没有自暴自弃地亏待自己。可是几年后，再掏出那些照片仔细瞧瞧那时的年少青春，总觉得那样的美景，是该配一副更好的模样。这份心情，便是我对人生的觉醒。

一个女人，可以被很多东西毁灭，爱情的背叛，友情的疏离，亲情的冷漠，可是最不可以被肥胖摧毁，那是你亲手把自己毁灭。脂肪无法评定一个人的本质，但是它却在某个程度上显示了一个人的决心和执行力以及对待人生的态度。

几天前我的第N个前任结婚了，他和新娘的照片在朋友圈里几乎都刷了屏。你相信吗？在我之后他居然找到了一份真正天长地久的爱情，那个当年的姑娘和他一路走到了现在。我不再嫉妒他向她说过多少情话，只是给予沉默的祝福。她还是那样美好，依旧纤细，气质高贵而又优雅。很可惜就算是如今折腾一番，减肥成功、学会化妆又戴上了美瞳的我，还是没有她那样的身材和脸蛋儿，可是至少在我有限的青春里，我已经很努力很努力地成为最好的自己。

那一日我跳上跑步机，用两个小时四十六分钟无间歇地跑完了二十一公里，以此纪念，我胖过的爱情与人生。

# 第五辑

## 但称初心，各有不同

初心唯一，却各自不同，人世间的风景，岂有那么整齐划一？就像大江健三郎说的：“现在已经到了老人年纪的我，再回到故乡的森林里，如果遇到小孩子的我，应该说些什么话才好呢？”

# 如何安心

◎杨　健

有两件事讲的是如何安心的问题。

一是日本著名纪录片大师小川绅介在他的一篇文章里面曾经谈到他对米的感情："不知道为什么，没有米总觉得寂寞，当家里穷得没有米下锅，把钟表啦衣服啦拿去典当的时候，是很难受的。倒不是说有了米就能活下去，而是有了米，不知道怎么搞的，就觉得很安心。"

另一个就是台湾证严法师说过的一个故事。

有一位果农，辛苦地种了一大片果树，太太每天将孩子放在家里，让母亲照顾，自己跟着先生照顾果园。晚上回家，太太一定要孩子回到她身边。假如孩子还依偎着奶奶，她就会把孩子拉过来，责备孩子太过依赖。太太常常在孩子面前，对母亲很没礼貌。老母亲心里很难过，媳妇不在时，都是她在照顾孙子，为什么媳妇一回来，孙子就不能待在她身边，也不能吃她准备的食物？儿子看在眼里，难过在心里。有时会提醒太太："你应该对妈妈好一点儿。"太太就回应："孩子就像我们种的果实一样，我们种得那么辛苦，就是希望它结果啊！结了果实，我们要珍惜它，爱它。"这话更让先生感到无奈。

有一天，先生把果园的果树全都连根砍断。过了几天，树上的叶子和果实开始枯萎，掉了下来。太太着急地对先生说："怎么办？你看看，果实都掉下来了。"先生就对她说："你没看到吗？根断了。"

"为什么根会断呢？"

"是我把它砍断的。"

太太不敢相信："你这傻瓜，怎么可以把根砍断呢？"先生却理直气壮地说："对啊！树要照顾它的根，人也一样要顾根本。我是父母生的，妈妈辛辛苦苦抚养我，你不能和我一起孝顺妈妈，等于断了根一样，如何结出好果实？"

没有根，又如何安心呢？

有一位修行者，每天都忙着处理很多事情，但处事的态度始终如一。周围的人问他何以能够如此，他回答：“我站着的时候就专注站着，行走时则专注行走，坐下以后就会专注坐定，进食时也会专注进食。”“大家都一样啊！”提问者立即反驳。他又答：“不对，各位坐着时总是急着站起来，站着的时候又急着要走，走着的时候心已经飞到目的地去了。”这个故事也一语道破了如何安心的问题。

在古代中国，没有体验过精神上的宁静和专注是不受敬重的，因为你的心还没有安下来，怎么能受到敬重呢？而那些安下心来的人大都选择最简单的生活，或山中，或乡村，或云中，或松下，他们的所需也极为稀少：几把茅草，数株茶树，一块瓜田。他们的一生也许只留下一两句话，一首诗，或是一个药方，他们大都与时代脱节，却与山水云霞常在，中国历史从来没有忽略他们，一显一隐，中国历史人物的功绩向来由这两面的力量形成。

白居易是既显又隐，那就是外以儒行作其身，中以释教治其心，旁以山水风月、歌诗琴酒乐其志。这是他安心的方式。

苏东坡同样是既显又隐，在生前，他已是“帝王师”的身份，无论在朝与外任，无论做官与遭贬，皆保有一分“尧舜之泽，唯己之泽”，这是他安心的方式。他的另一种安心方式就是：“渊明形神似我。”“我即渊明，渊明即我。”

在今天，这两个人的安心方式像是完全行不通的了。

# 从太想要的东西中跳出来

◎周国平

一样东西，如果你太想要，就会把它看得很大，甚至成了整个世界，占据了你的全部心思。一个人一心争利益，或者一心创事业的时候，都会出现这种情况。

我的劝告是，最后无论你是否如愿以偿，都要及时从中跳出来，如实地看清它在整个世界中的真实位置，即它在无限时空中的微不足道。这样，你得到了不会忘乎所以，没有得到也不会痛不欲生。

# 到底什么是“爱自己”

◎Wang Adaaa

去年特低落的时候，一个朋友告诉我要爱自己。我问怎么就叫爱自己，她说你怎么对你在乎的人，就怎么对你自己。

太忙了，自己想省略午餐的时候，想象要是自己在乎的人没空吃饭，我肯定不准，哪怕不能自己下厨，至少也要买有营养的外卖送去。然后把自己想象成那个人，给自己订份外卖。

拖延症犯了，坐在书桌前磨蹭半天都看不进书，自暴自弃。想象读高三的表弟如果在磨洋工，我一定会温柔地鼓励他，再坚持一会儿，把任务完成。然后同样温柔地鼓励一下自己。

看到特别喜欢的东西舍不得买，想象如果这是我爸爸妈妈或者喜欢的人心仪的东西，我一定会毫不犹豫地买下。然后同样不犹豫地买下送给自己。

离不开错的人，太软弱，反反复复很虐心。想象如果是我最好的朋友深陷泥沼，我一定要做个恶人，无情地帮她了断。然后就无情地帮自己了断。

爱自己，把自己当别人来对待吧。其实我们大多数人都善良又无私，对别人比对自己好。

# 生活家

◎李银河

很喜欢“生活家”这个词。第一次在西湖湖畔看到这三个大字赫然镌刻在一块西湖石上，心弦被轻轻拨动。

“生活家”这个词，第一眼看去，会令人产生罪恶感。因为我们从小所受的教育，所形成的价值观，一向只有工作哲学，工作是人生第一要务，生命不息，工作不止，稍稍闲下来，犯一会儿愣，罪恶感就会油然而生。好像生命被浪费了，被虚度了。现在，有人把“生活”作为一种正面的人生价值提出，这是对我们的工作哲学的公然挑战。然而，这种工作哲学，这种使用时间和生命的节奏，其实是大可质疑的。

将工作视为人生最重要的价值，至少是一种本末倒置，倒因为果。人生最重要的是过一种舒适、宁静、沉思的生活，如果短短的几十年能够达到这样的境界，那就不虚此生。在人生说长不长、说短不短的旅途中，越早到达这个境界，就越早拥有人生的真谛。而工作应当是达到这个境界的手段。

# 让烦恼“拐个弯”

◎张　雨

在崔永元所著的《不过如此》一书中，有这样一段对话：

一天，鞠萍见崔永元忧心忡忡，便打趣地问道：“小崔哥，有什么不开心的事吗？”

崔永元不知从何说起，一声叹息。

鞠萍问：“你以前上班骑自行车吧？”

崔永元说：“骑，刮沙尘暴都骑。”

“挣的钱也没有现在多吧？”鞠萍又问。

“那当然。”崔永元回答说。

鞠萍听后笑了，一脸的阳光，对崔永元说：“好日子过着，还有什么不快乐的？”

鞠萍几句话，说得崔永元一切烦恼皆除，一身轻松。

美国畅销书作家卡耐基说过这样的话：“把没有意思的工作很有意思地完成。”只要稍微改变一下，让烦恼拐个弯，你眼中的许多事情都会悄悄地发生微妙的变化。

有识之士认为：“人活一世，看似长久，实则只有三天——昨天、今天、明天。昨天过去了，不必烦；今天正在过，何苦烦；明天还没到，烦不着。”这段话迸发出的理性光芒，启迪生活中的每一个人，都要学会“让烦恼拐个弯”，这样就能改变你的生活，改变你自己。

只要学会“让烦恼拐个弯”，心胸豁达，你就会一切都想得通，生活就会充满阳光，快乐就会永远伴随着你。

# 念之旋涡

◎林清玄

朋友被百步蛇咬到，竟然活命，成为医学史上的奇迹。他被咬到的过程，比医学更奇。出家的前一天，他在回台东山上寮房的路上看见一条百步蛇。他怕有人会被咬到，便挥手赶百步蛇。蛇游了三步，盘起如故。朋友心想："这样，还是可能咬到别人。"他挥手再赶。百步蛇又游了三步，盘起如故。朋友又想："你还是可能咬到别人。"他再度驱赶。百步蛇一动也不动。朋友忽闻山下出家人的谈话声。他心想："等一下，出家人从这里经过，就大事不好了。不如我把这条蛇捉了，带到山沟放生吧！"

朋友并未抓过蛇，但在书本和电视上看了许多捉蛇的报道，心想："捉蛇不会太难吧！只要捉住它的七寸，就没问题了。"他绕到百步蛇的前面，空手去按蛇的七寸。说时迟，那时快，食指立刻被蛇咬中，很快就陷入昏迷。一个多小时后，送台东马偕医院，无血清，转送花莲慈济医院。慈济医院为他注射百步蛇、龟壳花、青竹丝三合一血清，无效，十二个小时后，医生宣布不治。用飞机急送台中荣总，再打百步蛇血清，终于救活，完成了出家的心愿，法名"心了"。我问心了法师说："当时，你从未捉过蛇，为什么敢空手捉蛇，不会想到找一根棍子把它赶走呢？"心了法师说："当时的整个念头就像一个旋涡，只想到，我要把百步蛇抓走，以免它咬到别人。念头转来转去，只想到这个，就没想到找一根棍子，这应该是业障吧！"

我为之惊叹！

确实，我们的人生里，曾遭遇过许多"念之旋涡"，当那以业为动力的旋涡形成之后，我们的思维与反应都会被旋涡所吸附，处在迷蒙之状，无能为力。

但只要我们保持醒觉，在关键时刻，就会看见那个念之旋涡，跳脱出来，那必然之业也为之止息了。

更进一步，只要时时保持善念，形成旋涡，也会变成磁场，把一切好的思想、好的因缘、好的事物，旋入我们的心。

# 做菜征服“意志力软骨症”

◎吴淡如

## 这是一个真实故事

开始做菜时，茱莉已经37岁了，当时她不认为自己的人生还会有什么光辉灿烂的指望，然而，她记录自己做菜过程的博客大受欢迎——她如愿完成了自己的愿望（虽然她的偶像茱莉亚必然认为，这个女人只不过是在仿效她的食谱，有什么创意呢），而且，还意外地爆红了。她得到的报偿是：如今她已可在高级公寓里当个每天穿睡衣做菜、写作就可以赚大钱的作家。

按照别人写的食谱做菜，有什么权利可以爆红呢？我想，大部分浏览她博客的人，钦佩的是她说到做到的毅力吧。我们每个人都曾经许下一些类似的小小的愿望，比如，背字典学英文、照食谱做菜之类的，但总因持续力不够，败在过程之中。茱莉愿意认真且毫不懈怠地完成一个寻常人都有的、不太伟大但又很难完成的心愿，毕竟值得大家为她摇旗呐喊。

## 她是无心插柳柳成荫

我的朋友阿梅，本是骁勇善战的上班族，几年前回家当贤妻良母，去年孩子上了小学，十分无聊，看了这部电影之后，也决定效法女主角——她买了几本傅培梅老师的食谱，依样画葫芦学做菜，目前还在进行中。她说，虽然不知自己会不会有把每道菜都完成的毅力，但无论如何，生活多了“目的性”，每天有计划等待她完成，使她活得兴趣盎然。同时，她的勤于做菜，也引发了全家人的好奇——每天先生都会迫不及待地回家品尝她的杰作，无形中促进了良性的互动。

因为这样的计划，她的生活不再像一潭死水，而变成了一条轻快的河流，这也是她始料未及的。

每天学做一道菜是一种不赖的意志力训练法，任何人都一样，如果你经常抱怨日子无聊，人生找不到出口，那么，就为自己找到一件可以按部就班完成的事情吧。在锻炼意志力的同时，本来未必有目的的事情，可能会衍生出其他的意义来。

生命的礼物总会赏赐给坚持的人，也总在意外中来临！

# 背后的蛰伏

◎赵　星

每次讲完课，总会有学生来问：“老师，我签的公司年薪10万，15天带薪假，每年奖金×××。如果我5年内做到×××职位，年薪大概50万，但是会比较辛苦！有个B公司起薪5万，但是每年涨幅和福利特别好，加起来也不少，你觉得我该选择哪个呢？”

这是很多人给出过的选择题，但是好像大多数人都忘记了一句老话“多少耕耘多少收获”。很多看似收获很多的人，其实曾经有过许多艰苦的岁月，只是大部分人看不到也不愿意去看。

最近有一个特别红的职场奋斗士叫许单单，1982年出生的安徽农村小伙子，研究生毕业5年，跳槽3次，从一名年薪10万元的互联网公司职员，变成年薪几百万元的互联网分析师。2011年12月，他离开了工作两年的顶级中国基金公司加盟美国对冲基金，成为美国对冲基金唯一一位中国雇员。这样光芒闪闪的励志故事听过千百个，但是许单单只说了一句话：“人们往往只看到光鲜的结果，而不会去想象背后黑暗中的准备。”没人去关注他出身农村的贫穷和自卑，他在大学里一顿只吃两个馒头，没人关注他在研究生阶段就开始辛苦创业，没人关注他投过无数份简历，仍然被心仪的公司拒之门外，没人关注他在职场上不管加班到多晚，第二天客户说一起吃早茶吧，他都会去……

职场人爱杜拉拉、爱许单单、爱钱多多，其实爱的就是那个结果，而不是奋斗的历程。只有结果里那个百万年薪、爱情美满的结局让挣扎在不得志生活里的人心生一朵莲花。但是，如果只是憧憬一个结果，而自己不去奋斗，那别人的故事终究还是别人的，永远和自己产生不了共鸣和交集。而这个过程中的黑暗，其实是一个多么漫长的历程，漫长到简直要涅槃了都不知道到底值不值得，但大多数人都不愿意去体验这个过程。

人们总是不相信，量变的积累会发生质变。

人们总是相信，一夜成名、一夜暴富的传奇。

前段时间受邀参加新精英的梦想大会，给我印象最深的是一个名叫乔小刀的人。9年前，乔小刀是一个电焊工，还做过印刷工，在北京流浪，连住的地方都没有，就睡在公司里，身上搭着盖486电脑的大红布；9年后，他拥有乐队主唱、设计师、展览策划人、创意师、手工狂、丝网印刷专家、杂志主编等多重身份。我回来以后特地去查了他的背景，我发誓他过去的故事绝对是那天参加演讲的人中最苦、最让人崩溃的，但他的演讲是最欢乐、最以苦当歌、最让人泪中有笑的。一个不讲苦情故事的男人才真的让人心生佩服。9年，是一个漫长的过程，用“厚积薄发”四个字来形容都显得很粗浅。今天的乔小刀在全国办新书签售，走到哪里都人团簇拥，大家仿佛都想在他身边分享或者沾染一点儿才华的气息，但是这其中有多少人给自己一个9年的时光蛰伏呢？

电影《亲密敌人》里，徐静蕾问副驾驶上的一个小员工：“听说你三天没睡觉了？”小员工说：“老板，我们这样的人，毕业就百万年薪，出门都有专车，飞机都坐头等舱，我们这样的人三天不睡觉，也不值得同情！”这是这部电影很细微的一个片段，但是给我的印象最为深刻。反过来讲，那些吃过苦、受过累、经历过人神共愤的苦难的人，沉寂在日复一日的努力中慢慢往前走的人，有朝一日得到什么都是应该的，都是值得的，都是心安理得的，都是值得我们去羡慕嫉妒恨的。

每一个在办公室里匆匆的身影，每天忙得一塌糊涂，终有一天发现自己的才华用尽，墨水难挤，才开始害怕和担心。过于纷乱的信息、过于强大的成功学，让自己没有了选定一个目标并踏实努力的耐性与安详。不断地买进各种昂贵的书，痛下决心一定要读完，却总在工作半个小时后忍不住去刷豆瓣、刷天涯、刷糗事百科的职场人，有何资格去艳羡那些蛰伏之后的成功呢？

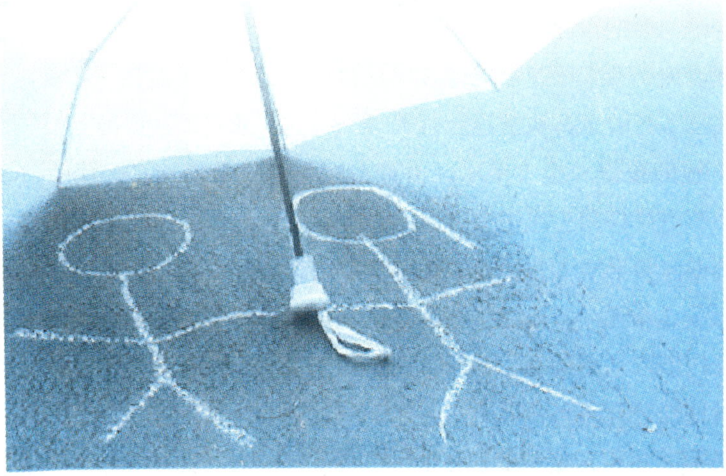

# 无处不在的面试

◎潘　旭

饭桌上，夹菜的动作、吃饭时的声音、面前桌面的清洁度等，都体现着一个人的修养。我常观察的是埋单的细节，有些人不爱埋单，能躲则躲，但即便躲得很巧妙，几次下来就会发现约他的人越来越少。那些总是抢着埋单的人，不是因为多有钱，而是把这当成一种修养。

送礼物的习惯也很重要，不管贵还是便宜，最重要的是用心与否。我不经常送礼物给朋友，但要送就选独特的。比如，我会把自己旅行中拍下的图片做成小册子送人，这样的礼物花不了什么钱，但有满满的心意在。我喜欢吃红枣，去买的时候会顺手多买几袋给爱吃红枣的朋友。把喜欢的东西跟别人分享，送别人需要的东西，这也是一种修养。

现在的人都很忙碌，但对于喜欢的人和事，我们要学会不忙。我的准则是，只要是想做的事或者想见的人，我总是能抽出时间，没有时间也会挤出时间；实在没时间，我会主动约其他时间。这种选择会让你知道什么重要，为什么而忙。

在状态不好时，我们都不太注重自己的打扮。但我的一位朋友很让人敬佩，她在任何时候都会把自己收拾得很体面后才出门。心情不好时，她会把自己打扮得更漂亮。她认为，女人很邋遢就像在暗示自己没有能力去胜任一些事：我被生活打败了，我被孩子打败了，我被琐碎打败了……这样就真的被打败了。

去年，她的孩子做了大手术，很多人以为她会忙得焦头烂额，但我却看见她带了一只小型电热杯和一小袋五谷杂粮，随时为自己煲一杯香浓的营养粥。每天都把自己收拾得体面干净，照例涂上淡淡的口红，头发盘得一丝不乱。

照料孩子的闲暇，她坐在陪护椅上捧着本书看，旁边放着一杯咖啡。她说："如果一碰到事精气神就乱了，那更麻烦。本来就是糟心的事儿，如果再吃不好睡不好，那岂不是把自己搞得更不堪了？"

人生的面试其实无处不在，你是以何种姿态应对的呢？

# 是你的但又不是你的

◎吕　游

你买下二十幢别墅，可一辈子只住过其中一幢，你能说那其余十九幢都是你的？不，它们不过是临时由你保管着。

你的财产永远是你的？可惜当你离去后，再多的财产也会更换主人；你买的房子永远是你的？可惜房子下的土地只有70年的使用期；你的儿女永远是你的？可惜儿女长大了都要离开家成为别人的丈夫或妻子。

你把一本书买下了，签上自己的大名放入书架，这本书就一定是你的？不，如果你只是把它当作装饰品，那这本书实际上已经不是你的了。书只有读过、欣赏过，才真正属于你。

你的钱虽然很多，但只有花了才能显示其价值。拿钱买食品你可免饥饿之苦，拿钱买房子你享受了舒适与温暖……若只是把钱一直紧攥在手里，你还能获得这么多的享受吗？

钻石再大，若永埋在地下也不过等同于砖石；黄金再多，若永埋土中也不过等同于黄土；时间再珍贵，若不抓紧利用也不过等同于流水……世上许许多多东西，若永远不为人所用，珍贵的也会变得一文不值。

有时你的也是他的，他的也是你的。他人栽下一棵树，同时你也享受到树的绿色、清凉与它所净化的空气，这树不也等于是你的？

凡是你自己做出来的，哪怕再少也是你的；凡是你贪占的，哪怕再多也不一定就是你的。得到太多却享用不完，早晚也不是你的，还不如拿出一些与他人分享，反而就成了你的。

# 让自己有一颗当下之心

◎于　丹

## 看看你忽略的路边风景

人们不愿意降低速度，是因为眼里只有终极目标。比如许多家长不断要求孩子参加各种补习班，目标只有一个，那就是考名牌大学。为了达到这个目标，在这个过程中，孩子和家长吃多少苦都认了。为了上名校，未来找一份好工作，将童年、少年时代所有的成长乐趣都放弃了。

人生之路，事业之路，不断提速，为了尽快达到目标，路边风景都被忽略了。但是，过程本身没有意义吗?

2010年4月，我去北欧讲学，本来应该从瑞典到挪威，再到芬兰，之后还要飞到希腊。结果在瑞典时，刚好遇到火山爆发，所有航班都取消了。我问主办方："我们还去挪威吗?那边的演讲、采访活动都安排好了。"他们说："可以的，挪威和瑞典很近，坐飞机一个小时，坐火车也就七个小时。"于是我们就改坐火车。火车开动之后，我惊讶地发现，自己像是穿行在一部风光纪录片里。我举着相机，左照照，右照照，眼睛忙不过来，手一直停不下来。

到了挪威，从首都奥斯陆到第二大城市卑尔根，又是七个小时的行程。我让当地的朋友买了一张地图。一到火车站，就在地图上画上一个圈，标上"早上8点11分从奥斯陆发车"，用相机拍下这个车站。一路往前走，一路拍风光，每停一个站就下去，拍一下站牌，在地图上画一个圈。刚刚穿过一个春光明媚的湖泊，忽然就到达一座零下二十几摄氏度的雪山，冒着寒冷冲下车拍照。刚刚跳上车，车门就关了，真是有惊无险。

在下午三点多钟璀璨的阳光中，列车轰鸣着到达了卑尔根。看着地图上被我画了那么多圈圈，标注了那么多时间，还有沿途的风光照片，我想，如果按照既定行程安排，怎么会有如此美妙的旅行呢?只是一个意外的火山爆发，航班停了，我才会改乘火车。之前如果有人问："你愿意用14个小时的火车车程来替换两个小时的飞机行程吗？”我一定会说：“对不起，没有时间，我要赶路。”但是这次，我发现了坐车的乐趣。

## 让自己有一颗当下之心

到达卑尔根后，我们又被困住了。火山灰越来越严重，哪里都去不了。被取消了讲学活动的日子，忽然变成了大把奢华的时光。当地有一座叫弗洛伊的山峰，我就说：“我们去爬山吧！”当地陪我的人很奇怪，说：“这座山大家都是坐缆车上去的。”我说：“没有关系，因为此时此刻的我有的是时间！”山上只有一条小路，我沿着溪水往上爬，走走停停，拍拍风景和路牌。就这样，本来乘缆车20分钟就可以上去的山，我花了四个小时才爬到山顶，然后沿着溪流坎坎坷坷地下到山脚。

那天朝晖夕阴，气象万千。一会儿阴雨连绵，一会儿阳光普照。回国后整理照片，回味无穷。我去过世界上不少地方，这次是最精彩的。就是因为这是一次被意外改变的行程，因为我有大把的时间，有空闲出来的心境，才有如此不一样的感受。

突然在一个陌生的地方有了一些全新的人生体验，难道不是一个美好的假期吗？

什么是当下之心？遇到了不可抗力，就焦虑、困扰吗？就疯狂地给不同的朋友打电话求救、诉苦吗？这次体验，就好比被迫进了一座亭子，让自己放松，且歇了一歇。

什么是生命的意境呢？就是意义和意思的匹配。当然，如果被困上一两个月，我也会觉得单调无趣，但恰好是一周。一周之后，我又可以回来继续寻找自己的意义。

如果不借助外在的力量，不受客观条件的制约，我们是否也愿意让自己停留下来，给自己一次享受过程美景的机会呢？

# 人生苦短，请勿忙碌

◎［美］蒂姆·克瑞德　译/詹　娟

我认识的每个人好像都在忙碌。当他们没有在工作，或是没有在做有利于工作的事情时，就会着急，心生负罪感。

如今就连孩子们都是大忙人，他们的时间安排精确到了以半个小时为单位。每天当他们回到家时，跟大人一样累。

如今的这种集体歇斯底里，对生活并非必需，也并非不可避免，它是我们在默许之后选择的结果。不久前，我跟一个朋友在Skype（一款即时通信软件）上聊天，她因为房租太高离开了纽约，现在在法国南部一座小城里做访问艺术家。她说，多年来，自己头一次感到快乐与惬意。她说现在的感觉有点儿像在读大学——有了一大群朋友，每晚大家一起在咖啡馆里相聚。她还交了个男友。（她曾这样悲哀地总结纽约人的感情生活："每个人都忙极了，每个人都以为自己还能做得更成功。"）她曾经误以为自己的个性是冲劲儿十足、暴躁焦虑、郁郁寡欢，结果发现这纯粹是受环境挤压变形的结果。

我一点儿也不忙，大多数时候，我会在早上写作，下午骑很长时间的自行车，再处理些杂务，到了晚上，我可以见朋友、读书，或者看部电影。这在我看来是个理智而又愉快的节奏。如果你打电话给我，问我是不是能搁下工作，去大都会博物馆看看翻修一新的美国之翼展厅，或是去中央公园看漂亮姑娘，或者喝上一天的冰粉红薄荷鸡尾酒，我会回答："咱们什么时间见？"

但在最近几个月，由于工作需要，我也不知不觉变得忙碌起来。生平第一次，我绷着一张脸告诉别人，自己"太忙"，没法做他们希望我去做的这事或者那事。我明白人们为什么享受这种抱怨：它让你觉得自己很重要、很吃香、很有利用价值。只可惜我实在讨厌忙碌的感觉。终于有一天，我逃离纽约。

无所事事远非一段假期、一种放纵或一种缺点那么简单，它对于大脑之不可或缺，正如维生素D对身体的作用。剥夺了无所事事的权利，我们的心智将遭受折磨，无所事事赋予了我们空间与宁静，这对于我们是必要的，我们因此能从生活中退后一步，更全面地观望它，能发现意想不到的关联，等待电光石火般的灵感。阿基米德在浴缸里大呼“尤里卡（有办法了）”，牛顿在苹果树下顿悟——在历史上可以找到大量关于灵感的故事，它都出现在人们无所事事、做着梦的时候。

如果所有人都跟我一样，这个世界也许很快就会完蛋。但我觉得，理想的人生，应该介于我本人目空一切的懒散与世人无止境的疯狂之间。我的角色只是提供坏影响，我就像那个站在教室窗外，对端坐在书桌前的你做鬼脸的小孩儿，催促你找个什么借口溜出课堂，去外面玩耍，一次就好，下不为例。懒惰与其说是优点，倒不如说是一种奢侈，但我是在很久以前就有意识地做出了决定，在时间与金钱之间选择了前者，因为我一直相信，这一生时光短暂，最好是将时间花在我喜欢的人身上。我想，临终之际，我或许会后悔当年没能工作得更努力些，没有说出那些该说的话，但我又觉得，在最后一刻我真正的愿望，可能是能再跟克里斯喝杯啤酒，能再跟梅根散长长的步，能再跟博伊痛痛快快地笑一场。

人生苦短，请勿忙碌。

# 越没有“我”，越快乐

◎梁文道

也许你和我一样有过这种经验：一件起初看来会让自己开心的事，最后却反而让自己痛苦。比方现在大家都在热议iPad（苹果平板电脑）和iPhone 4（苹果手机），假设我想我也可以拥有一件，必定会很快乐。于是我高高兴兴地跑去排队购买，结果排队时被人插队，踩到脚，日晒雨淋，终于轮到我了，却说卖完了。我可能因此变得好生气，好愤怒。原本想要悦己的事，结果变成虐己。

## 想悦己，得弄清“谁”是你自己

我还认识有些人，一辈子都活得很难过，总是记得十年前某某人欺骗他伤害他，或是某些童年阴影让他很不快乐。其实他仇恨的那些人，有的说不定早就不在人间了，剩下的也早就不再来往，发生的事早都变成历史。真正让这些事过不去的，其实是这个人自己放不下。这时这个“自己”就变成封锁自己的牢笼。他被关在那些难过的记忆里面，太在乎自己要求的正义没有获得，补偿没有实现。他想用怨恨来补偿快乐，却离快乐越来越远。你看，我们变得和追求快乐的目的背道而驰，往往是因为没搞清楚，那个想要取悦的“自己”，究竟是谁？他是由哪些部分构成的？或是糊里糊涂把父母、老师、朋友，甚至大众传媒告诉你的需要，不假思索地当成自己的需要；或是固执地认为应该坚守一个理论上不应该改变的自我，把自己变成“自我”的囚徒。

所以我常觉得，放弃“自己”这个概念时，说不定会快乐很多，轻松得多。

## 和自己保持距离，才能看清自己

我们常常要透过别人这面镜子，了解自己。但既然是镜子，就有可能变形或扭曲。这时，我们要靠自己敏锐的感觉看清楚自己。每当你觉得快乐或不快乐，满足或不满足时，你都清楚地跳出来看一下自己，这时被刺激被满足的究竟是什么？我需要这样的满足吗？

拿最近发生在我身上的一件事来说吧。上个月，我到北京工作，刚到的第一天，正在准备第二天一场千人的盛大活动，家人忽然来电话告诉我，我从上大学起养了17年的猫，小吉，忽然死了。那一刻，我脑中一片空白，毫无意识地猛然站起来。小吉像我的女儿一样，跟我很亲，从小就会爬到我的毯子上来睡，我一直看着它长大。

我连着好几天都摆脱不了那种空白，不可抑制地想象它最后倒在地上的那一刻。它可能拼尽力气地发出最后的哀鸣，抑或疲惫地沉沉睡去。生命究竟是什么？那具躺卧的躯体分明就有小吉的样子，但它比起之前还爬得起来的活物到底少了些什么，或者多了什么呢？

我很难过，就像失去一位亲人，慢慢地，我开始思考，我究竟为什么难过？也许我难过的只是从此失去某种习惯：比方我以后再也不能回到家的时候，用一种特有的声调呼唤它的名字，期待它的出现；晚上睡觉时，也再不能期待它跳到我的枕头上，用它的小脑袋顶我的头；没办法再在我的衣服上找到它的毛……这些东西我知道以后不会再有了。

我发现，难过的其实并不是失去这个伴儿，而是失去了我自己身上的某种习惯。你为从此不会再做某些事了而难过，就是一种很强烈会让你不快乐的执着。

## 快乐不快乐是有一只手在推你

我们常常会为失去的东西难过，但最好玩儿的是，东西还没到手，我们往往就已经开始担心会失去它。其实你没得到的东西，本来就不是你的；失去的东西也不是你的。用佛语讲就是：“过去心不可得，未来心不可得。”就像我的猫，它离开了，就不再是我的了。

人最痛苦的，莫过于为“已失去”和“未得到”纠结。

## 越能放下自己，你就越快乐

对现代人来说，爱情也常常是喜忧参半。我们听过太多女人为男人而心碎的故事，也听过太多男人会花心、好色的理由，甚至有人对此提出生物学理论，但我想说的是：“人并不是自然的囚徒，人有能力摆脱本能的束缚。我们今天所有的道德规范，都来自对自然本能的约束和否定。”

我承认，在花心这个问题上，男人可能有各种各样的理由，甚至有客观理论支持，但这些都不表示可以成为一个借口或必须发生的事。在爱情世界里，男人对女人的误解，女人对男人的迷思，也许的确有很多客观事实依据，但我相信，人们都是有能力去改变这些东西的。

在爱情中，往往越没有自己，越快乐。太强调对自己的满足，是欲，不是爱。欲望这个东西可怕在，它永远满足不了。好比买车，有了劳斯莱斯，还希望有布加迪；搭飞机，搭头等舱，不如买私人飞机……你会发现，这个过程永远无法满足。在爱情里也是这样，如果你总想满足自己，你就永远不会得到终极满足。当你越能放下自己，投入像冒险一样的过程里面，你才会开始快乐。

我们总希望做的每件事、度过的每一刻都要有用，于是不再留时间散步了，不愿意坐在窗下发呆了，换句话说我们不闲了，这样其实少了很多孕育灵感的机会。当我们失去这些机会，人就不太会有大变化，很难跳出原有的格局。

为什么？你看“用”是什么意思？它就是你已设想好的目的。当你所做的一切，都是为了满足既定目标，你就没办法发现在这个目标范围外，更广阔的可能性是什么。所以读一些无用的书，做一些无用的事，花一些无用的时间，都是为了在一切已知之外，保留一个超越自己的机会。人生中一些很了不起的变化，就是来自这种时刻。

# 喜欢你所得到的

◎编译/班　超

旅行者："明天的天气如何？"

牧羊人："将是我喜欢的那种。"

旅行者："你怎么知道是你喜欢的那种？"

牧羊人："道理很简单，先生。烦恼的一大根源，就是想得到自己喜欢的、排斥自己讨厌的。我知道不能总是得到我所喜欢的，所以，已经学会总是喜欢我所得到的。这样，我便敢肯定地说，明天的天气是我喜欢的。"

# 做个开心的“两面派”

◎崔慈芬

去过罗马之后，我便在手提包里塞了枚铜板，铜板上印着古罗马神。这位古罗马神是一位两面神，每年元旦，古罗马城都要向他献礼。他前后长着两张面孔，向后的一张面孔用来观察过去，吸取历史教训；向前的一张则是面向未来，带给人们美好的憧憬。

人的确往往有两面性。我们经常在面对工作和面对自己时产生很大的矛盾，又或是在公共领域和私人领域冲撞时爆发性格上的冲突，一点儿也不开心。我们不妨看看这位古罗马神，想想他的论调——两张脸都是自己！

我到威尼斯，遇见一位拥有建筑学博士学位的导游。跟着他的脚步穿梭在威尼斯小巷，听着他娓娓道出威尼斯伟大华丽的年代，真是享受。

面对这么一位有学识的导游，我终于忍不住问他：“你喜欢威尼斯哪一点？为何选择待在这里？”

聪明的导游嘴角略微扬起，说：“你是不是想问我拿了建筑学博士学位，为何不去外面高就，还窝在这里做导游？”尴尬的我只好承认自己管不住那庸俗的好奇心。

“在这儿读建筑学博士往往要花上10年，但一旦待上两年，人们都会爱上这里。我回到亚洲，看到大家只知道拼命应酬赚钱，可就算我搞建筑赚了大钱，又如何呢？在这美丽的城市，当导游聊建筑是件很开心的事，我愿意把往后几十年全部献给意大利。我带过好多有钱人的旅行团，这些人都说很想跟我换换角色过日子。”博士导游说。

在威尼斯划“贡多拉”小船的船夫多半是“家承制”，可能家里三代都是当船夫的，他们认为划船这份工作无关贵贱。的确，威尼斯人和我们的价值观、人生观很不一样。他们从小如果不是读书的料，家长们会早早就将孩子送去学才艺、打铁、美发或制鞋。他们凡事依着自己的“心”来做事。

近日，我有一位位居高位15年的女强人朋友，忽然抛弃既有的成功，到纽约学习心爱的美食烹饪技术，而且一去就是3年！

重新开始自己的另一段人生，其实不容易，是需要一点儿胆识的。但进一步想，有“胆识”其实不难，更难的是很多人在面对选择时不知道该做别人心中认可的自己，还是选择做真实的自己。我们不妨练习一下当个古罗马两面神——

第一，学习古罗马神的“妥协”。“满意自己的现况，随时随地做自己”并不是件容易的事，有时必须懂得妥协。

第二，周末不妨面对镜子，静下心来想象三五年后的自己。你希望看到什么样的自己？想象中的未来和现在是否有冲突？“做自己”绝对不是有钱人才能做的事，如果超过40岁，还在做别人，那么你的榜样永远是别人，这样会很辛苦。

第三，要找回“感觉”。社会世俗会让人变得“无感”，我们要时时想着古罗马两面神，不要只看无奈的过去，而是面对未来，要有美好的幻想与盼望！

# 不是派头

◎古　龙

台北有一家很特别的小馆子。馆子虽小，可布置得很干净雅致，墙挂名家字画，门悬五色彩灯，再加上确实有几样拿手好菜，因此每天座无虚席。馆子生意特别好，价钱特别贵，老板的派头特别大。开的虽然不过是小馆子一间，派头看起来却好像开着好几十家希尔顿一样。

多年前坐三轮车，一次坐上一辆新车，车子擦得漆黑闪亮，白铁车身闪闪发光，前后上下还饰以彩灯。车夫先生脸戴“雷邦”墨镜，正式告诉我：“我这辆车，保证天下第一。”说话的神情，比开一辆“劳斯莱斯”还要神气十倍。

我听了深受感动，忽然发现这个世界上就需要他们这种人，把小馆子当作希尔顿经营，把三轮车当作陆上行宫。

这不是派头，而是一种敬业精神。

# 停止做上帝和神婆

◎张德芬

活得那么累干吗？放手吧。臣服吧。我们是舞步，生命才是那舞者！

最近一直在学习“放下”和“臣服”的功课。

其实我发现，“放下”和“臣服”很简单，就是停止做上帝。

这并不是说要你放手不干了，什么都不管了，而是在紧要关头，你是否能放手让自然的力量来掌控。而且在你所求不遂的时候，是否能够“臣服”，愿意接受生活本身自然的律动。

做上帝有很多层面：

第一，上帝的角色就是想要去拯救别人。

这是灵性中人最容易做的事情。学了一些灵性的皮毛，发现了一些人生的道理，就迫不及待地广告诸亲友，想要让他们知道，他们可以过得更好。这种行为本身没有什么错误，但是会影响我们自己的心灵成长。一方面，如果你把其他人都看成受害者，都是需要“拯救”“改善”的人，那么你就是在制造受害者，你就会聚焦于他人的不足、不美好，而扩大它们。

而另一方面，这种行为是在满足小我的所欲，觉得自己高人一等，借由帮助别人来逃避自己的心理问题，借由帮助别人来满足自己的优越感，这对我们意识提升没有什么好处。

这并不是说你就此不能帮助别人，不能和其他人分享你的灵性成长心得了。而是说，当你这么做的时候，你是否有很清楚的觉知，知道自己只是在分享经验，没有任何优越感或是要对方改变的前提在其中。

第二，上帝的角色就是视自己为圣洁的象征，道德高尚，所以会去批判那些不是同等神圣的人。

我印象最深刻的就是耶稣的一个教导，有人抓了一个妓女在耶稣面前，说这个女人是罪人，大家要按惯例用石头打死她，征询耶稣的意见。耶稣当时蹲在地上画字，头也不抬地说：“你们当中有人没有犯过罪的，就可以丢石头打她。”结果周围的人一个一个离去，只剩下那个女人。

其实，现在每当我指责别人的时候，心里都有个小小的声音说：“其实他有的你都有，只是程度不同而已啦。”这个声音说的是对的。

所以放弃做一个批判、论断的神吧。你可以有洞察力，知道事物的当下状态，但是可以不用为它们贴上标签。

第三，上帝的角色就是要求所有的事物按照我们规定的时间以及我们喜欢的方式发生、发展，或是周围的人要按照我们想要的方式做事。

当你埋怨交通堵塞时，你就是想充当上帝。当你埋怨你老公工作过度、应酬太多，想去改变他时，你就是想充当上帝。当我们想用各种方法去操控、驾驭、玩弄别人的时候，我们就是在扮演上帝的角色，不管这个别人是你的孩子也好，配偶也好，父母也好。

爱因斯坦说，疯狂的定义就是用相同的方式做同样的事情，却期待不同的结果出现。我想，如果大家同意这个定义的话，那我们绝大多数人都是疯狂的——总是不停地在和周围的人奋战，试图改变他们，好随顺我们的意思。生命是流动的，我们在其中生活应该是毫不费力的，就像被河流撑托着往下游流去一般。是我们的挣扎、努力，让生命之流被阻碍堵塞了。

计划赶不上变化。人再怎么计划，也赶不上老天的变化。

活得那么累干吗？放手吧。臣服吧。我们是舞步，生命才是那舞者！

让生命自己跳舞吧！

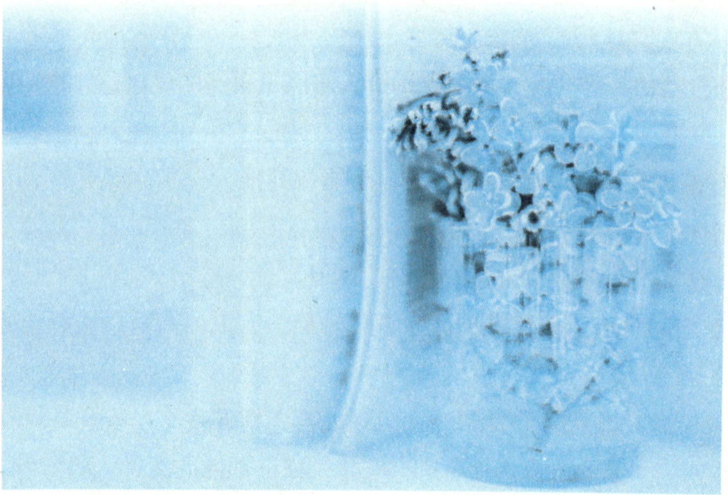

# 你为什么活得累

◎佚　名

我们活得累，一是期待过甚，总盼着玉米地里长黄金，小河沟里捞大鱼，预期与现实脱节，条件与结果相悖；二是设想过高，总以为攀高无须坚韧，涉远不用艰辛，对局势判断不准，对困难估量不足；三是强求过多，与己无关、无缘、无用的，皆想据为己有，攫取欲望太深，攀比心态太重，终是乱了心神，迷了人生。

# 认识你自己

◎张德芬

有时候我们自己都会觉得很懊恼：为什么我还是改不了？为什么我会遭遇这样的事、这样的人？你所在的那个层次，不但决定了你会吸引来什么人和事物到你的生命中，而且会决定你对这些东西的反应，就这么简单。

那么，我们如何提升自己的意识层次呢？

首先，就是要面对自己。

而面对自己的第一步就是要观察自己，以培养觉知。你是否了解自己的起心动念？你是否时时记得自己，还是任由无意识的思想、情绪、模式牵着你的鼻子走？你是否能够体察到当下的状况——你的内在此刻发生了什么事？

最近我对于观察自己有些心得。所以综合在这里和大家分享。这些都是实际而且在生活中可以应用的方法。观察自己，到底是要观察什么呢？主要是以下四部分：

1. 当你发现自己有负面情绪的时候（任何负面情绪：生气、不高兴、沉闷、烦躁、嫉妒等，或者说不舒服），你要在心里认识到这点。一个小小的注意，就像在书上打个钩一样，就是告诉自己：哦！我有负面情绪了。这时候最重要的是把注意力放在自己身上，而不是放在那个引起你负面情绪的人和事物上。

2. 接下来试着去看见你在想什么，就是去观察自己的思想。如果你能够倾听到那个“脑袋中的声音”，你就是在观察你的思想。听到了之后，也许自己会吓一跳：我怎么可能会有这种思想？这个时候请你带着知觉和爱去观照它。它只是一个思想，不代表你，不要去与它认同。不要批判它，只是看着它。

3. 你此刻有什么情绪？如何观察情绪？有些人连自己生气了都不知道。其实最简单观察情绪的方法就是去观察你的身体。因为情绪就是身体对你的思想的一个反映，只不过有的时候你还没觉察到思想，情绪就起来了。感觉你的身体哪里紧绷？胃部是否有不舒服的感觉？心中央是否紧绷或是抽痛？身体是否颤抖？这些都是情绪在你身上作用的结果。观照它，允许它存在，全然地去经历它，不要抗拒。

你会发现，你的全然接纳与经历，会让它更快地消失，甚至转化成喜悦。

4. 觉知到自己此刻的动态。无论你在做什么，把注意力转移到你身体的动作和脸上的表情上，你可以想象自己手拿着一部照相机，把此刻自己外在表现的状态照下来。

为什么要做上面的观察？因为我们大多数的时间都生活在一个自动化的人生模式（或说是导航设备）之下，没有太多自主意识。而且我们都是认同于自己的情绪和思想，所谓认同，就是任由它们操控我们，摆布我们，而我们对它们言听计从，甚至以为它们就是我们，而不知道，我们其实是大海，海上有浪花。大海就是我们的意识，而浪花是我们表现在外的次人格。很多时候次人格造成我们的困扰，而我们要做的，就是与它分开，认出它来，知道它不是真正的我们。

以上的练习，是去培养一个慈悲观照者，这样你就是在培养内在的力量与智慧，因为你的意识在观察的那一刻，是回到它本然的状态，而不是思想、情绪和人生模式所认同的状态。当你持续这样操练你的内在肌肉，你的意识会提升，因而减少被自动化人生模式操控的时间，慢慢收回自主权，不再被周遭的人、事、物操控我们的喜怒哀乐。

# 做别人生命中的加号

◎张德芬

你有没有想过，跟人相处的时候，你能为别人的生命带来一点儿什么东西？即使不一定是实质的东西，但可能别人跟你在一起的时候，会觉得很舒服。或是跟你谈一谈心，心结就解开了，或是在你身上看到一些他没有的特质，能够鼓舞他。这些就是我说的“做别人生命中的加号”。

我一直认为，人与人交往是有所图的，那人家图你什么？比如说我们家阿姨，她来我家工作，我除了付她薪水之外，还能给她带来什么东西？因为我付这份薪水，别人也可以付同样多，为什么她会选择我而不是别人？我为她的生命中加了什么东西？

从这个观点看，每一个跟我来往的人，我都希望，我是他们生命中的一个加号，他们的生命能够因为我而变得更丰富、更多彩。你的存在让对方受益，自己也会很开心，这是非常有意义的事情。

但反过来说，如果你一心一意想成为别人生命中的加号，这反而是给自己增加了一个负担。如果走到哪里都要为别人着想，把自己的利益放在最后面，那就太累了。因此，这个尺度要拿捏得很好。

我很喜欢与人分享，也很喜欢给予，但是当我觉得给到一定程度已经够了的时候，就会适可而止。不要非得做别人的加号，非得为人家付出，因为你做别人生命中的加号也是要有缘分的，前提是人家愿意接受，有些人是没有这个空间去收容的，那你给予得再多也没用。

那怎样做别人生命中的加号？我觉得最重要的是先把自己的需求都满足。只有自己的需求都满足了，才能轻装上阵，这样，你为别人做事情时才能端正心态——不图获得你的感恩，只要你跟我说句“谢谢”就好了。

如果你的需求没有得到满足，你也可以去跟别人要。但前提是要非常清楚自己的状态，自己需要的是什么？能通过什么途径获得？要对自己的起心动念，以及自己的行为负责，这样才能够有一个比较清楚的觉察。幸福的人就是一个能跟自己好好相处的人，只有对自己非常了解，才可以做自己最忠实的支持者和观察者。

现代人最大的问题就是每天浑浑噩噩地像机器人一样过日子，没有把注意力拿回来放在自己身上，去觉察自己到底为什么这么做，为什么这么说，此刻，我的情绪为什么会这样。对自己少了一份觉察，目光始终投射向外，光顾着看外面的世界，看外面的人，这样的话，你做不了自己生命中的加号，更做不了别人生命中的加号。

# 体内的小人

◎冯骥才

小人，是指人格卑下者。但这里要说的可不是那些在生活中时不时会碰到的小人。我说的小人在我自己的身上，或自己的体内。

小人原本在每个人体内，包括伟人，何况我。人本善，还是人本恶，其实善恶兼有；人当然有人性，却也带着兽性，两性并存；善是用来克制恶的，否则便成了恶人；人性是要来克制兽性的，不然就成为兽类。小人呢？

善与恶和人与兽是对立的，小人却不是。它如果在别人身上很好识别，比如某人好嫉妒，某人好挑唆，某人趋炎附势或卖友求荣，会看得清清楚楚，但这小人在自己身上便不易察觉。它不声不响隐藏在我的体内，暗地作祟，当它表现出来——由于与自己利害相关，往往并不自知，可是在别人眼里，我就显出那么一种小人的意思来了。人常说，身边的坏人好防，小人难防；可是自己体内的小人就更难防了。

体内这些小人什么模样？弄不清模样怎么防？

夜读《山海经》的插图，都是神头鬼脑奇肢怪体，一下子居然“瞧见”了这小人的模样。尖头如锥，小眼如灯，舌如条锯，身如烟缕，这样怪的东西居然就潜藏在我们的体内，甚至是我们的一部分吗？

是的。由于它和我们的私欲、妒忌、虚荣、贪婪等无形地融为一体，不但不被我们发觉，反而成为我们本质的一部分；它也是人的本质和人性的一部分。这样，它就一定会表现出来的。但在它表现出来时是不知不觉的，不会觉察，可是一旦它赤裸裸地呈现出来，我们可就站在高尚的反面和人性的阴影里了。傅雷先生在其所译的《约翰·克利斯朵夫》的序文中不是也说过“真正的光明不会永无黑暗的时刻……真正的英雄也不是永无卑下的情操……”吗？

当然，体内的小人最初并不这么可怕。我们或许有点儿贪心，心生妒忌，有些私欲与别人的利益相关。每当此时体内的小人可就会自然而然地冒出头来。当它满足了我们，使我们得到好处，我们便会放纵它。久而久之，它就来操纵我们，异化我们，一点点使我们成为货真价实的小人。关键是我们能不能抑制它，战胜它。我们不可能消灭小人——因为它是我们的一部分。我们只能抑制小人，对它保持警惕，不能叫它在体内“长大”，从而使自己走向自己的反面。

所以，我们必须在自己的心里画一条自我的防线，将体内的小人视为自己的敌人，因为战胜这种体内小人的力量，不在别处，与他人无关，全都在自己身上。

我知道，我不可能全部消灭自己身上的小人，但我会对它警惕，以战胜它作为自己为人的快乐。

## 善求与恶求

◎星云大师

波罗奈国中有位大富长者，结婚多年，他的妻子终于怀了身孕，因为是头胎，整个家族都期待新生儿的降生。

月满之际，产下男婴，形体端正，深获父母和族人的喜爱。七天后，长者施设美膳，邀请亲戚好友同乐，并礼请全国有名的相师，为新生儿取名。长者抱着孩子，在众多亲友的欢呼声中走出来。相师问说：“这个孩子受胎时，有什么祥瑞的感应吗？”长者回答：“受胎时，他的母亲自然和善无嗔。”相师为孩子取名为“善求”。乳哺长大，个性慈愍，不伤禽兽，看到病苦乞者，常常央求父母救济。

善求两岁时，母亲又再怀孕。在一个乌云密布、天色晦暗无光时，母亲生下他的弟弟。初生儿的形体丑陋，稍有不遂其意，即愤怒号哭。长者立刻派人延请相师前来。相师问说：“这个孩子受胎时，母亲有什么异样吗？”长者回答：“母亲怀他时，性情变得暴躁易怒。”相师为孩子取名为“恶求”。恶求长到会走路时，就喜欢践踏蝼蚁小虫，个性残酷又嫉妒。

两个兄弟，天壤之别，一个宛如炳然的日月，一个却似腐败的朽木。直到善求二十岁，恶求十七岁，父母为了让他们学习独立，要兄弟二人各自带着五百侍从，一起入海求索宝物。路途中，善求不幸遇到盗匪，抢走他们的车骑财物和所有的粮食。众人饥渴交迫，正处于生死攸关之际。在空旷的土地上，有一棵枝叶繁茂的大树，善求和五百侍从，跪着祈祷树神的救济。树神现身说：“由于善求平日的仁和慈愍，因此神感应到你的求救。只要你们折去我身上的枝叶，所需当出，满你们所愿。”善求折去一枝，美饮流出。折第二枝，种种食出，百味俱足。折第三枝，出诸妙衣，种种备具。折第四枝，种种宝物，悉皆俱足。众人在跪谢树神的恩德后，准备走出树林，踏上返乡的路。

后到的恶求看到哥哥获得如此充足的收获，心想，这棵树的树枝能出种种好物，更何况它的根呢？我如果砍伐它的根，一定会得到比哥哥更殊妙的宝物。于是恶求令人砍伐树根。善求告诉弟弟说：“这棵树是我们的救命恩人，我们在饥乏无援时，承蒙树神的救济，得以有命！你为什么要砍伐它？”善求苦苦哀求弟弟，放下砍树的恶念，但是被贪欲蒙蔽良知的恶求，一句话也听不进去。

当树倒地，恶求及众人兴奋地挖掘树根时，五百罗刹涌地而现，取恶求等心肝骨髓，啖食无存。

善求恶求，都是我们这颗心，一个是清净满月，一个是阴霾黑暗。善求感恩树神出美饮甘露，百味食馔，上妙香衣，珍稀宝物。恶求伐树掘根，使他们丧命的不是恶面罗刹，而是他们内心的罗刹鬼怪，早就噬尽他们的良知，他们的道德。

一个有感恩心的人，就是持戒清净的人，他们少欲自足，惭愧正观。活在感恩的心灵净土中，昼夜饮食饱满，香衣披戴，璎珞珍宝庄严身形，所求皆办，悉无贫乏。

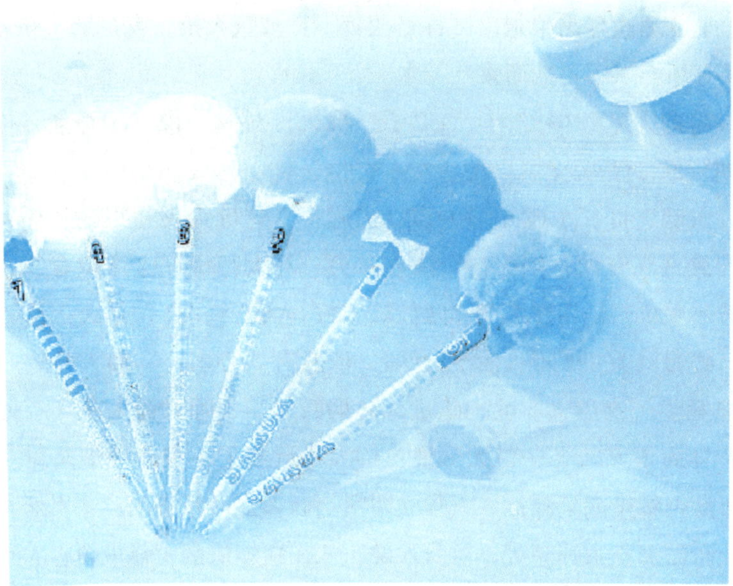

# 高兴是火，烦心是烟

◎程　刚

古时有一位盐商经营有道，事业非常成功。可不知为什么，他总是高兴不起来。

这天，盐商到寺庙里对大师说："大师，在别人眼里，我是一个成功的人，可我为什么开心不起来呢？""那肯定有烦心的事。"大师笑着说。"大师，虽然这些年我做生意总体算是盈利，可各路盐货不是被贼人抢，就是遇上价格下降……反正每天都有烦心事。"盐商大吐苦水。

大师带着商人来到禅房外，点燃了一堆火，对商人说："施主，你的生意就如这堆火。"商人有些茫然。

此刻，火势正旺，大师对商人说："施主，这堆火现在很旺，代表着你的高兴，可这堆火到底有没有烟呢？"商人一笑，对大师说："肯定有烟了，只是烟很细微，看不见而已。"大师略有所思，对商人说："高兴是火，烦心是烟。在火势最旺，你最高兴的时候，依然有烟，依然有烦心事。"商人一愣。大师从旁边拿来一把湿柴，放在火堆里，此时，浓烟四起。大师对商人说："施主，你看见烟了吗？"商人又一笑，对大师说："大师玩笑了，现在浓烟四起，看得很清啊。""那是否看见火了呢？"大师立即问。商人立即回答说："当然有火了，只是火势不旺而已。"大师笑了，对商人说："在浓烟最密，你最烦心的时候，依然有火，依然有高兴的事。"

"高兴是火，烦心是烟。生活总是一边点着火，一边冒着烟，高兴的时候有烦心，烦心的时候有高兴。"大师大声对商人说。

商人听后，顿悟。

# 内心没有方向的人，去哪里都是“逃离”

◎古　典

逃离北上广已成为流行词多年——有几年，人们先是嚷着要离开；然后是越来越多的人在郊区买房买地，接着是先驱者开始晒自己在丽江、大理、威海的定居照片；这段时间，又有一部分人受不了小城市的平淡，默默地回来。

离开一线城市我们有很多去处——二线城市、老家，有钱人可以去国外……但是，如果你不知道你在寻找什么，世界之大，你又怎可能找到自己喜欢的地方？你最需要知道的是不同的城市，各自有什么好处。

## 职业与生活的多元可能的不同

大城市最大的好处，在于作为世界的中心，这里有无限可能。越大的城市，有着越多的职业和文化的可能。大城市有各种有趣的职业任务、项目、职位、公司和企业的形式。

小城市的可能性锐减，职业种类和文化都单一起来，但是其纯度却大大提高。小城市自有小城的风范，所以在你选择一个小城之前，一定要找到小城市的文化核心所在，并确认你真的喜欢它。青岛、珠海海滨的宁静，长沙、武汉的生活气氛，成都的安逸，西安的厚重，昆明的宜人。正如逛商店，一开始你喜欢到处看看，寻找可能性。几年下来，你会知道自己的风格，直接走入某个品牌店，那里有最多属于你的东西。

所以如果你还是一个希望生活有更多可能的人，把可能当成生命中很重要的东西的人，城市对于你的魅力是致命的。如果你已经找到自己内心所需，径直走向一个你喜欢的城市，则是最好。

## 生活的压力不同

一线城市的房价贵、消费高，是不争的事实。但当你看到房价高得让人绝望却还在涨，35元只有一个鸡腿的盒饭却还是卖到排队，你就该明白，大城市也为相当一部分人提供了与之相匹配的收入水平，或者至少是可能性。这有点儿残酷——你觉得高，只是因为你不是获利的人。大城市是个大的赛场，赛场附近堵车、人挤、高压力又乌烟瘴气，却也有巨额赏金——你是决定再试一把，还是换个游戏玩？这个纯粹是你的个人心气问题。

同样道理，小城市没有高压力的淘金游戏，有合理的物价，相对轻松的房价，以及相对从容的工作，也有稳定平静的工作。小城市面临的不是消费压力，而是收入的压力。你拿着只有以前一半的工资，以一半的效率工作着。虽然够用，总觉得亏。这样的低节奏也带来了高速运转的大城市人的恐慌，这样再过几年，你也许永远回不去了。

最后是特殊资源——不同的地方拥有不同的资源。大城市几乎集中了中国最好的教育、艺术和医疗资源，还有政治和金融资源（如果你玩这个的话）。而小城市也有特殊的资源，和父母亲生活在一起，在家乡生活的归属感，以及来自家庭的各种人际关系。

### 让你的人生先打开，再合拢

只有你明白了各自的好处，你才能在不同地方真正过得好。

你永远无法停止逃离，除非你找到自己真正想要追求的。要清楚地做出选择，每个人都需要认真思考：你这个阶段到底想要些什么？职业、自我、家庭……你的重心在何处？精彩、多元、归属、从容、可能、宜居……哪些是你不可或缺的生命资源？

对于自己内心没有方向的人，去哪里都是逃离，而对于生命有方向的人，走向哪里都是追寻。所以苏轼被发配到那时的四线城市惠州，才会写下“试问岭南应不好？却道：此心安处是吾乡”。

# 除了自己，没人能让你不寂寞

◎焦谛卡禅师

谁都想无条件地被爱，但是有谁能无条件地爱自己？对自己不满意，在心理上不独立，不能也不会真的去爱任何人。

自己真的爱别人吗？许多人之所以爱人，是因为自己非常寂寞，希望自己真的爱对方，而对方也真的爱自己，这样就能克服寂寞。只有接受人人都很寂寞的事实，人才算互相了解。

每个人都非常寂寞。接受寂寞，别打算掩饰寂寞或逃避寂寞，也不要寻找克服寂寞的方法。人一直都很寂寞，只有心思不在自己身上的时候，才会忘了自己很寂寞，但寂寞肯定会再回来。我也很寂寞，现在是我一生最寂寞的时候，但我也越来越会观察寂寞。

了解自己的人寥若晨星，人与人之间隔着一条误解造成的大鸿沟。

我有一些朋友很喜欢我，对我也很尊重，但他们不认识真正的我是什么样的人。他们不了解我虽是出家人，但我也是人。不了解有不了解的原因，我不怪他们。他们将心目中理想的形象投射到我身上，以为我就是他们以为的那个样子。他们把我看错了，但是话又说回来，难道我就没把自己看错吗？我所认为的我，也是我心所投射的形象。还是时时保持正念最好，别因为这些问题而东想西想。

正念是我唯一的皈依处。

我知道自己有多寂寞，所以我知道别人有多寂寞，包括你在内，虽然我已经学会安宁、平静、单独地生活，但我还是很珍惜知己之间的交情。

要交到真正的朋友是多么困难啊。真正的朋友不会操纵对方，而会聆听、了解对方；他肯花工夫听朋友说话，不会心不在焉，真的是很专心倾听对方。大多数人会心不在焉，没有正念，不快乐，心思只在自己身上。如果静不下来，如何听得下去？

许多人很信任我，一些生活上、感情上的点点滴滴，他们除了跟我说以外，从不曾跟其他人提过。他们有时也会跟我分享一些生活中的新发现、新感想。他们只顾着说话，从未深入观察内心，除非我为了厘清某些要点，向他们追问，这时他们观察起来就会非常讶异，看到了以前从未注意的地方。

人善于隐藏自己，心智多半不健全，而不健全，就无法成长。要有健全的心智，就不应该否认或拒绝自己的任何状况。无论多么困难，都要设法面对、接受自己所属的一切，包括自己所有的想法、感受和观念。

以我和别人相处的经验来说，我知道人都很寂寞。就算是和家人住在一起，甚至是三代同堂大家庭里的一分子，也一样很寂寞。有人相伴，并不表示就不会寂寞，没人了解和接受自己，才叫作寂寞。即使是家人之间，也不一定彼此了解、接受。

没人了解自己，所以感到寂寞，但是没人了解自己的原因，根源却在自己不深入了解自己、不接受自己，人总是排斥自己不满意的地方。人能够无条件地爱自己，尊重自己吗？除非深入了解自己（这并不容易），否则无法解决这个问题。

为了克服寂寞，于是与人做伴，发展人际关系，但这样是没用的。期望认识他人能让自己不再寂寞，最后期望终会落空。

大多数人忙的就是如何不让自己寂寞，没工夫做其他的事。

# 用爱赶走抑郁

◎慧　定

人生有两种动力，大爱和恐惧。

大爱表现为自然与理性，宁静致远、厚德载物、不以物喜不以己悲是大爱最好的写照。与爱的自然和理性相比，恐惧则让人短视和盲目。急功近利、人云亦云、鲁莽或胆怯都是恐惧的表现。

大爱是与生俱来的，“诚者，天之道也；诚之者，人之道也。”恐惧则受后天教化而成，教化得越多，对人的心理影响就越大，恐惧也就越深。正如老子对孔子所说：“津津于礼乐而倡仁义，则违人之本性远矣！犹如人击鼓寻求逃跑之人，击之愈响，则人逃跑得愈远矣！”

世界上实践大爱的人很少，而深谙恐惧之道的人却比比皆是。为了激励他人，人们通常会说：“如果成绩不如别人，将来只能受制于人。”在恐惧的推动下，被教化者会奋力拼搏，努力学习以实现超越他人。看到被教化者朝着自己设计的路径奔袭，教育者暗暗自喜，殊不知被教化者从此失去自我，学习不是为了学习，工作也不是为了工作，他所做的一切皆因恐惧而驱动。在我的童年，我的父母给了我很多的恐惧，“你不好好学习，将来永远被别人鄙视！”“没有文化的人就是缺乏品位的人！”曾经一度我把学习成绩视作与生命同样重要，并为此背上了巨大的压力。

恐惧与大爱不能并存。没有恐惧，大爱才能彰显，一旦有了恐惧，爱就被隐藏起来。有意思的是，大爱虽然因为繁衍出的恐惧而退出人生舞台，但它并不会因为恐惧而消失，这也就是佛家所说的，人的本性不增不减、不生不灭。这就好比一块纯金，金子的质量并不会因为平添了一些杂质而降低。

大爱与恐惧可以相互转化，做回本性的人可以变成恐惧之人，恐惧之人也可以回归为大爱之人。但是这种相互转化是不对等的，大爱之人很容易变成恐惧之人，而一旦内心堆积了恐惧，仅靠一己之力找回近在咫尺又遥不可及的大爱，这种难度胜于上青天，因为人们习惯于看山是山、看水是水，要让自己跳出恐惧的旋涡，往往需要智者的引领。

本人曾经就是这样一个只见树木不见森林的人。为了搞好学习，我不允许自己有一点儿分心，也不允许同学发出一点儿噪声，自己内心的压力剧增的同时，与同学的关系也产生了裂隙。高中二年级，我因中度抑郁而被迫休学，“谁也救不了我，谁也不能找回我失去的光阴！”父母经常听到我这样咆哮。更多的时候，我开始沉默寡言，我为自己的未来担忧。在人生的十字路口，我得到了人生智慧导师、留美心理专家冯大荣老师的引领。

初次咨询，我满心疑惑。冯老师既不教我改善人际关系的方法，也不教我各种减压的技巧，而是让我接受爱，“我爱我自己、我满意我自己”，“所有的过去都是我学习成长的过程，我现在原谅所有的人，我也原谅我自己所做的一切”。在爱的沐浴下成长，我一点儿一点儿地融化内心的恐惧，找回久违的阳光，心中的大爱。

老师的方法让我想起了《黄帝内经》上的一句话：“上医治国，中医治人，下医治病。”原来老师所做的一切是在治人，当内心重拾大爱之后，我们的问题就不治而愈了。

三个月的心灵成长，我告别了抑郁，再次回到校园。“萧瑟秋风今又是，换了人间。”现在的我，每天真切地体会有爱无恐的美妙境界。

# 从占有到清空

◎葛红兵

前些天，在微信上，看到一个师兄，他说："终于把家里客厅的大沙发送人了，铺上一块剑麻地毯，感觉空间大了好多。人真是奇怪，好不容易买套大房子，想宽敞点儿，却又费尽心思地把它给填满。其实，就是一个'贪'字在作怪。需要的不多，想要的太多。一切烦恼执着就产生了。常和师兄们开玩笑说，如果早几年学佛，七成的家具就不用买了，反正我们都喜欢坐地上，又不看电视，要沙发这些做甚？做减法的感觉真好。减到最后，只剩自己，回归本来面目，得大自在。"

以前我曾经梦想坐拥书城。后来藏书的确是多了，真的坐拥书城了，才突然发现一个人拥有那么多书，其实只是贪恋那份独占感，并不是真的渴望知识和利益众生。后来写了一篇文章，说"藏书是一种病"。以前喜欢收藏，常常买回各式的东西来，而且越买越贵，名曰"收藏"……后来发现，书房里放满了，客厅里放满了，总之，身边都放满了，最后，心里也被放满了，放满了各种放不下的东西。心很累，家里不容易打扫干净，摆放整齐，心里放满了东西，就更加不容易打扫——心底清净很难。

所以，我说，从占有到清空，这是两种境界。这两种境界没有什么高下之分。但是，占有难，其实清空更难。清空你的房子，很难，你要和你的贪执斗争多久才能做到呢？清空你的心更难——你要和你的情做多大的斗争、做多大的诀别，才能真正清空你的心呢？

世人都觉得拥有一间金玉满堂的屋子难，而我要说的是，拥有一间能让心空寂寥落、无念无想的屋子更难。我倒不是想把话说得多么深奥，我只是想说——你要想拥有一间真正的空屋子，很难，很难。东西是这样的——请进来容易，请出去难；装满容易，清空谈何容易？

我们对自己的生命不自知，才会要各种各样的物质装点自己，好像有了这些物质标签，我们才有了生命。如果有谁来问我装修房子的问题，我的回答一定和小师父的一样——什么都不需要。一间空空如也的屋子，才是最宽敞的。

# 心无挂方快乐

◎舞 明

如何快乐起来？钱锺书说：“洗一个澡，看一朵花，吃一顿饭，假使你觉得快活，并非全因为澡洗得干净，花开得好，或者菜合你口味，主要因为你心上没有挂念。”身在凡世免不去种种的琐碎，纵然一时不能忘怀，但内心终究要懂得如何过滤消毒，去除不快乐的负能量。脑子是用来思考的，所以越丰富越好；而心需要往“无重状态”飞，所以越简单越自由。思想可以做加法，而生活只需做减法，若无闲事挂心头，便是人间好时节。

但仅仅无所挂碍亦不足以体会真正的快乐，就像许冠杰所唱“快乐，是回家往浴缸里一浸”，当真无牵无挂无尘无碍，可擦干身发现那不过是一时的快感。住瓦尔登湖的梭罗和写《浮生六记》的沈复不同，他们的快乐持久而绵长，于平静简单的分秒中免费拥有，就像作家阿色·米也说的：“快乐不存在于金钱及所有起舞中，也不存在于洋房、汽车之上，而是存在于那不属于手制的东西里。”何为不属于手制的东西呢？比如一花一世界，一叶一菩提，比如清风明月，比如从容淡定，所有平凡事物中都有快乐的种子，不妨暂且驻足，有心发现，用心热爱，即是拥有者。

# 年轻

◎刘　墉

我在美国丹维尔博物馆授课的时候，某日，一位老先生打量着我说："你看起来相当年轻，不过二十五岁吧！"

"不！我已经二十九岁，是快三十岁的人了！"我回答。

"已经二十九岁……"老先生沉吟了一下说，"我才七十岁，比你还年轻呢！"

我不解地问："为什么七十岁反而比二十九岁年轻呢？"

"你没听见我说的吗？我说'才七十岁'，"老先生爽朗地笑着，"可是你却说'已经二十九岁'，虽然实际年龄我比你大得多，但在讲那句话的心情上，我却比你年轻啊！"

# 别问“为什么”

◎张德芬

我一直在学习“接纳”与“放下”，虽然愈学愈好，但有时候还是觉得不到位。因为，我还是会问为什么。为什么这种事要发生？为什么事情会这样？为什么事情不能如我所愿？我发现，当我在问“为什么”的时候，其实是怀着一种受害者心态，想要讨回公道的。

我有一个朋友，她的先生不到四十岁。有一天，先生和孩子在地毯上玩时，倒在地上再没有起来，就这么走了，连一句“再见”都没来得及说。在谈话中，她隐约地问“为什么”。我看着她充满泪水的眼睛，试着尽量不用说教的口吻告诉她，修身养性有一个很重要的原则，就是不问“为什么”。问这个问题，只会让自己绕得更深，很难出脱。

其实，聪慧的她早已知道答案。她说，在先生走的前一天，友人刚好来访，谈起一部电影——《遗愿清单》。故事是说一个很有钱的白人和一个贫穷的黑人住在临终病房里，两个人都快“挂”了，突然说到自己未完成的心愿。于是，有钱的白人资助黑人陪他环游天下，尝试自己一直想要做的一些事情，完成一些未了的心愿。朋友讲，她先生当时就说自己没有任何未完成的心愿，他对现有的生活十分满意。而第二天，她看到先生倒在地上的一刹那，竟然没有任何惊讶的感觉，反而有一种“终于发生了”的感受，好像她早已知道会有这么一天来临似的，虽然事前她在意识层面一点儿也没有感觉到什么。

她叹了口气说：“好像一切都是注定的！”我当然不是绝对的宿命论者，但不可否认，人世间有很多现象是找不出答案的，尤其是生死这一关，真的很难由自己来掌控。

不管有没有所谓的“命中注定”这回事儿，我们都要尊重事实，这是很重要的。事实既然发生了，我们就要尊重它，不去抗拒，或心生嗔厌。我觉得圣严法师说得很好，碰到自己不喜欢的事情时，我们要“接纳它，面对它，处理它，放下它”，学会了这几句话的智慧，我们每一个人都可以过着自在安心的日子。

这就是我最近发现的一个放下的诀窍：不要问“为什么”。所以，当你在质问“为什么”的时候，就要意识到自己又在跟现实、老天或对方较劲了，接纳是不需要问“为什么”的。处理它，放下它，安心自在！

# 炫耀不等于拥有

◎张怡筠

今天下午肯尼亚的草原上很热闹。我和司机安东尼一离开营区，就看到了一大群的斑马和瞪羚。斑马的四条腿比起我们一般所熟悉的马儿明显短了许多，矮小粗壮的身材比例有些滑稽。我想到台北街头随处可见的斑马线，此刻却一条条地披在眼前这一大群动物身上，不晓得它们到了台北，会有些什么感受呢？

此时车上的对讲机传来了一阵兴奋的叫声，安东尼立刻加紧了油门，往东边开去。“有人发现狮子了，有好几头！”

在一条小溪旁边，有6头狮子正一字排开散着步，其中带队的那头正向溪边走去，显然是要过河。

成队的车辆都在附近停了下来，此时车上的人们都为了看到眼前这些狮子而雀跃不已，一时间，所有的照相摄影器材都出动了。两三分钟过去之后，有人大喊了一声：“好啦！已经看到狮子了，时间不多，赶紧去找花豹吧！”这时只见一伙人快速地收起了照相设备，一辆辆车又卷起了一阵灰沙，向天边扬长而去，不一会儿，就只剩我们这辆车仍留在现场。我看着在转眼之间被冷落的狮子，心中很是不解。

“大部分的人都是这样。”安东尼说，“他们来这里的主要目的是看到所谓的‘五大’野生动物，所以只要看到了，拍几张照片，回去跟亲朋好友炫耀一下就行了，谁会真的想了解这些动物呢？”

千里迢迢来到非洲进行狩猎之旅，在不能扣动枪支扳机的今天，原来许多人是用按相机快门的方式，仍将这些令人敬畏的野生动物当成了猎物。于是乎，寻觅的目的在于拥有，而忘了寻觅本身就是一种拥有。多可惜，对比着眼前的大自然，这种念头就更加显得不自然起来。

这时，我真是为自己一人前来的决定感到庆幸，否则搞不好我们也早已被迫离开了。

眼前的一群狮子正安静地涉过溪水，背对着我们往地平线的另一端移动。我盯着狮子群，拍了一下安东尼：“这车子可以过河吗？”

安东尼得意地笑了：“没问题，看我的！”

# 我怕好事落下我

◎苗　炜

先做一个测试，用1到7来表示你感到不适的等级，1是略微有点儿不舒服，7是非常不安。

第一个场景，你每天早上都用30分钟浏览新闻网站，但今天早上你只有15分钟的时间，你不得不放弃平常要看的一些专栏。你觉得这种不适是几分呢？大多数人会选1或者2，略有不舒服而已。

第二个场景，你在纽约旅行，但你没有时间去看所有的博物馆，也没时间看很多百老汇的演出，或者和所有的当地朋友会面，你感觉如何？不舒服的程度达到4或者5？

第三个场景，你和朋友们吃晚餐，大家规定，谁都不许用手机。但你的手机总是在响，有新的微信，显然，你的朋友圈里有什么热闹的事情正在发生，此时你会非常不安吗？达到6或者7？

如果是，那么你就进入了一种“我怕好事落下我”的状态，英文名称叫FOMO（Fear of Missing out），这名称用来描述我们脑子里充斥太多信息而带来的一种思维混乱现象。我们总担心别的地方有什么事情更让人兴奋，更重要，更有趣，而我们未能参与。有统计说，使用社交网络的人有56%都会有FOMO状态。今天，周围不断涌现的信息流让我们更加焦虑，经常出现这样的情况——到晚上，迟迟不肯关上电脑或者把智能手机扔在一旁，总觉得朋友圈里还会爆出什么有意思的八卦。

麻省理工学院的社会心理学教授Sherry Turkle写过一本书叫《一起孤独》，这本著作说，现在是技术在定义什么叫亲密，我们在数以百计的“朋友”间迷失了，我们要和好多现实中的陌生人构成“朋友圈”，同时又提防着不要和他们太亲近，这种社交模式是人类从未有过的。如果我们有那么一段时间不用智能手机，这种网络依赖症就可以得到缓解，但要想彻底解决这个问题，就要自问——我们到底怕失去什么呢？

牛津大学的科学家Andrew Przy Mbylski对FOMO症做了研究。他认为，FOMO症是社交网络带来的，在年轻人中比例较高。越是在现实生活中缺失爱、尊重和安全感等心理需求的人，越容易受到社交网络中他人行为的影响。但总体而言，我们都害怕失去爱，失去归属感。

一些旧有的智慧也许能帮助我们，1956年，诺贝尔经济学奖获得者Herbert Simon提出过“good enough”理论，他说，我们不必时刻想着利益最大化，我们寻求那种“够好就行”，这样我们在做一些复杂的决定时就不会那么困难。他出过一本自传，讲述自己40年来秉着“差不多就行”的理念所经历的生活，他说，人们总要得到全面的信息，要做出最好的选择，在这个过程中浪费了太多的时间和精力。而他们“最好的选择”实际上依旧不能让他们满意，总担心还有别的可能性。

网络上的信息我们看不完，也比较不过来。你要去伦敦旅行了，可看到另一个朋友在瑞士徒步呢；你买了条裙子，又看到一个朋友的新鞋。如果你多少有点儿FOMO症状，那就试试“够好就行”理论。

# 借千斤顶的人

◎尤 今

阿慧约我喝下午茶。

只见她耷拉着脸，眉宇间压着一朵乌云，即便是笑，也含着三分苦涩。从她嘴里流出来的声音，像是一群等待检阅的士兵，硬邦邦的。

她的独子阿滨，未婚，任职于银行投资部门，收入丰厚。然而，最近，不顾她的反对，我行我素地辞职了，原因是他想趁年轻时外出旅游，利用长达一年的时间，好好地逛逛地球村。

阿慧蹙眉说道："近来，飞机频频出事，不是失踪，便是坠落，你说，我怎么放心得下呀？再说，一个人一整年在外面浪浪荡荡，没个温饱，叫我如何放心呢？还有，一份如此理想的工作，说辞就辞，一年后回来，还能找到同样条件的工作吗？三十几岁的人，原该收心养性，娶妻生子，安定下来，可他却像一匹脱缰的野马，漫无目的地东奔西跑，我这个当母亲的，真是一百个不放心啊！"

不放心、不放心、不放心。

看着脸如苦瓜声若黄连、杯弓蛇影草木皆兵的她，我忍不住笑道："阿慧呀阿慧，你真是一个借千斤顶的人啊！"

"千斤顶？"她宛若碰上外星人一般，瞪着我，"你这话，什么意思？"

"千斤顶"是由作家J.P.McEvoy撰写于20世纪50年代的故事。大意是说，有个人，驾车奔驰于乡间道路时，"砰"的一声，爆胎了。当他想换轮胎时，却发现车上没有千斤顶。举目四望，看到附近有灯光，他自言自语："我运气不错哦，农舍主人还没有睡，我这就去敲门，向他借千斤顶，他应该会说：没问题，拿去用吧，记得要归还呀！"可是，他向前走了几步之后，灯光突然熄灭了，这时，他又忖度："农舍主人上床就寝了，如果我吵醒他，他一定会大为光火，说不定还要向我索取费用。我就对他说：好吧，我愿意给你美元二角五分以表达我的谢意与歉意。他或许会说：什么？你以为半夜把我从床上拉起来，却只用一枚铜板就能打发我？给我一块钱，不然就找别人借！"这时，他越想越激动，快到农舍了，嘴里还喋喋不休："罢了，一块钱就一块钱！但你休想我会再多掏一个子儿！我这个倒霉鬼深夜在此爆胎，只不过是要借个千斤顶而已，你却百般为难我。不管我给你多少钱，很可能你都不肯借。对，你就是这种人！"怀着这样的心情，他终于走到了农舍前，又急又猛地擂门，屋主从窗户探出头来，喊道："谁呀？什么事？"他没好气地吼道："你跟你的千斤顶去死吧！"

"心有千千结"的阿慧，听后也忍不住笑了起来。

我发现，在日常的生活里，"借千斤顶的人"比比皆是。

不管发生了什么事，大事也好，小事也罢，他们总会在自己的脑子里衍生出许多无谓的臆测，形成了许多"无中生有"的烦恼，苦苦地自我折磨。最可怕的是，这些臆测与烦恼，像胡生乱长的蔓藤，杂乱无章地攀爬在脑子里，把事实的真相全都遮蔽了，也把可能发生的事情全都错误地"负面化"了。天下本无事，庸人自扰之！

我对阿慧说道："阿滨已过而立之年，行事一向负责稳重，你的不放心，是对他的不信任，让他在跨出人生新的步伐前便已有了不必要的心理负担，何苦呢？再说，他如今辞职看世界，肯定能帮助内在的自我更好地茁壮成长。旅行回来后，饱经磨炼而心智倍加成熟的他，在寻找新的工作上当易如反掌。你即将有个面貌崭新而更为完美的儿子，还愁个啥呢？"

阿慧不语，隐隐然若有所悟。

# 正念饮食，正念做事

◎崔耕和

你怎样吃橘子？也许这是个简单无聊的生活问题。用刀切开，或用手剥开，放嘴里，吃呗！

若你看了梁文道先生的《味道之味觉现象》一书，也许会有所启迪，生出不一样的答案。书中“吃橘子”这段是这样写的：

前几年，誉满天下的越南高僧一行禅师访港。在他主持的禅修营里，他教大家用很慢很慢的速度吃饭，吃的时候不要交谈，全神贯注于眼前的菜肴，这就是所谓的“正念饮食”了。一行禅师曾用“橘子禅”说明正念饮食的方法：不要像平时那样一边剥橘子一边吃，而要专心地剥开橘子的皮，感受它刹那间射出的汁液，闻它散发于空气中的清香。然后取出一瓣橘肉，放进口中缓慢地嚼，全神贯注地体验门牙咬断它，臼齿磨碎它，舌头搅动它等每一个动作，直到它几近液化，通过食道吞咽下去为止……精彩！一个橘子只有这样吃，才会全身心体验橘子的曼妙清香，这也是对自然赐予的橘子的极大尊重。吃的是橘子，修行的是自身，怪不得叫“橘子禅”了。

相信平时你有过这样的体会，一生入口入胃的东西无数，但大多囫囵吞枣，又有何时凝神聚力、认认真真、专心专意过呢？早晨为了赶着上班，把油条、包子三下五除二就塞了进去。中午的快餐大多是胡乱对付，甚至是眼睛落在电脑屏幕上进行的。晚餐大部分时间不是在与朋友的闲谈中，就是伴着电视节目机械地入口。营养似乎有了，但少了对美食的享受，更少了禅修的至境。

从怎样吃橘子，就可以看出人生的境界，就可以判断出处世的层面，此言不虚。试想，若一个人能时时刻刻一心一意对待面前需要解决的任何事物，既能“正念饮食”，又能“正念做事”，既不忧虑过去，也不担心未来，只专注于当下，凝心于此刻，如此一以贯之，想不成功也难。

# 蟑螂里的牛奶味道

◎陈　华

在一个名人讲坛栏目，倾听台湾著名作家林清玄讲吃蟑螂的故事。

早年，林清玄家境十分清贫，兄弟姊妹又多，每日能填饱肚子都是最大的奢望，一年也难得吃上一次肉。唯一能享受到补充营养的蛋白质就是蟑螂。每每捉到蟑螂，兴奋地一只只穿成串，放在火炉上烧烤，等到了一定火候，取下，挑出里面零星稀疏的泛着乳白色的蛋白质。然后小心翼翼地罩在手里，舍不得就此放入嘴里，虔诚地放在鼻子前，深吸一口气："好香，有一股牛奶的味道在里面。"林清玄这样讲的时候，一脸幸福的表情，似乎仍然沉浸在当年美味的享受中。

"蟑螂里有一种牛奶的味道"这句话着实让我讶异。

记得小时候住在乡下外婆家，村子里大人孩子生了病，善用偏方治疗。那时贪吃，不辨饥饱，吃过了头就会厌食。外婆就寻来蟑螂烧烤，再把少得可怜的蛋白质一点点抠出，塞入我嘴里。我不敢细细品味，匆匆咽下，但总有一种怪怪的味道深藏在唇齿间，多日不散。后来恐惧吃药，才恍然，那怪怪的味道就是这药的味道。

同样是蟑螂，味道如此迥异，如此大相径庭。

圣人悟语：万事皆由心。一样的事物，不一样的人，不一样的心路，便有了不一样的答案。原来迥异的结果，不是外物使然，而是取决于人的本心。渴盼生命的营养，蟑螂里便有了醇香的牛奶味。恐惧服药，避之不及，蟑螂里便有了怪怪的药味。

悲欢由心，爱憎由心，美丑由心，心是力量，心也是牢笼。

明明天崩地陷，无力回头，他却能绝处逢生，春暖花开；明明光鲜亮丽，富贵相伴，她却挣扎于苦海，遥遥无边。心在哭泣，辽阔的花海也被误读成遮天蔽日的茫茫阴霾；心在歌唱，沿街乞讨，食不果腹，衣不蔽体，生活一样甘之如饴，逍遥自在。

蟑螂里有一种牛奶的味道，是内心的丰盈，是生活的锤炼，是生命的彻悟。

让那些仍在沉睡的强大的、美丽的、恬淡的、充满希望与光华的内心承载着醇香清雅的牛奶味快乐地复苏吧！也许你会体味到蟑螂里有一抹清淡的茉莉花香的味道呢。

# 拒绝分裂

◎毕淑敏

有个小伙子，人很聪明敏感，表面上也很随和，从来不同别人发火。他个儿矮人黑，大家就给他起外号，雅的叫“白矮星”，简称“小白”。俗的叫“碌碡”，简称“老六”。由于他矮，很多同学见到他，就会不由自主地胡噜一下他的头发，叫一声“六儿”或是“小白”，他不恼，一概应承着，附送谦和的微笑，因而人缘儿很好。终于，有个外校的美丽女生，在一次校际联欢时，问过他的名字后，好奇地说，你并不姓白，大家为什么称你“小白”？这一次，他面部抽搐，再也无法微笑了。女生又问他是不是在家排行第六，他什么也没说，猛地转身离开了人声鼎沸的会场。

第二天早上，在校园的一角发现了他的尸体。人们非常震惊，百思不得其解，有人以为是谋杀。在他留下的日记里，诉说着被人嘲弄的苦闷，他写道：为什么别人的快乐要建立在我的痛苦之上？每当别人胡噜我头顶的时候，我都恨不得把他的爪子剁下来。可是，我不能，那是犯罪。要逃脱这耻辱的一幕，我只有到另一个世界去了……

大家后悔啊！曾经摸过他头顶的同学，把手指攥得出血，当初以为是亲昵的小动作，不想却在同学的心里刻下如此深重的创伤，直到绞杀了他的生命。悔恨之余，大家也非常诧异他从来没有公开表示过自己的愤怒。哪怕只有一次，很多人也会尊重他的感受，收回自己的轻率和随意。

这个同学表面上的豁达，内心的悲苦，就是一个典型的分裂状态。如果你不喜欢这类玩笑和戏耍，完全可以正面表达你的感受。我相信，绝大多数的人会郑重对待，改变做法。当然，可能部分人会恶作剧地坚持，但你如果强烈反抗，相信他们也会有所收敛。那些忍辱负重的微笑，如同错误的路标，让同学百无禁忌，终致酿成惨剧。

如果你愤怒，你就呐喊；如果你哀伤，你就哭泣；如果你热爱，你就表达；如果你喜欢，你就追求。

如果你愤怒，却佯作宽容，那不但是分裂，而且是混淆原则。如果你哀伤，却佯作欢颜，那不但是分裂，而且是对自己的污损。如果你热爱，却反倒逃避，那不但是分裂，而且是丧失勇气。如果你喜欢，却装作厌烦，那不但是分裂，而且是懦弱和愚蠢……

所有的分裂都是要付出代价的。轻的是那稍纵即逝的机遇，一去不复返。重的就像刚才说到的那位朋友，押上了宝贵的生命。最漫长而隐蔽的损害，也许是你一生郁郁寡欢沉闷萧索，每一天都在迷惘中度过，却始终不知道这是为什么。

这是对真实一厢情愿的阉割。生活就是泥沙俱下，就是鲜花和荆棘并存。尊重生活的本来面目，接受一个完整统一的真实世界，由此决定自己矢志不渝的目标，也许是应对分裂的法宝之一。

## 最重要的生活三问

◎张明帅

一位将军一直困惑于三个问题，于是，他装扮成平民，自行上山，去找禅师。

禅师正在菜园里翻地，将军说："我有三个问题，请禅师开导，一是做事最好的时间是什么时候？二是共事的人中最重要的人是谁？三是在每段时间要做的最重要的事情是什么？"

禅师没有回答，继续翻地。

将军见其年老体弱，接过锄头替他翻地，说："如禅师无以回答，请明确告知，我好返回。"

此时，一个受重伤的人路过菜园昏迷倒地，将军为他包扎好，让其卧于草棚。

次日，此人醒来，看到将军后，请求原谅。

将军疑惑地问起缘由，此人道："在一次战争中，您杀我兄、夺我财，我立誓要杀您。得知将军自行上山，于是埋伏于途中，不料，被您的手下所伤。本想自己必会丧命，如今，得到您的解救，我愿用余生做您的仆人。"

将军没有想到，这件事让他与一个宿敌的恩怨就此化解。

将军在离开之前，又问禅师那三个问题，禅师道："我已经解答了。"

将军疑惑。

禅师解释道："如果你昨日没有怜悯我，替我翻地，必定原路返回。在路上，难免遭到此人的袭击。所以，翻地之时，是你最重要的时间；如果你昨日没有救此人，他便会丧命，你就不能与他和好，因此，他就是你最重要的人。记住，最重要的时间，莫过于当下，它是唯一能支配的；最重要的人，便是当下与你在一起的人；最重要的事，就是使你身边的人快乐。这便是生活的追求。"

将军大悟，欣然下山。

# 自我养育从心灵断奶开始

◎武　文

为数不少的人在自我成长过程中得出过这样的结论：都是小时候父母没有很好地对待我，以至于我变成了今天的我。于是对父母充满愤怒、抱怨，与父母的关系也变得很糟糕。其实，生活压力大，大家都可以理解，但是三十多岁的人还把所有的责任往父母身上推，似乎自己不需要负什么责任，这就太荒谬了。

有一对母子，儿子大学毕业后一直不肯出来工作，靠母亲微薄的退休金度日，怨恨小时候母亲对自己不够关心，以至于自己现在无法正常地和人打交道。还有一个“富二代”，二十多岁，游手好闲，动不动就让父母给自己换车。父母一旦不答应，他就破口大骂：“谁让我小时候你们就知道忙生意，不管我，我就是要让你们为当初的不负责买单。”

其实所有的痛苦都源自他们潜意识中对父母的深深依赖，不敢“断奶”。通过痛苦和抱怨的方式，在心理上把自己与父母紧紧地纠缠在一起，纠缠在一种无法解开又无法接受的痛苦和绝望中，没有看到根本的出路在于自我的改变和成长。在婚姻关系中，这种对父母的无意识依赖会转移到对伴侣的依赖上，感受到的痛苦与和父母关系中的痛苦在本质上是相同的：“我的痛苦都是你造成的，所以你要为此负责。”于是，抱怨、指责、攻击、冲突弥漫在家庭中。

“自我养育”的建立与发展，为改善这种心理上的依赖提供了新的可能性。

自我养育的第一个概念是：立足当下，开创未来。今天的自己可能是儿时经历造成的结果，但是过去的一切已经无法改变，无论你怎样不甘心，怎样痛苦。过去的痛苦是因，也许这个因是父母造成的，但这个因无论父母还是你都已无法改变。今天的你，每一刻都在制造一个新的因、新的果，你的现在和未来是有改变的可能的。这个改变的可能就是，从对父母和他人的依恋转化为“自我养育”。父母养育出的那个“旧自我”，包括曾经给你带来很多痛苦和创伤的态度与行为，给予你的各种已经不适应今天发展的价值观，抛弃它们，就像一刀剪断与母亲的脐带，抛弃和摆脱父母强加给你的那个“旧自我”。去养育自己，重新建立和发展一个

“新自我”。

自我养育的第二个概念是：做自己的治疗师。每个人在成长的过程中或多或少都有不足和创伤，学会如何自我疗愈是走向成熟和成长的必经之路。依赖型的人不肯在心理上“断奶”，与父母或伴侣长期处于一种病态的共生关系中，一荣俱荣，一损俱损，离开父母和伴侣就感到抑郁焦虑，有一种被抛弃感。这样的人要学会利用自己的潜能与创造力疗愈自我的创伤。我们每个人天生就具有良好的自我清醒的疗愈功能，这个功能是巨大的，但遗憾的是大多数人的这种巨大的潜能一直在潜意识中昏昏沉睡。

自我养育的第三个概念是：利用自己的潜能和创造力，利用自己的独特性，发展一个独一无二的自己。凡是在现实中真正成功的人，无一不是把自己的潜能和创造力发挥到极致的人。找到自己的独特性，这种独特性可以让自己像钻石一样，从各个侧面自然散发出生命的光辉。

自我养育，就是指一个人能从过去所依赖的旧的自我中解放出来，立足当下，充分利用自己的潜能去疗愈自己，去发展自己，去为自己创造一个崭新的未来。通过自我养育，当你能够收获一个独立自由、自信强大的自己时，你才会对父母对生活充满无限的感恩，内心才会产生真正的爱，爱自己，也爱这个世界。

# 《意林·全彩 Color》，青春就是要“精”“彩”

《意林·全彩 Color》是百万大刊《意林》杂志，在原有《意林》上、下半月核心刊基础上，于 2016 年 5 月 1 日重磅推出的《意林》第三本核心刊。《意林·全彩 Color》坚持**青春励志不变、助力学生中高考不变、原班编辑团队不变、万里挑一稿件质量不变**，并采用**全彩印刷**，更高品质的纸张，全本厚达 **72 页**，定价 **6 元**。

## 选择《意林·全彩 Color》的八大理由

○ **中高考实用宝典**，创刊第 2 期，即原题命中高考作文

○ **全彩印刷**，原色呈现多彩世界，青春就该像彩虹般缤纷

○ **内容加码**，全新栏目、萌趣彩页，轻松缓解阅读压力

○ **版式出新**，全新设计的七大版式，意想不到的新鲜图文搭配

○ 堪比几米的手绘配图，佐之以摄影美图、**细节点缀，美貌爆表**

○ **纸张升级**，给你绿意盎然般的清新阅读体验

○ 超多回馈活动，励志明星海报、**20 万红包大放送**

○ **6 元**良心价买**全彩 72 页**

**心动的话，赶紧通过以下方式订阅《意林·全彩 Color》吧**

**★意林天猫专营店：**
手机淘宝用户扫码一步购买

**★意林微商城：**
微信用户扫码轻松入手

**★各大邮局订阅：**
到就近邮局报上邮发代号：**16-289**，即可订阅

**杂志信息：**
页码：72 页
定价：6.00 元
邮发代号：16-289
印刷：全彩印刷
上市时间：每月 1 日

青春就是要“精”“彩”，《意林·全彩 Color》等你来约！